CLASSIQUES LAROUSSE

Collection fondée en 1933 par FÉLIX GUIRAND
continuée par
LÉON LEJEALLE (1949 à 1968) et JEAN-POL CAPUT (1969 à 1972)
Agrégés des Lettres

CORNEILLE

LE CID

tragi-comédie

avec une Notice biographique,
une Notice historique et littéraire, des Notes explicatives,
une Documentation thématique, des Jugements,
un Questionnaire et des Sujets de devoirs,

par

L. LEJEALLE et J. DUBOIS
Agrégés de l'Université

LIBRAIRIE LAROUSSE

17, rue du Montparnasse, 75298 PARIS

RÉSUMÉ CHRONOLOGIQUE
DE LA VIE DE CORNEILLE
1606-1684

1606 — **Naissance à Rouen,** rue de la Pie, le **6 juin,** de Pierre Corneille, fils d'un avocat au parlement de Rouen. Sa famille, de moyenne bourgeoisie, est pieuse et économe.

1615-1622 — Brillantes études chez les Jésuites de Rouen; il obtient des prix de vers latins.

1624 — Corneille est reçu avocat stagiaire au parlement de Rouen. Il n'aurait, selon la tradition, plaidé qu'une seule fois dans sa vie.

1625 — Il écrit ses premiers vers, publiés en 1632, dans les *Mélanges poétiques.* — Naissance de Thomas Corneille, frère du poète.

1628 — Le père de Corneille lui achète deux offices : celui d'avocat du roi au siège des Eaux et Forêts, et celui de premier avocat du roi « en l'Amirauté de France au siège général de la Table de Marbre du palais de Rouen ». Ces charges valent 11 600 livres et rapportent environ 1 200 livres, soit assez peu. Elles obligent Corneille à une certaine activité administrative.

1629-1630 (date incertaine) — Corneille confie, selon une tradition du XVIIIe siècle, sa **première comédie, *Mélite,*** à la troupe de Mondory, qui passait par Rouen et qui la joue à Paris, au Jeu de paume Berthault.

***1631** — *Clitandre,* tragi-comédie. La pièce est publiée avec les *Mélanges poétiques.*

1631 — *La Veuve,* comédie.

***1632** — *La Galerie du Palais,* comédie.

***1633** — *La Suivante,* comédie.

***1634** — *La Place Royale,* comédie. — Corneille compose, en 1634, une élégie latine en l'honneur de Louis XIII et de Richelieu, de passage à Rouen. *La Gazette* mentionne pour la première fois le nom de Corneille.

1635 — Il aborde la tragédie avec *Médée;* il fait partie - avec Boisrobert, Colletet, L'Estoile et Rotrou - du groupe des cinq auteurs que patronne Richelieu, et reçoit du cardinal une pension qu'il touchera jusqu'en 1643. — Représentation de *la Comédie des Tuileries,* écrite par ce groupe.

1636 — *L'Illusion comique,* comédie.

1637 — *Le Cid,* tragi-comédie (probablement dans les tout premiers jours de l'année). — **Querelle du Cid :** *Excuse à Ariste,* de Corneille; *Observations sur « le Cid »,* de Scudéry; *Sentiments de l'Académie sur « le Cid »,* rédigés par Chapelain. — Corneille peut porter le titre d'écuyer; sa famille se voit accorder des armoiries.

1639 — Mort du père de Corneille.

1640 — *Horace,* tragédie.

1641 — *Cinna,* tragédie. — Mariage de Corneille avec Marie Lampérière, fille du lieutenant général des Andelys; il aura d'elle six enfants. — Corneille collabore à *la Guirlande de Julie.*

***1642** (date très discutée) — *Polyeucte,* tragédie chrétienne. — Naissance, en 1642, de Marie Corneille, trisaïeule de Charlotte Corday.

***1643** — *La Mort de Pompée,* tragédie; *le Menteur,* comédie. — Corneille rencontre Molière en Normandie.

---

* La chronologie des premières représentations n'est pas toujours fixée avec certitude pour bon nombre des pièces de Corneille antérieures à 1647. Pour chaque date précédée d'un astérisque (*), la pièce fut jouée pendant la saison théâtrale qui, commencée l'année précédente, se termine l'année indiquée. Exemple : *Clitandre* date de la saison 1630-1631.

© 1970. — *Librairie Larousse,* Paris.   ISBN 2-03-870035-4

- ***1644** — *La Suite du « Menteur »,* comédie. Premier recueil d'*Œuvres* de Corneille en librairie.
- ***1645** — ***Rodogune,*** tragédie. — Mazarin commande à Corneille *les Triomphes de Louis XIII* : le poète compose des inscriptions destinées à accompagner des dessins sur les victoires du roi.
- ***1646** — *Théodore, vierge et martyre,* tragédie chrétienne.
- **1647** — Corneille est reçu à l'Académie française (22 janvier). — *Héraclius,* tragédie. A l'instigation de Mazarin, Corneille collabore à *Andromède* et reçoit 2 400 livres.
- **1650** — *Andromède,* tragédie à machines. *Don Sanche d'Aragon,* comédie héroïque. — Corneille, nommé procureur syndic des états de Normandie, en remplacement d'un ennemi de Mazarin, revend 6 000 livres ses charges d'avocat, incompatibles avec ses nouvelles fonctions.
- **1651** — ***Nicomède,*** tragédie. — Echec de *Pertharite,* tragédie (dans les derniers mois de l'année). — Corneille renonce au théâtre. — Il perd sa charge de procureur syndic, qui est rendue à son ancien titulaire (politique d'apaisement à l'égard des Frondeurs).
- **1652-1656** — Corneille publie la traduction en vers de l'*Imitation de Jésus-Christ.*

*_**

- **1659** — Retour de Corneille au théâtre avec *Œdipe,* tragédie dédiée à Fouquet. A la fin de l'année, un riche noble de Normandie, le marquis de Sourdéac, propose à Corneille l'idée d'une représentation à grand spectacle, en l'honneur du mariage du roi.
- **1660** — **Edition complète du *Théâtre*** de Corneille, avec les trois *Discours sur le poème dramatique* et les *Examens* de chaque pièce.
- **1661** — *La Toison d'or,* tragédie à machines, représentée « pour réjouissance publique du mariage du Roi et de la Paix avec l'Espagne ».
- **1662** — *Sertorius,* tragédie. Corneille reçoit une pension annuelle de 2 000 livres (somme assez symbolique, puisque la première du *Tartuffe,* au Palais-Royal, en 1669, rapporta 2 860 livres). — Il quitte Rouen pour venir s'installer à Paris (7 octobre).
- **1663** — *Sophonisbe,* tragédie. Saint-Evremond défend la nouvelle tragédie; Donneau de Visé, au contraire, l'attaque, tandis que l'abbé d'Aubignac publie quatre dissertations contre *Sertorius, Sophonisbe* et *Œdipe.*
- **1664** — *Othon,* tragédie. — Un édit ayant révoqué toutes les lettres de noblesse données en Normandie depuis 1630, Corneille adresse un sonnet au roi.
- **1665** — Corneille perd son fils Charles.
- **1666** — *Agésilas,* tragédie.
- **1667** — ***Attila,*** tragédie, jouée par la troupe de Molière. — L'un des fils de Corneille est blessé au siège de Douai.
- **1669** — Les frères Corneille obtiennent la confirmation de leur noblesse.
- **1670** — *Tite et Bérénice,* comédie héroïque, jouée huit jours après la *Bérénice* de Racine. — Traductions de l'*Office de la Sainte Vierge.*
- **1671** — *Psyché,* comédie-ballet, avec Molière, Quinault et Lully.
- **1672** — Poème sur les *Victoires du Roi en Hollande.* — *Pulchérie,* comédie héroïque.
- **1674** — Corneille perd son second fils, tué au siège de Grave en Brabant. — Il donne sa **dernière tragédie,** *Suréna.*
- **1676** — Le roi fait représenter à Versailles six tragédies de Corneille.
- **1680** — Corneille publie des traductions des *Hymnes de saint Victor.*
- **1682** — Il donne une **édition complète** de son *Théâtre.*
- **1684** — **Mort de Corneille, le 1ᵉʳ octobre,** à Paris.

Corneille avait quinze ans de plus que La Fontaine; seize ans de plus que Molière; vingt ans de plus que Mme de Sévigné; trente ans de plus que Boileau; trente-trois ans de plus que Racine.

CORNEILLE ET SON TEMPS

	vie et œuvre de Corneille	le mouvement intellectuel et artistique	les événements historiques
1606	Naissance à Rouen (6 juin).	Débuts de Malherbe à la Cour.	Révolte du duc de Bouillon.
1629	Mélite, comédie.	Saint-Amant : Œuvres.	Richelieu, principal ministre.
1631	Clitandre, tragi-comédie. La Veuve, comédie.	Mairet : Silvanire. Racan : Psaumes de la pénitence. Guez de Balzac : le Prince.	Révoltes de Gaston d'Orléans. Victoires en Allemagne de Gustave-Adolphe, soutenu par la France (guerre de Trente Ans).
1632	La Galerie du Palais, comédie.	Mort d'A. Hardy. Rembrandt : la Leçon d'anatomie.	Révolte, défaite et exécution d'Henri de Montmorency. Procès de Marillac.
1634	La Place Royale, comédie.	Mairet : Sophonisbe, tragédie. Rotrou : Hercule mourant, tragédie. Ph. de Champaigne : le Vœu de Louis XIII.	Disgrâce et assassinat de Wallenstein.
1635	Médée, tragédie. Il fait partie des « cinq auteurs ».	Fondation officielle de l'Académie française.	Déclaration de guerre à l'Espagne.
1636	L'Illusion comique, comédie.	Rotrou : les Sosies, comédie. Scudéry : la Mort de César, tragédie. Tristan L'Hermite : Marianne, tragédie.	Complot de Gaston d'Orléans. Perte et reprise de Corbie.
1637	Le Cid, tragi-comédie. Querelle du Cid.	Desmarets : les Visionnaires, Descartes : Discours de la méthode. Mort de Ben Jonson.	Révolte des « Croquants » du Limousin. Révolte de l'Écosse contre Charles Ier.
1640	Horace, tragédie.	Publication de l'Augustinus. Mort de Rubens.	Prise d'Arras et occupation de l'Artois par les Français.
1641	Cinna, tragédie. Mariage de Corneille.	Descartes : Méditations métaphysiques.	Complot du comte de Soissons.
1642	Polyeucte, tragédie chrétienne.	Du Ryer : Esther. La Calprenède : Cassandre, roman.	Complot et exécution de Cinq-Mars. Prise de Perpignan. Mort de Richelieu (4 décembre), remplacé par Mazarin. Début de la Révolution anglaise.
1643	La Mort de Pompée, tragédie. Le Menteur, comédie.	Arrivée à Paris de Lully. Découverte du baromètre par Torricelli.	Mort de Louis XIII (14 mai). Victoire de Rocroi (19 mai).
1645	Rodogune, tragédie.	F. Mansart commence la construction du Val-de-Grâce.	Victoire française de Nördlingen sur les Impériaux.

1646	*Théodore, vierge et martyre*, tragédie chrétienne.	Prise de Dunkerque.
1647	Réception à l'Académie française. *Héraclius*, tragédie.	Fuite de Charles Ier en Écosse : il est livré au Parlement par les Écossais.
1651	*Nicomède*, tragédie. Échec de *Perthamite*, à la fin de l'année.	Alliance du parlement de Paris et des princes. Exil de Mazarin (février). Libération de Condé; ralliement de Turenne à la cause royale.
1659	Retour au théâtre avec *Œdipe*, tragédie, dédiée à Fouquet.	Paix des Pyrénées : l'Espagne cède l'Artois et le Roussillon à la France. Abdication de Richard Cromwell.
1662	*Sertorius*, tragédie. Corneille quitte Rouen pour Paris.	Michel Le Tellier, Colbert et Hugues de Lionne deviennent ministres.
1663	*Sophonisbe*, tragédie.	Invasion de l'Autriche par les Turcs. Lettres patentes pour la fondation de la Compagnie des Indes.
1664	*Othon*, tragédie.	Condamnation de Fouquet, après un procès de quatre ans.
1666	*Agésilas*, tragédie.	Alliance franco-hollandaise contre l'Angleterre. Mort d'Anne d'Autriche. Incendie de Londres.
1667	*Attila*, tragédie, jouée par la troupe de Molière.	Conquête de la Flandre par les troupes françaises (guerre de Dévolution).
1670	*Tite et Bérénice*, comédie héroïque.	Mort de Madame. Les états de Hollande nomment Guillaume d'Orange capitaine général.
1672	*Pulchérie*, comédie héroïque.	Déclaration de guerre à la Hollande. Passage du Rhin (juin).
1674	*Suréna*, dernière de ses tragédies (novembre).	Victoires de Turenne à Entzheim (Alsace) sur les Impériaux, et de Condé à Seneffe sur les Hollandais.
1684	Mort de Corneille à Paris (1er octobre).	Trêve de Ratisbonne : l'Empereur reconnaît l'annexion de Strasbourg.

Deuxième colonne (théâtre et lettres) :

1646	Rotrou : *Saint Genest*, Cyrano de Bergerac : *le Pédant joué*.
1647	Rotrou : *Venceslas*. Vaugelas : *Remarques sur la langue française*. Pascal : *Nouvelles Expériences touchant le vide*.
1651	Scarron : *le Roman comique*. Hobbes : *le Léviathan*. Ribera : *la Communion des apôtres*.
1659	Molière : *les Précieuses ridicules*. Lully : *Ballet de la raillerie*.
1662	Molière : *l'École des femmes*. Mort de Pascal. Fondation de la manufacture des Gobelins.
1663	Racine : *Ode Sur la convalescence du Roi*.
1664	Racine : *la Thébaïde*. Molière : *le Mariage forcé*.
1666	Molière : *le Misanthrope*; *le Médecin malgré lui*. Boileau : *Satires*. Fondation de l'Académie des sciences.
1667	Racine : *Andromaque*. Milton : *le Paradis perdu*.
1670	Racine : *Bérénice*. Molière : *le Bourgeois gentilhomme*. Mariotte découvre la loi des gaz.
1672	Racine : *Bajazet*, Th. Corneille : *Ariane*. Molière : *les Femmes savantes*.
1674	Racine : *Iphigénie*. Boileau : *Art poétique*. Malebranche : *De la recherche de la vérité*.
1684	La Bruyère nommé précepteur du jeune duc de Bourbon.

BIBLIOGRAPHIE SOMMAIRE

OUVRAGES GÉNÉRAUX SUR CORNEILLE

Octave Nadal — *le Sentiment de l'amour dans l'œuvre de Pierre Corneille* (Paris, Gallimard, 1948).

Paul Bénichou — *Morales du Grand Siècle* (Paris, Gallimard, 1948).

Antoine Adam — *Histoire de la littérature française au XVIIe siècle* (tomes I, II et IV) [Paris, Domat, 1948, 1951 et 1954].

Bernard Dort — *Pierre Corneille dramaturge* (Paris, Ed. de l'Arche, 1957, nouv. éd., 1972).

Georges Couton — *Corneille, l'homme et l'œuvre* (Paris, Hatier, 1958).

Maurice Descotes — *les Grands Rôles du théâtre de Corneille* (Paris, P.U.F., 1962).

André Stegman — *l'héroïsme cornélien, genèse et signification* (Paris, A. Colin, 1962, 2 vol.).

Serge Doubrovsky — *Corneille et la dialectique du héros* (Paris, Gallimard, 1964).

M. O. Sweetser — *les Conceptions dramatiques de Corneille d'après ses écrits* (Droz, Genève, 1963); — *la Dramatique de Corneille* (Droz, Genève, 1977).

T. G. Pavel — *la Syntaxe narrative des tragédies de Corneille* (Paris, Klincksieck, 1978).

SUR « LE CID »

Gustave Reynier — *le Cid de Corneille* (Paris, Mellotée, 1929).

SUR LE VOCABULAIRE ET LA LANGUE

Charles Muller — *Étude de statistique lexicale : le vocabulaire du théâtre de P. Corneille* (Paris, Larousse, 1967).

LE CID
1637

NOTICE

CE QUI SE PASSAIT EN 1636-1637

■ *EN POLITIQUE. A l'intérieur :* Richelieu poursuit la lutte contre les grands. Arrestation de La Rivière, favori de Gaston d'Orléans (mars 1636). Finances en mauvais état et politique d'expédients ; de là, misère publique et émeutes en province (Limousin, Poitou, Angoumois). *A l'extérieur :* Continuation de la guerre de Trente Ans. La France, alliée à la Suède, combat l'Espagne et l'Empire. Echec de Condé devant Dole. Prise de Corbie, qui garde la Somme (15 août 1636), et de Saint-Jean-de-Luz par les Espagnols. Panique à Paris. La situation se rétablit bientôt : Corbie est reprise (14 novembre). Les Impériaux échouent devant Saint-Jean-de-Losne. *A l'étranger :* En Amérique, lord Baltimore colonise le Maryland. Les Hollandais s'installent au Brésil. Révolte en Ecosse contre Charles Ier d'Angleterre (1637).

■ *EN LITTÉRATURE :* En 1636, naissance de Boileau à Paris. Saint-Cyran devient directeur de Port-Royal. L'hôtel de Rambouillet est dans tout son éclat. Voiture publie une Apologie du cardinal de Richelieu ; Balzac fait lire ses lettres dans les salons. Rotrou fait jouer les Sosies, comédie ; Scudéry, la Mort de César, tragédie ; Tristan, Mariamne, tragédie. En 1637, Desmarets fait applaudir les Visionnaires, Descartes publie le Discours de la méthode. A Londres, mort de Ben Jonson.

■ *DANS LES SCIENCES :* Galilée découvre des taches dans le soleil ; il est détenu à Rome à la suite de l'exposé de sa théorie sur la rotation de la Terre. Travaux de Descartes sur la mécanique, de Roberval sur la physique.

■ *DANS LES ARTS :* Jacques Callot est mort en 1635. Abraham Bosse publie ses estampes. Richelieu fait revenir Nicolas Poussin de Rome à Paris. Les frères Le Nain, Philippe de Champaigne sont en pleine production. Rubens est au sommet de sa gloire. Grande époque de Rembrandt, Van Dyck, Teniers, Frans Hals, Vélasquez, Ribera.

REPRÉSENTATIONS DU « CID »

On ne sait exactement à quelle date *le Cid* a été représenté pour la première fois. Si l'on en croit le témoignage de Thomas Corneille, c'est en décembre 1636 qu'aurait eu lieu cet événement mémorable dans la carrière de son frère. En revanche, une lettre de Chapelain du 22 janvier 1637 affirme que la pièce est jouée depuis quinze jours. Si ce chiffre est exact — et non approximatif —, la première représentation aurait eu lieu le 7 janvier 1637. Les historiens d'aujourd'hui sont à peu près tous d'accord pour adopter cette date de 1637.

L'acteur Montdory, qui dirigeait la troupe du Marais, monta la nouvelle pièce de Corneille avec le même soin que toutes les précédentes, de *Mélite* à l'*Illusion comique*. Le décor était, selon l'usage, un décor simultané, figurant côte à côte les différents lieux de l'action. Montdory tenait lui-même le rôle de Rodrigue, tandis que Mˡˡᵉ Villiers tenait celui de Chimène et Mˡˡᵉ Beauchâteau, celui de l'Infante.

Le succès du *Cid* fut considérable ; on en donna trois représentations à la Cour et deux à l'hôtel de Richelieu. Au mois de mars 1637, *le Cid* faisait encore salle comble au Marais, et Corneille confiait à son éditeur l'impression du texte, alors qu'il était de tradition en ce temps de ne publier une pièce qu'au moment où son succès était épuisé au théâtre. Une traduction anglaise du *Cid* parut à Londres avant la fin de l'année 1637.

Il y eut plusieurs voix discordantes parmi les critiques et les auteurs, mais la « querelle du *Cid* » (voir plus loin, p. 19) ne fut qu'une courte polémique de quelques mois ; ni la réputation du poète ni le prestige du *Cid* n'en souffrirent, bien au contraire. « On ne pouvait se lasser de voir *le Cid*, on n'entendait autre chose dans les compagnies ; chacun en savait quelque partie par cœur ; on le faisait apprendre aux enfants et, en plusieurs parties de la France, il était passé en proverbe de dire : « Cela est beau comme *le Cid* », écrit Pellisson dans son *Histoire de l'Académie française* (1653). De toutes les pièces de Corneille, *le Cid* est une de celles qui, de tout temps, ont été le plus souvent jouées. De 1680 à 1967, la Comédie-Française en a donné 1 509 représentations. Parmi les mises en scène modernes, celle du Théâtre national populaire (1951), dans laquelle Gérard Philipe tenait le rôle du Cid, a confirmé que l'œuvre de Corneille garde une éternelle jeunesse.

ANALYSE DE LA PIÈCE

(Les scènes principales sont indiquées entre parenthèses.)

■ *ACTE PREMIER*. **L'épreuve : Rodrigue choisit l'honneur.**

Elvire, gouvernante de Chimène, apprend à celle-ci que don Gomès, son père, et don Diègue, père de Rodrigue, sont d'accord pour qu'elle épouse Rodrigue ; Chimène pressent pourtant un malheur. L'Infante, qui aime Rodrigue, avoue à Léonor combien elle souffre : son rang lui interdit de s'abandonner à sa passion ; elle a cru se guérir en rapprochant Rodrigue de Chimène. Don Gomès, furieux de n'être pas choisi comme précepteur du prince royal, soufflette son heureux rival, le vieux don Diègue (**scène III**). Celui-ci, d'abord désespéré (**scène IV**), conjure son fils de le venger (**scène V**). Rodrigue, seul, se demande s'il va, par amour pour Chimène, renoncer à défendre l'honneur de sa famille ; il se décide enfin à venger son père (**scène VI**).

■ *ACTE II.* **Rodrigue tue le Comte : Chimène choisit l'honneur.**

Le Comte refuse, malgré l'ordre du Roi, de présenter des excuses à don Diègue ; il est provoqué par Rodrigue (**scène III**). Chimène, inquiète, est réconfortée par l'Infante ; mais ensuite celle-ci ne peut dissimuler à Léonor qu'elle espère voir Rodrigue et Chimène séparés par la querelle de leurs pères. Le Roi est décidé à punir le Comte ; or voici qu'on apprend que Rodrigue l'a tué. Chimène et don Diègue accourent en même temps devant le Roi ; elle, pour accuser le meurtrier, lui, pour le défendre (**scène VIII**).

■ *ACTE III.* **Rodrigue et Chimène préservent leur gloire et leur amour.**

Rodrigue ose se présenter chez Chimène ; Elvire l'oblige à se cacher jusqu'au retour de celle-ci. Chimène refuse à don Sanche le privilège d'être, du moins pour l'instant, son champion contre Rodrigue, mais elle n'en affirme pas moins ensuite à Elvire qu'elle ne renoncera pas à sa vengeance : Rodrigue apparaît alors. Il offre sa vie à Chimène, qui lui laisse entendre qu'elle ne le hait point (**scène IV**). Une attaque imprévue des Mores menace la ville : don Diègue charge son fils de la repousser (**scène VI**).

■ *ACTE IV.* **Rodrigue triomphe des Mores : Chimène défend sa gloire.**

Rodrigue est vainqueur : l'Infante conseille à Chimène d'abandonner ses poursuites contre celui qui est devenu le héros de la patrie. Rodrigue fait au Roi le récit de la bataille (**scène III**). Puis le Roi laisse croire à Chimène que le Cid est mort des suites du combat : elle défaille, mais se ressaisit quand elle sait la vérité et demande encore justice ; le Roi lui accorde alors de désigner un champion qui se battra en duel avec Rodrigue : c'est don Sanche (**scène V**).

■ *ACTE V.* **Rodrigue triomphe de don Sanche : Chimène avoue son amour.**

Adieux de Rodrigue à Chimène : il est décidé à se faire tuer par don Sanche. Mais Chimène le supplie de vivre (**scène première**). L'Infante, assurée que rien désormais ne peut séparer les deux amants, se résigne. Chimène confie son angoisse à Elvire. Et voici que don Sanche apparaît : sans lui permettre de parler, Chimène, croyant Rodrigue mort, laisse éclater sa douleur **(scène V)**; mais le Roi lui apprend la vérité : le Cid a épargné son adversaire, dont il a fait un messager de sa victoire. Il est trop tard maintenant pour que Chimène réclame encore sa vengeance : le Roi l'invite à pardonner; il lui laisse un délai d'un an pour pleurer son père avant d'épouser Rodrigue; celui-ci, pendant ce temps, ira sur les champs de bataille accomplir de nouveaux exploits.

SOURCES DE LA PIÈCE.

Quelles circonstances ont donné à Corneille le goût de la littérature espagnole? On a peu de certitudes sur ce point. Il y avait à Rouen une importante colonie espagnole; une des familles qui en faisaient partie, les Chalon (ou Jalon), était indirectement alliée aux Corneille. Est-ce grâce aux Chalon que le poète fut amené à regarder de plus près les textes espagnols, à une époque où la mode était à l'Espagne? Ce qui est sûr, c'est qu'il découvrit (sans doute en 1635), dans un recueil de *Rodomontades* espagnoles, le personnage de Matamore, qu'il devait mettre en scène dans *l'Illusion comique*. C'est vers le même temps qu'il s'enthousiasma pour une pièce de Guillén de Castro (1569-1631), publiée en 1618 : *Las Mocedades del Cid* (« les Enfances du Cid »); la tragi-comédie du *Cid* devait en sortir.

LE CID : HISTOIRE ET LÉGENDE

Ce personnage du Cid était le héros le plus populaire de l'Espagne. Si l'on consulte l'histoire, on apprend que Rodrigue de Bivar (1040?-1099) fut un vassal des rois de Castille don Sanche et Alphonse VI; dépouillé de ses biens et exilé par ce dernier, qui craignait sans doute de le voir devenir trop puissant, ce grand seigneur guerrier mit alors sa bravoure et ses hommes au service des souverains voisins et en particulier de Moctadir, roi more de Saragosse; il attaqua même son ancien suzerain, le roi de Castille. A la fin de sa vie, il entreprit la conquête du royaume arabe de Valence, prit la ville, s'y maintint cinq ans et y mourut; ses adversaires, reconnaissant sa valeur, lui donnèrent le titre de « seigneur » (le Cid). Après sa mort, sa femme, Ximenès Diaz, qui était fille du comte d'Oviedo et qu'il avait, semble-t-il, épousée pour des motifs politiques, ramena ses restes en terre chrétienne; et Valence retomba aux mains des Mores.

La légende s'empara bientôt du personnage. Alors que l'Espagne entreprenait de délivrer son territoire de l'envahisseur more, on oublia les méfaits du vassal révolté et pillard : Rodrigue apparut comme le héros victorieux qui avait arraché pour un temps aux infidèles cette ville de Valence, où les Mores étaient de nouveau si solidement installés. Dès 1140, le *Poème du Cid* exalte les vertus guerrières de Rodrigue. Puis d'autres poèmes ou *romances* viennent embellir l'image du héros et ajouter des épisodes à sa prestigieuse existence : on imagine qu'il a épousé, sur l'ordre du roi, la fille d'un seigneur qu'il avait tué[1]; ainsi apportait-il, selon la coutume féodale, un soutien à celle qu'il avait rendue orpheline.

En 1601, le jésuite Juan Mariana, écrivant une *Histoire d'Espagne*, avec toute la fantaisie qu'y pouvaient mettre les historiens de l'époque, embellit encore les légendes du *Romancero* : c'est lui qui imagina que Chimène était « éprise des qualités » de Rodrigue[2].

Il ne restait plus qu'à rendre Chimène amoureuse de Rodrigue avant la mort de son père : c'est ce que fit Guillén de Castro dans *les Enfances du Cid*.

« LES ENFANCES DU CID »

C'est le premier de deux drames consacrés par le dramaturge espagnol au Cid : le second a pour titre *les Prouesses du Cid*. Selon les traditions dramatiques d'un temps où triomphent Lope de Vega et bientôt Calderon, ces drames divisés en « journées » se composent d'épisodes multiples, se succédant selon un rythme tumultueux dans un décor simultané.

Voici comment se déroulait l'action des *Enfances du Cid*.

Première journée. I. *Dans le palais de Fernand Ier à Burgos* : le Cid est armé chevalier en présence de la Cour et de Chimène. II. *Séance du conseil* : don Diègue, choisi comme précepteur du prince royal, est souffleté par le comte d'Orgaz devant le Roi. III. *Chez don Diègue* : le vieillard, se voyant impuissant à manier la lourde épée des ancêtres, fait appel à ses trois fils ; les deux plus jeunes poussent un gémissement quand leur père leur serre violemment la main ; mais Rodrigue réagit avec violence quand son père lui mord le doigt. Don Diègue, qui ignore son amour pour Chimène, peut lui confier sa vengeance. Monologue de Rodrigue ; sa douleur. IV. *Une place publique* : le Comte confie à un de ses amis qu'il ne fera pas d'excuses ; Rodrigue le provoque, le blesse à mort en présence de don Diègue et de Chimène ; puis il résiste héroïquement aux assauts de tous les gens du Comte. L'Infante intervient pour faire cesser le combat.

Deuxième journée. I. *Le palais royal* : Chimène demande justice. Don Diègue défend son fils. II. *L'appartement de Chimène* : Rodrigue vient offrir sa vie à Chimène, mais celle-ci refuse son sacrifice. III. *La campagne aux environs de Burgos* : don Diègue rencontre secrètement son fils en pleine nuit ; il lui confie une troupe d'amis

---

1. Voir les deux *romances* cités par Corneille dans l'Avertissement de 1648 (page 30) ; 2. Voir texte, page 26.

pour combattre contre les Mores, qui viennent d'envahir les frontières de la Vieille-Castille. IV. *Un château dans la campagne* : l'Infante, de sa fenêtre, adresse de tendres encouragements à Rodrigue qui part en campagne. V. *La sierra d'Oca* : tableau de guerre dans la montagne ; un roi more est fait prisonnier par Rodrigue, qui se met à la poursuite de quatre autres rois. Un berger poltron, monté sur un arbre, décrit la mêlée qu'il aperçoit du haut de son perchoir. VI. *Le palais royal* : le prince héritier, d'un naturel violent, est difficilement contenu par don Diègue ; Rodrigue fait au Roi le récit de sa victoire. Chimène vient encore demander justice (un an s'est passé depuis le début de l'action) ; le Roi la congédie et bannit Rodrigue en lui donnant l'accolade.

Troisième journée. I. *Le palais royal* : l'Infante se résigne à oublier Rodrigue. On annonce à Chimène la mort de Rodrigue, tué dans une embuscade ; elle défaille, mais se ressaisit quand on lui apprend que c'est une fausse nouvelle ; elle promet d'épouser qui la vengera. II. *Dans la forêt de Galice* : le Cid secourt un lépreux ; il voit en songe le lépreux se transfigurer en saint Lazare qui lui promet le succès. III. *Le palais royal* : il s'est élevé entre la Castille et l'Aragon un différend qui peut être réglé par un duel avec le terrible Martin Gonzalez, champion de l'Aragon. Le Cid, de retour d'exil, relève le défi ; don Martin profitera de ce duel pour obtenir Chimène. IV. *La maison de Chimène* : elle désespère en songeant qu'elle risque de tomber au pouvoir de don Martin. V. *Le palais royal* : le Roi songe à sa succession ; il discute avec l'Infant, dont la violence apparaît une seconde fois. Arrivée de Chimène, à qui l'on apprend qu'un gentilhomme apporte la tête de Rodrigue. Chimène veut se retirer dans un couvent ; mais Rodrigue arrive bien vivant. Il ne reste plus à Chimène qu'à accepter le résultat du combat et à épouser Rodrigue. Le mariage sera célébré le soir même. (Dix-huit mois ont passé depuis le début de l'action.)

L'ACTION DU « CID »

Corneille n'a jamais nié sa dette à l'égard de Guillén de Castro ; mais il devait adapter une pièce étrangère aux usages du théâtre français. Et il est aisé de voir par comparaison dans quelle mesure il a simplifié et condensé l'action qui, chez son modèle, s'étendait sur dix-huit mois. Bien des personnages épisodiques ont disparu : l'Infant indocile, dont le vieux don Diègue pourrait regretter d'avoir été nommé précepteur ; le berger poltron, qui, du haut de son arbre, raconte la bataille ; Martin Gonzalez, le terrible champion des Aragonais, etc. Mais si maints détails ont été supprimés ou modifiés, il n'en reste pas moins que Corneille n'a pas sacrifié, dans son imitation, tout ce qu'il aurait pu sacrifier. Non seulement il a repris le fond du sujet que lui offrait Guillén de Castro, mais il a suivi, dans tous ses rebondissements, l'action de son modèle espagnol. Le Cid, avec ses quinze tableaux, est du « théâtre de mouvement ». C'est que Corneille possède déjà, comme il le possédera toujours, le goût de l'intrigue, des péripéties multiples.

Mais Corneille introduit aussi ordre et beauté dans son intrigue. Il y est parfois contraint par les règles que les théoriciens du temps imposent au théâtre. Par exemple, s'il transporte l'action de Burgos à Séville, c'est pour que Rodrigue trouve sur place les Mores à vaincre au lieu d'aller les poursuivre en un lointain champ de bataille. Les unités de temps et de lieu sont donc sauvegardées, mais cette modification permet à Corneille de placer le tableau de l'invasion dans l'estuaire du Guadalquivir, qu'il peint à l'image de la Seine aux abords de sa bonne ville de Rouen. Le souci d'une composition ordonnée apparaît mieux encore dans l'architecture générale de la pièce, centrée sur la grande scène (acte III, scène IV) entre Rodrigue et Chimène. Cette entrevue prend ici une importance qu'elle n'avait pas chez Guillén de Castro ; Corneille en redouble l'effet à l'acte V (scène première) comme il redouble le quiproquo tragique qui laisse croire à Chimène que Rodrigue est mort (acte IV, scène V et acte V, scène V). Ces répétitions, loin de prouver une certaine pauvreté d'invention, accentuent la progression dramatique et jalonnent l'ascension de Rodrigue et de Chimène vers une gloire toujours plus haute et un amour toujours plus noble.

Le caractère propre du génie cornélien apparaît encore mieux quand on compare le Cid aux pièces contemporaines. La tragi-comédie, qui a eu depuis 1625 toute la faveur du public, est en léger déclin : l'action y est vive, pleine d'aventures violentes, d'enlèvements, d'attaques à main armée, de déguisements ; c'est du roman mis en scène. Toutefois, pleine liberté n'est plus, comme naguère, laissée aux auteurs de tragi-comédies : les « doctes », qui souhaitent au fond la disparition de ce genre « baroque », leur recommandent d'en soumettre l'action à la règle des trois unités. Quant à la tragédie imitée de l'antique, elle revient à la mode dans les années 1635 : la Sophonisbe de Mairet (1634) marque le renouveau d'un genre délaissé depuis dix ans ; mais si la forme de telles tragédies est désormais solidement définie par les règles, l'action n'en reste pas moins languissante et peu fournie d'événements. Dans le Cid, Corneille marque sa préférence pour une action qui soit riche en péripéties : en ce sens, c'est bien une tragi-comédie. Mais les moyens employés pour mener l'intrigue à son dénouement ont une grandeur digne de la tragédie.

LES PERSONNAGES

Le grand mérite de Corneille, dans le Cid, est d'avoir fait de l'action dramatique une crise morale. Le développement des faits n'a de valeur que dans la mesure où il met en relief les caractères.

C'est le choix du Roi qui détermine toute la crise. La querelle était en effet inévitable entre le Comte, dont l'arrogance ne supporte pas le moindre affront, et le vieux don Diègue, dont l'intransigeance n'a jamais souffert une seule atteinte à son honneur et que l'âge rend plus susceptible encore. Le conflit, rendu inéluctable par les caractères des pères, va retomber sur les enfants. La jeunesse de **Rodrigue** explique peut-être ses hésitations ; mais il faut lui reconnaître beaucoup de bon sens dans la décision qu'il adopte : il choisit en effet la meilleure solution, la seule possible. Car, s'il ne venge pas son père, il perd l'honneur, mais aussi l'estime de Chimène : il a donc tout à perdre. S'il venge son père, il acquiert la gloire et il force l'estime de Chimène : il a donc tout à gagner. Corneille n'a pas oublié les leçons de ses maîtres jésuites, qui pensaient que « le libre arbitre n'est pas autre chose que la volonté, quand elle use formellement de sa liberté en vertu d'une décision préalable de la raison[1] ». Rodrigue choisit la voie qui lui paraît la plus digne d'un « esprit généreux » : cette générosité, cette noblesse d'âme lui permet de pousser jusqu'au bout son effort héroïque et de rester fidèle en même temps à deux devoirs, qui seraient incompatibles pour les âmes vulgaires. Ainsi Rodrigue gardera-t-il l'estime de soi-même et forcera-t-il l'admiration d'autrui : il arrivera à la gloire. Cet héroïsme est d'autant plus méritoire que le Cid n'est point insensible ; il souffre, il se désespère, mais ne revient jamais sur la décision prise. Lucide et volontaire, le Cid, première image du héros cornélien, contrôle ses passions, mais ne saurait les étouffer, ce qui le rendrait inhumain. « Homme de cœur », il met toute son énergie morale au service de son devoir, auquel il s'attache passionnément.

Le grand bonheur de Rodrigue, c'est de rencontrer en **Chimène** une âme qui réponde à la sienne. Chimène, elle aussi, est « généreuse » ; sa sensibilité de femme est mise à rude épreuve, et sa situation, après la mort d'un père qu'elle aime, est plus douloureuse encore que celle de Rodrigue, puisque c'est elle qui doit demander justice et vaincre les obstacles qu'elle trouve en elle-même et chez les autres. Mais ce qui la soutient, c'est le sentiment de sa « gloire » : Rodrigue lui donne l'exemple ; elle ne doit surtout à aucun moment témoigner d'une faiblesse qui la rendrait indigne de lui. Elle s'entête à demander au Roi la tête du coupable, même quand il est évident aux yeux de tous qu'elle aime son ennemi ; mais quand Rodrigue est en sa présence, elle l'engage à vivre, au nom même de l'honneur qu'il doit préserver. Il n'y a nulle contradiction dans ces deux attitudes : farouche et tendre, le personnage de Chimène révèle combien la lutte pour la gloire impose d'épreuves à une jeune femme qui ne veut rien sacrifier ni de son devoir ni de son amour. Comment ne pas conclure que, par leur caractère, Chimène et Rodrigue sont faits l'un pour l'autre ?

---

1. Molina, *Alliance du libre arbitre avec la grâce de Dieu.*

Les autres personnages ont surtout pour rôle de créer les circonstances qui permettent aux deux personnages principaux de se révéler. Mais aucun d'eux ne manque de vérité humaine. Ils appartiennent à un monde qui croit aux vertus de l'héroïsme ; ils les pratiquent chacun selon sa personnalité.

Don Gomès, que Georges de Scudéry qualifiait de « Matamore tragique », a l'arrogance d'un grand chef militaire qui, parvenu à la force de l'âge et au sommet des honneurs, se croit indispensable à l'État et ne tolère aucune atteinte à son prestige ; d'un tempérament violent et brutal, il éprouve pourtant, quand Rodrigue le provoque, de l'admiration pour l'audace de son jeune adversaire. L'orgueil donne à cette admiration un ton de pitié condescendante, mais elle révèle du moins quelque chose d'humain dans le personnage.

Don Diègue représente avec une intransigeance absolue le dévouement aux lois de l'honneur familial. Point d'hésitation chez lui quand il s'agit, au nom de ces principes, de faire courir à son fils un danger mortel, en défiant le Comte. Mais le dévouement au Roi et à l'État se concilie chez don Diègue avec les devoirs dictés par l'honneur de la race : non sans habileté politique, il fait de Rodrigue le chef de l'expédition contre les Mores, pour montrer au souverain que la sécurité du royaume n'est pas mise en péril par la mort du Comte et que le pays a trouvé un nouveau chef militaire qui vaut bien l'ancien. Donc, si l'âge empêche celui qui fut un homme d'action d'accomplir lui-même les exploits, il trouve donc dans sa propre habileté et dans la respectueuse obéissance de son fils les moyens de garder intacts son honneur et son prestige. Mais ce vieillard acharné à son devoir n'est pas un père insensible : il est conscient du sacrifice exigé de Rodrigue. L'est-il pleinement ? A la scène VI de l'acte III transparaît entre père et fils le désaccord qui sépare deux générations : le vieil homme considère l'amour comme une faiblesse en comparaison de la gloire et, sans le vouloir, blesse Rodrigue en lui laissant entendre qu'il pourrait délaisser Chimène pour une autre. Don Diègue aurait-il raisonné ainsi quand il avait lui-même vingt ans ?

L'Infante se guérit d'une passion impossible par la générosité : elle offre Rodrigue à Chimène, se refuse à être la rivale de celle-ci. Son attitude romanesque n'est cependant pas dépourvue de vérité humaine. L'Infante sait bien, au fond d'elle-même, que Rodrigue ne l'aime pas ; en abandonnant ce qu'elle ne peut avoir, elle se masque sa propre désillusion et trouve un remède contre le dépit et la jalousie, qui dégraderaient une âme noble. **Don Sanche,** cavalier téméraire et galant, sait risquer sa vie par amour pour Chimène, mais à la fin de la pièce il s'incline lui aussi devant la noblesse de cœur qui anime Rodrigue et Chimène. Il ne faut d'ailleurs pas réduire l'importance de don Sanche à une simple utilité dramatique, celle de susciter un champion qui soutienne contre

Rodrigue la cause de Chimène, comme il ne faudrait pas ramener le rôle de l'Infante à une suite de scènes lyriques sans rapport avec l'action. L'Infante et don Sanche tiennent des places symétriques dans la distribution : ils représentent l'amour malheureux, tel qu'il peut être ressenti par des cœurs généreux. A voir les souffrances de l'Infante, on devine celles de don Sanche, voilées par une discrétion virile.

Quant au **Roi**, il est plein d'indulgence et de bonhomie ; on ne doit cependant pas en conclure que son caractère manque de grandeur. Pour garder son autorité sur ses vassaux, parfois si turbulents, il a besoin non seulement d'habileté, mais aussi d'équilibre et de pondération, et il sait exercer son pouvoir pour le bien de la nation sans heurter les intérêts qui se croient légitimes. C'est à bien tenir ce rôle délicat que consiste sa gloire, et c'est lui qui a le dernier mot dans le conflit qui a opposé deux des « grands » de sa cour.

Le mal n'a donc pas de place dans *le Cid*. Même le mouvement irréfléchi de colère auquel se livre le Comte nous paraît excusable. Aucun des personnages n'est antipathique : tous semblent avoir usé de leur libre arbitre pour parvenir à une claire vision de la vertu.

CORNEILLE ET LA SOCIÉTÉ DE SON TEMPS

Les choses d'Espagne étaient fort à la mode en France, dès avant 1635, avant que commence la guerre qui oppose la France à l'Empire et à l'Espagne. Corneille n'innovait donc pas en offrant à son public une pièce tirée de l'espagnol. Mais il a su mieux que d'autres transposer à l'usage de ses contemporains l'image d'une Espagne violente et passionnée. Le Cid, vainqueur des Mores, garde un reflet de la grandeur dont le pare le *Romancero*, mais les valeurs morales qui sont en jeu sont celles qui intéressent les « cavaliers » du temps de Louis XIII. Corneille a « actualisé » l'Espagne féodale du Moyen Age pour la rendre vivante à ses contemporains.

En un temps où l'hôtel de Rambouillet est dans tout son éclat, Corneille fait voir dans *le Cid* les effets merveilleux d'une grande passion, d'un grand amour fondé sur une grande estime ; n'est-ce point l'illustration la plus parfaite de l'idéal romanesque dont se nourrit la société mondaine d'alors ? La générosité de Rodrigue n'est-elle pas conforme à la définition qu'en avait déjà donnée d'Urfé dans ses *Epîtres morales* ? Mais cette génération ne se contente pas de satisfaire son imagination par des chimères sentimentales. Elle croit à l'action ; elle a le goût de l'aventure, le culte de l'audace qui ne mesure pas les dangers. C'est la génération de Montmorency-Bouteville, qui brave les édits de Richelieu ; celle du cardinal de Retz, du comte de Soissons, de Cinq-Mars, du duc Henri de Guise, qui conspirent autant par amour du risque que par ambition. Rodrigue semble appartenir à ce monde de grands seigneurs, dont les exploits téméraires suscitaient l'émerveillement.

Toute la pièce roule sur une de ces affaires d'honneur auxquelles la noblesse du temps attache tant d'importance. Si on se rappelle que quatre mille gentilshommes furent tués en duel dans les dix dernières années du règne de Henri IV, qu'en 1626 un édit royal interdit le duel et que Richelieu sévit durement contre ceux qui continuaient à défier les ordres royaux, on comprend que *le Cid* ait passionné les spectateurs de 1636. La France de Louis XIII peut se reconnaître dans cette Espagne féodale où don Fernand tente de mettre à la raison certains seigneurs qui croient avoir le droit de se faire justice eux-mêmes, comme don Gomès ou don Sanche, tandis que d'autres, comme don Diègue et don Arias, soutiennent le pouvoir absolu du Roi. Corneille prend-il parti dans ce débat ? Quelques vers prononcés par don Gomès (acte II, scène première) parurent une apologie du duel, et le poète les supprima, sans doute sur l'invitation de Richelieu ; en revanche, don Fernand condamne deux fois (vers 595-598 et 1405-1410) le duel comme contraire aux intérêts de l'État. Il est vrai que ce même don Fernand trouve légitime la vengeance que Rodrigue tire du Comte et finit par autoriser, du moins contre un seul champion, le duel judiciaire que réclame Chimène. Qu'en conclure sinon que Corneille, sans prendre parti, met en évidence le conflit tragique qui, de son temps même, oppose une noblesse restée fidèle à une certaine conception du point d'honneur, et un pouvoir royal qui doit préserver l'existence d'une aristocratie nécessaire à la vie de l'État. Encore don Fernand, dans sa Castille médiévale, doit-il faire preuve d'une prudence dont n'a plus besoin un Louis XIII conseillé par Richelieu.

LA QUERELLE DU « CID »

Un succès aussi retentissant que celui du *Cid* devait sans doute susciter des jalousies. Richelieu fut-il l'instigateur des attaques contre Corneille ? Le chroniqueur Tallemant des Réaux, Boileau, puis Fontenelle sont les grands responsables de cette légende : le cardinal n'aurait point été satisfait de voir Corneille déserter la société des cinq auteurs qu'il avait pris à son service ; mais, au moment du *Cid*, Corneille n'avait probablement pas encore rompu avec les autres collaborateurs du ministre, et sans doute a-t-il mis la main à *l'Aveugle de Smyrne*, œuvre des cinq auteurs représentée le 22 février 1637 à l'hôtel de Richelieu. L'éloge de l'Espagne, avec laquelle on était en guerre, et l'apologie du duel auraient-ils indisposé le cardinal ? C'est fort possible, mais rien ne laissa transparaître sa mauvaise humeur, et il ne fut sans doute pas étranger à l'anoblissement du père de Corneille (mars 1637), moyen indirect d'honorer l'auteur du *Cid*.

Quant au poète, s'il avait le désir de plaire au public, il n'avait certainement pas l'intention de mettre en question la politique extérieure ou intérieure du ministre. Mais c'est bien lui qui provoqua ses rivaux par une épître d'un naïf orgueil, l'*Excuse à Ariste* (février 1637), où il vantait sa supériorité. Cette insolence fut relevée par Mairet, l'auteur de *Sophonisbe,* qui, dans six stances supposées écrites par l'« Auteur du vrai *Cid* espagnol », lança contre Corneille l'accusation de plagiat. Corneille venait de répondre par un rondeau fort impertinent, quand Scudéry lança ses *Observations sur « le Cid »* (avril 1637), docte dissertation qui soutenait, au sujet de l'ouvrage de Corneille,

> Que le sujet n'en vaut rien du tout,
> Qu'il choque les principales règles du poème dramatique,
> Qu'il a beaucoup de méchants vers,
> Que presque tout ce qu'il a de beautés sont dérobées.

Le quatrième point reprend l'accusation de plagiat ; le troisième correspond à une critique littérale d'un certain nombre de vers entachés de maladresses de style. Mais les premier et deuxième griefs sont plus intéressants. Scudéry, en incriminant le sujet du *Cid,* a en effet fort bien vu qu'il ne s'agissait évidemment pas d'une tragédie à l'antique, pas plus que d'une tragi-comédie selon la mode du temps ; il n'y trouve pas cette intrigue embrouillée « qui tienne toujours l'esprit en suspens, et qui ne se démêle qu'à la fin de tout l'ouvrage » : une telle entorse à la tradition paraissait condamnable[1]. Quant au deuxième point, il portait le débat sur un terrain dangereux pour Corneille. Démontrer que les règles avaient été transgressées permettait de soulever contre *le Cid* tous les « doctes », inquiets de voir la technique dramatique retourner à l'anarchie. Or Scudéry veut démontrer que la vraisemblance n'est pas respectée par Corneille : comment admettre que tant d'événements se passent en vingt-quatre heures ? Pourquoi tant de personnages inutiles, et en particulier cette Infante, qui semble n'être là que « pour y faire jouer la Beauchâteau », et ce « pauvre don Sanche », qui n'a pour raison d'être que de se « faire battre par Rodrigue » ? Mais la bienséance est, selon Scudéry, encore plus malmenée : l'attitude de Chimène, fille dénaturée qui aime l'assassin de son père, est révoltante.

Les *Observations* de Scudéry eurent pour réponse une *Lettre apologétique* de Corneille, qui refusait toute discussion. C'est alors que Scudéry (juin 1637) fit appel à l'arbitrage de l'Académie française ; Corneille, qui savait Richelieu favorable à cette médiation, accepta. Mais, tandis que les commissaires de la docte compagnie mettaient non sans peine leur rapport au point, la polémique continuait et s'envenimait ; Scudéry voulut entraîner Guez de Balzac dans la lutte, mais en vain[2]. Le ton monta encore, jusqu'au mois d'octobre, où Richelieu fit savoir à Mairet, par l'intermédiaire de Boisrobert, qu'il voulait voir finir tout ce bruit.

---

1. Voir dans les Jugements le texte de Scudéry ; 2. Voir dans les Jugements un extrait de la réponse de Guez de Balzac à Scudéry.

Enfin, en décembre, parurent les *Sentiments de l'Académie sur « le Cid »*, mis au point par Chapelain, qui en avait soumis le texte à Richelieu ; on n'y ménageait pas les éloges à Corneille, on atténuait quelques-unes des critiques formulées par Scudéry, mais en fait on donnait raison à celui-ci sur la question des règles : le parti des « doctes » l'emportait, insistant, plus encore que Scudéry, sur le mépris que semblait avoir témoigné Corneille pour les préceptes d'Aristote.

Corneille fut profondément vexé de la sentence académique ; et il ne manqua jamais par la suite de soutenir qu'il n'avait pas donné son accord sur le jugement de la compagnie[1]. Mais le problème littéraire qu'avait soulevé Scudéry le préoccupait vivement ; Chapelain écrit à Guez de Balzac le 15 janvier 1639 : « Il [Corneille] ne parle plus que de règles et que des choses qu'il eût pu répondre aux académiciens. » Le poète procéda à des corrections de détail qui tiennent compte des remarques grammaticales et stylistiques faites par Scudéry. La création d'*Horace*, tragédie régulière et romaine, prouve en tout cas que Corneille ne tenait pas à braver les décisions de l'Académie. Mais il suffit de lire l'Avertissement qui précède le texte du *Cid* dans l'édition de 1648 et l'Examen de l'édition de 1660[2] pour voir que Corneille tient encore à se justifier, très longtemps après la querelle, des griefs lancés contre lui par ses adversaires.

La querelle du *Cid* est donc avant tout une querelle littéraire, sans doute la plus importante et la plus significative dans l'histoire du théâtre de cette époque, où il s'agit de savoir qui l'emportera, du théâtre « baroque » ou du théâtre « classique ».

---

1. Voir l'Avertissement de 1648, page 28 ; 2. Voir cet Examen, à la suite du texte de la pièce.

LAS MOCEDADES DEL CID.

COMEDIA PRIMERA.

POR D. GVILLEM DE CASTRO.

Los que hablan en ella son los siguientes.

El Rey D. Fernando.
La Reyna su muger.
El Principe D. Sacho.
La Infanta doña Vrraca.
Diego Laynez Padre del Cid.
Rodrigo, el Cid.
El Conde Loçano.

Ximena Gomez hija del Conde.
Arias Gonçalo.
Peransules.
Hernan Dias, y Bermudo Laih hermanos de Cid.
Eluira criada de Ximena Gomez.

Vn Maestro de armas del Principe.
D. Martin Gõçales.
Vn Rey Moro.
Quatro Moros.
Vn Pastor.
Dos, o tres Pajes, y alguna otra gẽte de acompañamiento.

LES ENFANCES DU CID DE GUILLÉN DE CASTRO
Page du titre de l'édition de 1621.

GEORGES DE SCUDÉRY
LE PRINCIPAL ADVERSAIRE DE CORNEILLE
DANS LA QUERELLE DU *CID*

LEXIQUE DU VOCABULAIRE DE CORNEILLE

*Les termes du vocabulaire psychologique et moral cités dans ce lexique y figurent soit parce que leur **sens** — du moins dans certains emplois — n'est plus tout à fait le même aujourd'hui, soit parce que leur **fréquence** en fait des **mots clefs**, qui révèlent les passions et les sentiments dominants chez les personnages.*

Ces mots sont marqués d'un astérisque* dans le texte : ils sont divisés ici en deux groupes, classés chacun par ordre alphabétique.

I. LES VALEURS MORALES D'UNE CLASSE SOCIALE

Cavalier : gentilhomme. Corneille avait écrit *chevalier* dans l'édition de 1637 ; il remplaça dans les éditions suivantes ce mot par *cavalier*, devenu à la mode sous l'influence italienne et espagnole (vers 82, 88, 427, 786, 1401, 1428).

Cœur : courage, énergie morale (vers 261, 304, 416, 419, 588, 611, 1127, 1413, 1474, 1483, 1531), en particulier dans les expressions *homme de cœur* (vers 30, 875) et *gens de cœur* (vers 1455). — Siège du sentiment de l'amour (vers 17, 74, 83, 88, 101, 120, 519, 524, 530, 814, 818, 823, 833, 1096, 1555, 1578, 1627, 1643, 1747, 1760, 1838) et des autres passions (vers 172, 355, 394, 448, 471, 576, 627, 1057, 1133, 1171, 1390, 1537).

Courage : cœur (vers 354, 594, 910, 953, 1436, 1601). — Energie, force de cœur (vers 98, 120, 204, 222, 273, 430, 482, 497, 521, 671, 719, 903, 1038, 1064, 1172, 1238, 1262, 1294, 1310, 1446, 1479, 1518, 1526, 1837).

Devoir : obligation morale (vers 25, 192, 359, 372, 424, 441, 587, 676, 820, 911, 925, 983, 1059, 1128, 1140, 1167, 1169, 1192, 1198, 1236, 1237, 1317, 1331, 1501, 1554, 1592, 1624, 1678, 1689, 1728, 1751, 1766, 1807).

Digne (sans complément) : noble, qui mérite l'estime (vers 22, 263, 288, 317, 621, 640, 1235, 1582). — Cet adjectif se retrouve également avec un complément *(digne de)* : en ce sens, il n'a pas été noté d'un astérisque.

Généreux : capable de tous les sentiments purs et élevés qui conviennent à une noble race (vers 270, 315, 458, 576, 660, 699, 844, 890, 910, 1066, 1086, 1121, 1209, 1489, 1517, 1617, 1747, 1774).

Générosité : grandeur d'âme et toute autre qualité qui fait la noblesse de caractère (vers 930, 946, 1197).

Descartes définira ainsi la générosité dans son Traité des passions de l'âme (III⁰ partie, art. 153) :

Ainsi je crois que la vraie générosité, qui fait qu'un homme s'estime au plus haut point qu'il se peut légitimement estimer, consiste seulement partie en ce qu'il connaît qu'il n'y a rien qui véritablement lui appartienne que cette libre disposition de ses volontés, ni pourquoi il doit être loué ou blâmé sinon pour ce qu'il en use bien ou mal, et partie en ce qu'il sent en soi-même une ferme et constante résolution d'en bien user, c'est-à-dire de ne manquer jamais de volonté pour entreprendre et exécuter toutes les choses qu'il jugera être les meilleures; ce qui est suivre parfaitement la vertu.

Gloire : haute idée que l'on a de soi-même; en ce sens, le mot est accompagné de l'adjectif possessif (vers 97, 123, 201, 245, 313, 332, 546, 602, 685, 842, 847, 904, 914, 916, 938, 954, 971, 1054, 1092, 1138, 1421, 1506, 1524, 1530, 1544, 1574, 1656, 1682, 1711, 1766, 1797, 1817). — Considération, renommée (vers 701, 1210, 1302).

Descartes définira ainsi la gloire dans son Traité des passions de l'âme *(IIIᵉ partie, art. 204) :*

Ce que j'appelle ici du nom de gloire est une espèce de joie fondée sur l'amour qu'on a pour soi-même, et qui vient de l'opinion ou de l'espérance qu'on a d'être loué par quelques autres. Ainsi elle est différente de la satisfaction intérieure qui vient de l'opinion qu'on a d'avoir fait quelque bonne action; car on est quelquefois loué pour des choses qu'on ne croit point être bonnes, et blâmé pour celles qu'on croit être meilleures : mais elles sont l'une et l'autre des espèces de l'estime qu'on fait de soi-même, aussi bien que des espèces de joie; car c'est un sujet pour s'estimer que de voir qu'on est estimé par les autres.

Glorieux : qui donne une illustre renommée (vers 255, 521, 1050, 1104, 1362, 1618, 1832).

Honneur : estime glorieuse accordée à la vertu, au courage (vers 221, 268, 396, 433, 438, 442, 603, 718, 772, 850, 888, 957, 1036, 1055, 1364, 1466, 1498, 1545, 1688, 1839). — Distinction qui flatte (vers 44, 154, 165, 223, 673, 1039, 1224, 1232). — Sentiment qui fait que l'on veut conserver la considération de soi-même et des autres (vers 143, 248, 252, 302, 311, 319, 334, 339, 459, 747, 821, 836, 877, 897, 909, 924, 933, 955, 976, 1058, 1061, 1128, 1509, 1522, 1528, 1539, 1542, 1548, 1684, 1789). — Qualité qui porte à des actions nobles et courageuses (vers 400, 421, 1059, 1085, 1420, 1584).

Mérite : ensemble des qualités qui attirent l'estime et la considération (vers 94, 162, 1166, 1214).

Vaillance : valeur dans l'action et particulièrement courage militaire (vers 45, 400, 1093, 1117, 1454, 1502, 1673, 1722, 1840).

Vaillant : qui a de la vaillance (vers 26, 195, 687, 1195, 1572, 1715); pris comme nom (vers 1438, 1560).

Valeur : courage à la guerre, dans le combat; sens très proche de celui de *vaillance* (vers 33, 210, 279, 406, 432, 532, 567, 677, 913, 1028, 1109, 1132, 1160, 1211, 1239, 1527, 1571, 1816).

Vengeance : réparation d'une offense (vers 250, 286, 346, 634, 654, 689, 832, 854, 882, 950, 960, 1360, 1652, 1663, 1731, 1794).

Venger : exercer une vengeance (vers 260, 267, 272, 287, 290, 303, 319, 323, 324, 417, 633, 652, 688, 692, 720, 779, 786, 790,

801, 842, 877, 914, 916, 947, 949, 952, 982, 1008, 1049, 1061, 1082, 1092, 1183, 1197, 1253, 1341, 1400, 1539, 1540, 1654, 1686, 1718, 1725, 1767, 1792).

Vertu : force morale née du mérite (vers 28, 80, 129, 134, 399, 426, 513, 518, 529, 979, 1296, 1515, 1575) ; au pluriel, qualités particulières conformes à la loi morale (vers 177, 1803).

II. LE LANGAGE DES SENTIMENTS ET DES PASSIONS

Amant, amante, amants : amoureux (sans idée défavorable) [vers 16, 42, 69, 82, 147, 496, 507, 520, 812, 839, 961, 1064, 1156, 1165, 1392, 1580, 1610, 1629, 1652, 1672, 1690, 1694, 1730, 1740, 1743].

Charme : puissance mystérieuse, enchantement (vers 129) ; au pluriel (vers 833, 921).

Charmer : enchanter, envoûter (vers 3, 512, 1601, 1747). — **Charmant** : qui provoque l'enchantement (vers 10, 453, 524).

Déplaisir : désespoir, chagrin (vers 116, 139, 638, 656, 796, 1165, 1357, 1576).

Ennui : vive affliction, désespoir (vers 448, 465, 487, 555, 847, 971, 1024, 1599).

Etrange : extraordinaire (vers 298, 841, 847, 1113, 1685, 1719).

Fatal : qui fait naître le malheur (vers 121, 247, 431, 455).

Feu : ardeur amoureuse (vers 109, 297, 490, 1166, 1461, 1763) ; au pluriel, même sens (vers 11, 104, 981, 1566). — Violence d'une autre passion (vers 472).

Flamme : passion amoureuse, même métaphore que *feu* (vers 6, 86, 305, 508, 514, 817, 880, 924, 965, 1049, 1201, 1346, 1391, 1638, 1712) ; au pluriel (vers 94).

Funeste : qui apporte le malheur, la mort (vers 669, 801, 913, 1152, 1698).

Querelle : cause, intérêt, défense (vers 244, 293, 1082, 1443, 1486, 1662). — Dispute, différend (vers 454, 461, 574).

Ravir : transporter de joie (vers 21, 423, 507, 1041, 1119, 1497).

Soupirs : gémissements nés de la douleur (vers 118, 795, 1026, 1577, 1675) ; mot souvent uni à *pleurs* (vers 460, 670, 1144).

Triste : qui cause ou exprime une mortelle affliction, en parlant des choses (vers 110, 305, 680, 742, 795, 1131, 1140, 1337, 1367, 1501).

Trouble : désarroi de l'âme (vers 556).

Troubler : bouleverser profondément (vers 53, 449, 630, 658, 981, 1246, 1638, 1663). — **Se troubler** : être profondément bouleversé (vers 84).

À MADAME DE COMBALET[1]
(1637)

MADAME,

Ce portrait vivant que je vous offre représente un héros assez reconnaissable aux lauriers dont il est couvert. Sa vie a été une suite continuelle de victoires; son corps, porté dans son armée[2], a gagné des batailles après sa mort; et son nom au bout de six cents ans, vient encore de triompher en France. Il y a trouvé une réception trop favorable pour se repentir d'être sorti de son pays et d'avoir appris à parler une autre langue que la sienne. Ce succès a passé mes plus ambitieuses espérances, et m'a surpris d'abord; mais il a cessé de m'étonner depuis que j'ai vu la satisfaction que vous avez témoignée quand il a paru devant vous. Alors j'ai osé me promettre de lui tout ce qui en est arrivé, et j'ai cru qu'après les éloges dont vous l'avez honoré cet applaudissement universel ne lui pouvait manquer. Et véritablement, Madame, on ne peut douter avec raison de ce que vaut une chose qui a le bonheur de vous plaire : le jugement que vous en faites est la marque assurée de son prix; et comme vous donnez toujours libéralement aux véritables beautés l'estime qu'elles méritent, les fausses n'ont jamais le pouvoir de vous éblouir. Mais votre générosité ne s'arrête pas à des louanges stériles pour les ouvrages qui vous agréent; elle prend plaisir à s'étendre utilement sur ceux qui les produisent, et ne dédaigne point d'employer en leur faveur ce grand crédit que votre qualité et vos vertus vous ont acquis. J'en ai ressenti des effets[3] qui me sont trop avantageux pour m'en taire, et je ne vous dois pas moins de remercîments pour moi que pour *le Cid*. C'est une reconnaissance qui m'est glorieuse, puisqu'il m'est impossible de publier que je vous ai de grandes obligations, sans publier en même temps que vous m'avez assez estimé pour vouloir que je vous en eusse. Aussi, Madame, si je souhaite quelque durée pour cet heureux effort de ma plume, ce n'est point pour apprendre mon nom à la postérité, mais seulement pour laisser des marques éternelles de ce que je vous dois, et faire lire à ceux qui naîtront dans les autres siècles la protestation que je fais d'être toute ma vie,

MADAME,

Votre très-humble, très-obéissant
et très-obligé serviteur,
CORNEILLE.

---

1. Marie-Magdeleine de Vignerot, nièce de Richelieu, avait épousé le marquis du Roure, seigneur de Combalet. Veuve en 1621, elle fut créée duchesse d'Aiguillon en 1637. Aussi les éditions de 1648-1656 portent-elles : « A Madame la duchesse d'Aiguillon » ; 2. En réalité, Chimène dut s'enfuir de Valence en emportant les ossements de Rodrigue qu'elle avait fait exhumer ; 3. Allusion possible à l'anoblissement du père de Corneille (janvier 1637).

AVERTISSEMENT
(1648)

« Avia pocos dias antes hecho campo con D. Gomez, conde de Gormaz. Venciole y diole la muerte. Lo que resulto deste caso, fué que caso con dona Ximena, hija y heredera del mismo conde. Ella misma requiro al Rey que se le diesse por marido, ca estaba muy prendada de sus partes, o le castigasse conforme a las leyes, por la muerte que dio a su padre. Hizóse el casamiento, que à todos estaba à cuento, con el qual por el gran dote de su esposa, que se allego al estado que él tenia de su padre, se aumantó en poder y riquezas (MARIANA, Lib. IXº de *Historia d'España*, vᵉ)[1]. »

Voilà ce qu'a prêté l'histoire à D. Guillem de Castro, qui a mis ce fameux événement sur le théâtre avant moi. Ceux qui entendent l'espagnol y remarqueront deux circonstances : l'une, que Chimène, ne pouvant s'empêcher de reconnaître et d'aimer les belles qualités qu'elle voyait en don Rodrigue, quoiqu'il eût tué son père *(estaba prendada de sus partes)*, alla proposer elle-même au roi cette généreuse alternative, ou qu'il le lui donnât pour mari, ou qu'il le fît punir suivant les lois; l'autre, que ce mariage se fit au gré de tout le monde *(à todos estaba à cuento)*. Deux chroniques du Cid ajoutent qu'il fut célébré par l'archevêque de Séville, en présence du roi et de toute sa cour; mais je me suis contenté du texte de l'historien parce que toutes les deux ont quelque chose qui sent le roman, et peuvent ne persuader pas davantage que celles que nos Français ont faites de Charlemagne et de Roland. Ce que j'ai rapporté de Mariana suffit pour faire voir l'état[2] qu'on fit de Chimène et de son mariage dans son siècle même, où elle vécut en un tel éclat que les rois d'Aragon et de Navarre[3] tinrent à honneur d'être ses gendres, en épousant ses deux filles. Quelques-uns ne l'ont pas si bien traitée dans le nôtre : et sans parler de ce qu'on a dit de la Chimène du théâtre, celui qui[4] a composé l'histoire d'Espagne en français l'a notée[5] dans son livre de s'être tôt et aisément consolée de la mort de son père, et a voulu taxer de légèreté une action qui fut imputée à grandeur de courage[6] par ceux qui en furent les

---

1. « Il avait eu peu de jours auparavant un duel avec don Gomez, comte de Gormaz. Il le vainquit et lui donna la mort. Le résultat de cet événement fut son mariage avec doña Chimène, fille et héritière de ce seigneur. Elle-même demanda au roi de le lui donner pour mari, car elle était fort éprise de ses qualités, ou de le châtier conformément aux lois, pour avoir donné la mort à son père. Le mariage, qui agréait à tous, s'accomplit; ainsi, grâce à la dot considérable de son épouse, qui s'ajouta aux biens qu'il tenait de son père, il grandit en pouvoir et en richesses. » — Le P. Juan Mariana écrivit une *Histoire de l'Espagne* en latin (1592-1595-1616), puis il la traduisit en espagnol (V. la Notice, p. 13.) ; 2. *Etat* : cas (Voir *Horace*, vers 515 : « Avez-vous vu l'état qu'on fait de Curiace ? » ; 3. *Aragon* : au nord de l'Espagne. Capitale : Saragosse, sur l'Ebre. — *Navarre* : au nord-ouest de l'Espagne. Capitale : Pampelune ; 4. Allusion possible à Louis de Mayerne Turquet, auteur d'une *Histoire d'Espagne* (1587) ; 5. *Notée* : blâmée ; 6. *Imputée à grandeur* : attribuée à la grandeur du courage.

témoins. Deux romances[1] espagnols, que je vous donnerai ensuite de cet *Avertissement*, parlent encore plus en sa faveur. Ces sortes de petits poëmes sont comme des originaux décousus de leurs anciennes histoires ; et je serais ingrat envers la mémoire de cette héroïne, si, après l'avoir fait connaître en France et m'y être fait connaître par elle, je ne tâchais de la tirer de la honte qu'on lui a voulu faire, parce qu'elle a passé par mes mains. Je vous donne donc ces pièces justificatives de la réputation où elle a vécu, sans dessein de justifier la façon dont je l'ai fait parler français. Le temps l'a fait pour moi, et les traductions qu'on en a faites en toutes les langues qui servent aujourd'hui à la scène, et chez tous les peuples où l'on voit des théâtres, je veux dire en italien, flamand et anglais, sont d'assez glorieuses apologies contre tout ce qu'on en a dit[2]. Je n'y ajouterai pour toute chose qu'environ une douzaine de vers espagnols qui semblent faits exprès pour la défendre. Ils sont du même auteur qui l'a traitée avant moi, D. Guillem de Castro, qui, dans une comédie qu'il intitule *Engañarse engañando*[3], fait dire à une princesse de Béarn :

A mirar
bien el mundo, que el tener
apetitos que vencer,
y ocasiones que dexar

Examinan el valor
en la muger, yo dixera
lo que siento, porque fuera
luzimiento de mi honor.

Pero malicias fundadas
en honras mal entendidas
de tentaciones vencidas
hacen culpas declaradas :

Y así, la que el desear
con el resistir apunta,
vence dos veces, si junta
con el resistir el callar[4].

C'est, si je ne me trompe, comme agit Chimène dans mon ouvrage, en présence du Roi et de l'Infante. Je dis en présence du Roi et de l'Infante, parce que, quand elle est seule, ou avec sa confidente, ou avec son amant, c'est une autre chose. Ses mœurs sont inégalement égales[5], pour parler en termes de notre Aristote, et changent suivant les circonstances des lieux, des personnes, des

---

1. *Romance* (nom masculin en français comme en espagnol) : poème narratif qui a pour sujet un épisode de l'histoire ou de la légende. L'ensemble de ces poèmes, caractéristiques de la littérature espagnole, forme le *Romancero* ; 2. Dès 1637, *le Cid* fut traduit en vers anglais ; puis il le fut en italien, en allemand, en hollandais, en danois, en espagnol même, par Diamante, dont la traduction fut prise à tort jusqu'en 1823 pour une des sources de Corneille ; 3. *Engañarse engañando* : se tromper en trompant. Comédie imprimée en 1625 ; 4. « Si le monde a raison de dire que ce qui éprouve le mérite d'une femme, c'est d'avoir des désirs à vaincre, des occasions à rejeter, je n'aurais ici qu'à exprimer ce que je sens : mon honneur n'en deviendrait que plus éclatant. Mais une malignité qui se prévaut de notions d'honneur mal entendues convertit volontiers en un aveu de faute ce qui n'est que la tentation vaincue. Dès lors la femme qui désire et résiste également vaincra deux fois, si en résistant elle sait encore se taire » (Traduction de Marty-Leveaux, *Corneille*, t. III.) ; 5. Aristote dit : ὁμαλῶς ἀνώμαλον, « également inégal » (*Poétique*, xv, 5).

temps et des occasions, en conservant toujours le même principe (1).

Au reste, je me sens obligé de désabuser le public de deux erreurs qui s'y sont glissées touchant cette tragédie, et qui semblent avoir été autorisées par mon silence. La première est que j'ai convenu de juges touchant son mérite, et m'en sois rapporté au sentiment de ceux qu'on a priés d'en juger. Je m'en tairais encore, si ce faux bruit n'avait été jusque chez M. de Balzac dans sa province, ou, pour me servir de ses paroles mêmes, dans son désert[1], et si je n'en avais vu depuis peu les marques dans cette admirable lettre[2] qu'il a écrite sur ce sujet, et qui ne fait pas la moindre richesse des deux derniers trésors qu'il nous a donnés. Or comme tout ce qui part de sa plume regarde toute la postérité, maintenant que mon nom est assuré de passer jusqu'à elle dans cette lettre incomparable, il me serait honteux qu'il y passât avec cette tache, et qu'on pût à jamais me reprocher d'avoir compromis de ma réputation[3]. C'est une chose qui jusqu'à présent est sans exemple; et de tous ceux qui ont été attaqués comme moi, aucun que je sache n'a eu assez de faiblesse pour convenir d'arbitres avec ses censeurs; et s'ils ont laissé tout le monde dans la liberté publique d'en juger, ainsi que j'ai fait, ç'a été sans s'obliger, non plus que moi, à en croire personne; outre que dans la conjoncture où étaient lors les affaires du *Cid*, il ne fallait pas être grand devin pour prévoir ce que nous en avons vu arriver. A moins que d'être tout à fait stupide, on ne pouvait pas ignorer que comme les questions de cette nature ne concernent ni la religion ni l'État, on en peut décider par les règles de la prudence humaine, aussi bien que par celles du théâtre, et tourner sans scrupule le sens du bon Aristote du côté de la politique[4]. Ce n'est pas que je sache si ceux qui ont jugé du *Cid* en ont jugé suivant leur sentiment ou non, ni même que je veuille dire qu'ils en aient bien ou mal jugé, mais seulement que ce n'a jamais été de mon consentement qu'ils en ont jugé, et que peut-être je l'aurais justifié sans beaucoup de peine, si la même raison[5] qui les a fait parler ne m'avait obligé à me taire. Aristote ne s'est pas expliqué si clairement dans sa *Poétique*[6] que nous n'en puissions

---

1. Sa retraite des environs d'Angoulême; 2. *Lettre...* parue dans les *Lettres choisies du sieur de Balzac* (à Paris, chez A. Courbé, 1647). On trouvera dans les Jugements les passages essentiels de cette lettre; le texte complet est cité dans le volume de la collection des « Classiques Larousse » consacré à *Balzac-Voiture*; 3. Compromis quelque chose de ma réputation (*de* partitif); 4. *La politique* : l'adresse dont on use pour arriver à ses fins; 5. Allusion au rôle de Richelieu qui fit prier Corneille par Boisrobert de ne pas répondre à l'Académie; 6. Discussion poursuivie dans le *Discours sur l'utilité... du poème dramatique*, déjà cité.

─────── **QUESTIONS** ───────

1. Est-ce seulement le personnage de Chimène que Corneille justifie ici, ou l'ensemble du sujet ? Sur quels textes s'appuie-t-il ? Cite-t-il G. de Castro ? Importance de cette démonstration, quand on sait l'accusation de plagiat lancée contre lui. — Le ton de la démonstration.

faire ainsi que les philosophes, qui le tirent chacun à leur parti dans leurs opinions contraires; et comme c'est un pays inconnu pour beaucoup de monde, les plus zélés partisans du *Cid* en ont cru ses censeurs sur leur parole et se sont imaginé avoir pleinement satisfait à toutes leurs objections, quand ils ont soutenu qu'il importait peu qu'il fût selon les règles d'Aristote et qu'Aristote en avait fait pour son siècle et pour des Grecs, et non pas pour le nôtre et pour des Français **(2)**.

Cette seconde erreur, que mon silence a affermie, n'est pas moins injurieuse à[1] Aristote qu'à moi. Ce grand homme a traité la poétique avec tant d'adresse et de jugement que les préceptes qu'il nous en a laissés sont de tous les temps et de tous les peuples; et bien loin de s'amuser au détail des bienséances et des agréments, qui peuvent être divers selon que ces deux circonstances[2] sont diverses, il a été droit aux mouvements de l'âme, dont la nature ne change point. Il a montré quelles passions la tragédie doit exciter dans celles de ses auditeurs; il a cherché quelles conditions sont nécessaires, et aux personnes qu'on introduit, et aux événements qu'on représente, pour les y faire naître; il en a laissé des moyens qui auraient produit leur effet partout dès la création du monde, et qui seront capables de le produire encore partout, tant qu'il y aura des théâtres et des acteurs; et pour le reste, que les lieux et les temps peuvent changer, il l'a négligé, et n'a pas même prescrit le nombre des actes, qui n'a été réglé que par Horace[3] beaucoup après lui **(3)**.

Et certes, je serais le premier qui condamnerais *le Cid*, s'il péchait contre ces grandes et souveraines maximes que nous tenons de ce philosophe; mais bien loin d'en demeurer d'accord, j'ose dire que

1. *A :* pour; 2. *Ces deux circonstances :* la diversité des temps et des peuples; 3. Dans l'*Epître aux Pisons (Art poétique)*, Horace dit, en effet (v. 189-190), qu' « une longueur de cinq actes, ni plus ni moins, c'est la mesure d'une pièce qui veut être réclamée sur le théâtre ». S'il est vrai, comme le dit Corneille, que cette prescription n'a pas été inventée par Aristote, il n'est pas exact non plus qu'elle ait été créée par Horace : elle vient des critiques grecs de l'époque alexandrine; ceux-ci avaient remarqué que souvent la tragédie grecque se divise en cinq parties; un prologue, trois épisodes séparés par les chants du chœur et un dénouement *(exodos)*.

─────── **QUESTIONS** ───────

2. D'après le récit de la querelle du *Cid*, qu'on a lu dans la Notice, sur quels événements revient ici Corneille, onze ans après le débat? Quel trait de son caractère apparaît, surtout si on se rappelle qu'il a été élu l'année précédente à l'Académie par ses « juges »? — Analysez et discutez la dernière phrase du paragraphe depuis : *Aristote ne s'est pas expliqué...* En quels termes Corneille pose-t-il le problème de la « régularité » de sa pièce?

3. Corneille est-il « moderniste » ou « classique » dans son interprétation d'Aristote? Cet éloge dithyrambique pouvait-il cependant satisfaire les « doctes »? Comment Corneille tourne-t-il à son propre avantage l'interprétation de la *Poétique* d'Aristote? — En faisant abstraction de la polémique particulière au *Cid*, dans quelle mesure le jugement de Corneille sur Aristote est-il encore acceptable aujourd'hui?

cet heureux poëme n'a si extraordinairement réussi que parce qu'on y voit les deux maîtresses conditions (permettez-moi cette épithète), que demande ce grand maître aux excellentes tragédies, et qui se trouvent si rarement assemblées dans un même ouvrage qu'un des plus doctes commentateurs[1] de ce divin traité qu'il en a fait, soutient que toute l'antiquité ne les a vues se rencontrer que dans le seul *Œdipe*. La première est que celui qui souffre et est persécuté ne soit ni tout méchant ni tout vertueux, mais un homme plus vertueux que méchant, qui par quelque trait de faiblesse humaine qui ne soit pas un crime, tombe dans un malheur qu'il ne mérite pas; l'autre, que la persécution et le péril ne viennent point d'un ennemi, ni d'un indifférent, mais d'une personne qui doive aimer celui qui souffre et en être aimée. Et voilà, pour en parler sainement, la véritable et seule cause de tout le succès du *Cid*[2], en qui l'on ne peut méconnaître ces deux conditions, sans s'aveugler soi-même pour lui faire injustice (4). J'achève donc en m'acquittant de ma parole; et après vous avoir dit en passant ces deux mots pour le Cid du théâtre, je vous donne, en faveur de la Chimène de l'histoire, les deux romances que je vous ai promis.

ROMANCE PRIMERO

Texte	Traduction
Delante el rey de León doña Ximena una tarde se pone a pedir justicia por la muerte de su padre.	*Devant le roi de León, doña Chimène vint un soir demander justice touchant son père.*
Para contra el Cid la pide, don Rodrigo de Bivare, que huérfana la dexó, niña, y de muy poca edade.	*Elle demande justice contre le Cid, don Rodrigue de Bivar, qui la rendit orpheline lorsqu'elle était encore tout enfant[3].*
Si tengo razón, o non, bien, rey, lo alcanzas y sabes, que los negocios de honra no pueden disimularse.	*« Si j'ai raison ou non, vous le savez du reste, ô roi Ferdinand, car les affaires d'honneur ne se peuvent cacher.*
Cada día que amanece, veo al lobo de mi sangre, caballero en un caballo, por darme mayor pesare.	*« Chaque jour qui luit, je vois le cruel qui a versé mon sang chevauchant à cheval sous mes yeux pour ajouter à mon chagrin.*

1. Il s'agit de Francesco Roberto (1516-1567), philosophe italien. Il publia, en 1548, à Florence, une édition de la *Poétique* d'Aristote avec commentaire. Corneille le cite aussi dans le *Discours sur la tragédie* et le *Discours sur le poème dramatique ;* 2. Corneille est revenu sur ce point dans le *Discours sur la tragédie ;* 3. Corneille a donc modifié les dates.

--- **QUESTIONS** ---

4. Pourquoi Corneille tient-il tellement en 1648 à démontrer que *le Cid* est une tragédie inspirée de l'esprit d'Aristote ? Est-il si évident que la pièce réponde aux deux conditions citées ici ?

■ SUR L'ENSEMBLE DE L'AVERTISSEMENT. — Résumez les différents arguments de Corneille : à quelle conclusion tendent-ils ? Corneille aurait-il eu les mêmes préoccupations en 1636 ? D'où vient qu'il tient tellement à faire du *Cid* une tragédie ?

Mándale, buen rey, pues puedes
que no me ronde mi calle :
que no se venga en mugeres
el hombre que mucho vale.

« Ordonnez-lui, bon roi, car vous le
pouvez, qu'il ne rôde pas sans cesse dans
ma rue ; car un homme de grande valeur
ne doit pas se venger sur des femmes.

Si mi padre afrentó al suyo,
bien ha vengado a su padre,
que si honras pagaron muertes,
para su disculpa basten.

« Que si mon père outragea le sien, il a
bien vengé son père, et il lui doit suffire
qu'une mort ait payé son honneur.

Encomendada me tienes,
no consientas que me agravien,
que el que a mi se fiziere,
a tu corona se faze.

« Je suis placée sous votre protection,
ne souffrez pas que l'on m'insulte ; car
tout outrage que l'on me fait, on le fait
à votre couronne.

— Calledes, doña Ximena,
que me dades pena grande,
que yo daré buen remedio
para todos vuestros males.

« — Taisez-vous, doña Chimène, car vous
m'affligez grandement, et je trouverai
un bon remède à tous vos maux.

Al Cid no le he de ofender,
que es hombre que mucho vale
y me defiende mis reynos,
y quiero que me le guarde.

« Je ne puis faire aucun tort au Cid, car
il est un homme qui vaut beaucoup ;
il me défend mes royaumes et je veux
qu'il me les garde.

Pero yo faré un partido
con él, que no os esté male,
de tomalle la palabra
para que con vos se case.

« Mais je ferai avec lui un arrangement
qui ne vous sera pas mauvais ; je lui
demanderai sa parole pour qu'il se marie
avec vous. »

Contenta quedó Ximena
con la merced que le faze
que quien huérfana la fizo
aquesse mismo la ampare.

Chimène demeura contente de la grâce
qui lui était accordée, et que celui
qui l'avait rendue orpheline devînt son
soutien.

ROMANCE SEGUNDO

A Ximena y a Rodrigo
prendrió el rey palabra y mano
de juntarlos, para en uno
en presencia de Layn Calvo.

De Rodrigue et de Chimène le roi prit
la parole et la main afin de les unir tous
en présence de Layn Calvo.

Las enemistades viejas
con amor se conformaron,
que donde preside amor
se olvidan muchos agravios...

Les anciennes inimitiés s'apaisèrent
dans l'amour, car où préside l'amour
bien des injures s'oublient...

Llegaron juntos los novios,
y al dar la mano, y abrazo,
el Cid mirando a la novia,
le dixo todo turbado :

Les fiancés arrivèrent ensemble, et au
moment de donner à la mariée sa main
et le baiser, le Cid, la regardant, lui dit
tout ému :

Maté a tu padre, Ximena,
pero no a desaguisado,
matéle de hombre a hombre,
para vengar cierto agravio.

« J'ai tué ton père, Chimène, mais non
en trahison, je l'ai tué d'homme à
homme pour venger une injure trop
réelle.

Maté hombre, y hombre doy :
aquí estoy a tu mandado,
y en lugar del muerto padre
cobraste un marido honrado.

« J'ai tué un homme et je te donne un
homme ; me voici à tes ordres, et en
place d'un père mort tu as acquis un
époux honoré. »

A todos pareció bien ;
su discreción alabaron,
y así se fizieron las bodas
de Rodrigo el Castellano.

Cela parut bien à tous, on loua son
esprit, et ainsi se firent les noces de
Rodrigue le Castillan.

(Damas-Himard, *Romancero espagnol*, t. II.)

PERSONNAGES[1]

DON FERNAND[2]	premier roi de Castille.
DOÑA URRAQUE[3]	infante de Castille.
DON DIÈGUE[4]	père de don Rodrigue.
DON GOMÈS	comte de Gormas, père de Chimène.
DON RODRIGUE	amant de Chimène.
DON SANCHE	amoureux de Chimène.
DON ARIAS	
	gentilshommes castillans.
DON ALONSE	
CHIMÈNE	fille de don Gomès.
LÉONOR	gouvernante de l'Infante.
ELVIRE	gouvernante de Chimène.

UN PAGE de l'Infante.

La scène est à Séville[5].

---

1. A la création de la pièce, la distribution était la suivante : Montdory jouait *Rodrigue*; Mlle Villiers, *Chimène*; Mlle Beauchâteau, *l'Infante*. On suppose que Baron père tenait le rôle de *Don Diègue*; 2. *Ferdinand Ier*, roi de Galice et de Castille, conquit d'importants territoires portugais sur le prince de Badajoz; dépouilla le roi de Saragosse de plusieurs forteresses; soumit les émirs de Tolède et de Séville; échoua devant Valence. Il mourut à Léon, en 1065; 3. *Doña Urraque* : une des filles de Ferdinand Ier; 4. Ce nom, comme les suivants, est emprunté à Mariana et à G. de Castro; mais Corneille a donné à Don Sanche et à don Alonse un autre rôle que dans l'histoire; 5. *Séville* : dans une large plaine sur le Guadalquivir, accessible au flux et au reflux. Capitale d'un royaume plus indépendant sous Ferdinand Ier. Conquise en 1248 par Ferdinand IV, elle devint plus tard la capitale d'Alphonse X le Sage et atteignit son apogée sous Philippe II. Voir dans la Notice, page 15, les raisons qui ont pu déterminer Corneille à transporter le lieu de l'action de Burgos (G. de Castro) à Séville. — Lors des premières représentations du *Cid*, la scène était divisée en trois compartiments au premier acte (maison de Chimène, appartement de l'Infante, place publique); à l'acte II, la chambre du Roi était adjointe à celle de l'Infante. (Voir Corneille : Examen du *Cid* et *Discours des trois unités*.)

LE CID

ACTE PREMIER

Chez Chimène.

SCÈNE PREMIÈRE[1]. — CHIMÈNE, ELVIRE.

CHIMÈNE

Elvire, m'as-tu fait un rapport bien sincère?
Ne déguises-tu rien de ce qu'a dit mon père?

ELVIRE

Tous mes sens à moi-même en sont encor charmés* :
Il estime Rodrigue autant que vous l'aimez,
5 Et si je ne m'abuse à lire[2] dans son âme,
Il vous commandera de répondre à sa flamme*.

CHIMÈNE

Dis-moi donc, je te prie, une seconde fois
Ce qui te fait juger qu'il approuve mon choix :
Apprends-moi de nouveau quel espoir j'en[3] dois prendre;
10 Un si charmant* discours ne se peut trop entendre;
Tu ne peux trop promettre aux feux* de notre amour
La douce liberté de se montrer au jour.
Que t'a-t-il répondu sur la secrète brigue[4]
Que font auprès de toi don Sanche et don Rodrigue?
15 N'as-tu point trop fait voir quelle inégalité
Entre ces deux amants* me penche[5] d'un côté?

ELVIRE

Non; j'ai peint votre cœur* dans une indifférence
Qui n'enfle d'aucun d'eux ni détruit[6] l'espérance,

---

1. Le texte de cette scène n'est pas celui des premières éditions; 2. *A lire* : en lisant. La préposition *à* s'emploie couramment au XVIIe siècle avec un infinitif au sens de « en », suivi du participe présent; 3. *En* : de tout cela; 4. *Brigue* : sollicitation (sans nuance défavorable); 5. Me fait pencher. Cet emploi au sens transitif fut blâmé par l'Académie; 6. L'omission de *ne* après *ni* est courante à cette époque.

──────── QUESTIONS ────────

● VERS 1-16. La première impression du spectateur au lever du rideau : relevez tous les mots destinés à créer un climat de joie et de bonheur.
— Pourquoi Corneille imagine-t-il que Chimène a déjà entendu le récit d'Elvire et veut l'entendre une seconde fois (vers 6-10)?

Et sans les voir d'un œil trop sévère ou trop doux,
20 Attend l'ordre d'un père à choisir[1] un époux.
Ce respect l'a ravi*, sa bouche et son visage
M'en ont donné sur l'heure un digne* témoignage,
Et puisqu'il nous en faut encor faire un récit,
Voici d'eux et de vous ce qu'en hâte il m'a dit :
25 « Elle est dans le devoir*; tous deux sont dignes d'elle,
Tous deux formés d'un sang noble, vaillant*, fidèle,
Jeunes, mais qui font lire aisément dans leurs yeux
L'éclatante vertu* de leurs braves aïeux.
Don Rodrigue surtout[2] n'a trait en son visage
30 Qui d'un homme de cœur* ne soit la haute image,
Et sort d'une maison si féconde en guerriers,
Qu'ils y prennent naissance au milieu des lauriers.
La valeur* de son père, en son temps sans pareille,
Tant qu'a duré sa force, a passé pour merveille[3];
35 Ses rides sur son front ont gravé ses exploits[4],
Et nous disent encor ce qu'il fut autrefois.
Je me promets du fils ce que j'ai vu du père;
Et ma fille, en un mot, peut l'aimer et me plaire. »
Il allait au conseil, dont l'heure qui pressait
40 A tranché ce discours[5] qu'à peine il commençait;
Mais à ce peu de mots je crois que sa pensée
Entre vos deux amants* n'est pas fort balancée[6].
Le roi doit à son fils élire[7] un gouverneur,
Et c'est lui que regarde[8] un tel degré d'honneur* :
45 Ce choix n'est pas douteux, et sa rare[9] vaillance*

---

1. *A choisir* : pour choisir. Le XVIIe siècle emploie librement la préposition *à*; 2. *Surtout* fut jugé bas par l'Académie, qui critiqua le vers tout entier comme contenant une hyperbole excessive; 3. *Pour merveille*. Suppression de l'article critiquée par Scudéry, mais admise par l'Académie; 4. Raccourci d'images critiqué par l'Académie. Ce vers fut parodié par Racine dans *les Plaideurs* (acte premier, scène première) : « Ses rides sur son front gravaient tous ses exploits » (de l'huissier). Corneille s'en indigna : « Quoi ! ne tient-il qu'à un jeune homme de venir tourner en ridicule les plus beaux vers des gens ? »; 5. *Discours* : propos, parole; 6. *Balancée* : en suspens, hésitante; 7. *Elire* : choisir; 8. *Regarder*, ici, « concerner »; 9. *Rare* : exceptionnel, d'un mérite extraordinaire.

● **QUESTIONS** ———————————

● Vers 17-38. Le double intérêt de ce récit : que nous apprend-il sur Rodrigue et son père ? Que nous apprend-il sur le caractère du Comte ? — Quels sont les mérites auxquels le Comte accorde le plus haut prix ? En quoi ce grand seigneur du Moyen Age espagnol prend-il son actualité pour les spectateurs du temps de Louis XIII ?

L'INFANTE (Monique Chaumette)

Théâtre national populaire.

Ne peut souffrir qu'on craigne aucune concurrence.
Comme ses hauts exploits le rendent sans égal,
Dans un espoir si juste il sera sans rival;
Et puisque don Rodrigue a résolu[1] son père
50 Au sortir du conseil à proposer l'affaire[2],
Je vous laisse à juger s'il prendra bien son temps,
Et si tous vos désirs seront bientôt contents[3].

CHIMÈNE

Il semble toutefois que mon âme troublée*
Refuse cette joie et s'en trouve accablée :
55 Un moment donne au sort des visages divers[4],
Et dans ce grand bonheur je crains un grand revers.

ELVIRE

Vous verrez cette crainte heureusement déçue[5].

CHIMÈNE

Allons, quoi qu'il en soit, en attendre l'issue.

---

1. *Résoudre* : décider (sens transitif) ; 2. *Affaire*. Aucune familiarité, quoi qu'en ait dit Voltaire ; mot distingué alors ; 3. *Content* : satisfait ; 4. *Des visages divers* : des apparences opposées ; 5. *Déçue* : trompée.

———— QUESTIONS ————

● VERS 39-52. Le deuxième événement important qui doit marquer cette journée : comment est-il lié au premier, tout en étant d'un ordre très différent ? — Commentez les vers 44-48 : pourquoi Elvire est-elle si sûre de la nomination du Comte ? Peut-on découvrir à travers ses paroles l'opinion du Comte lui-même ?

● VERS 53-58. Les appréhensions de Chimène sont-elles vraisemblables, étant donné ce que l'on sait déjà de son caractère ? Leur utilité pour l'action.

■ SUR L'ENSEMBLE DE LA SCÈNE PREMIÈRE. — Qu'apprend-on dans cette scène sur les personnages et les événements auxquels ils sont mêlés ? Y a-t-il des indications précises sur le lieu de l'action ? sur l'époque historique où elle se passe ? Peut-on deviner à quel moment de la journée commence la pièce ?

— Cherchez dans cette scène les éléments qui laissent prévoir la suite de l'action.

— Le caractère de Chimène : comment se manifeste son obéissance ? Sa délicatesse ?

— Faites un premier portrait du Comte, d'après ce qu'Elvire a dit de lui.

— Comparez la scène première dans le texte adopté aujourd'hui et la scène première telle qu'elle était jouée en 1636; quels sont les changements apportés ? Voltaire a-t-il eu raison d'affirmer que la pièce, dans la première rédaction, était mieux annoncée ?

Chez l'Infante.

Scène II. — L'INFANTE, LÉONOR, LE PAGE.

L'INFANTE

Page, allez avertir Chimène de ma part
60 Qu'aujourd'hui pour me voir elle attend un peu tard,
Et que mon amitié se plaint de sa paresse.

(Le page rentre[1].)

LÉONOR

Madame, chaque jour même désir vous presse ;
Et dans son entretien[2] je vous vois chaque jour[3]
Demander en quel point se trouve son amour[4].

L'INFANTE

65 Ce n'est pas sans sujet : je l'ai presque forcée[5]
A recevoir les traits dont son âme est blessée[6].
Elle aime don Rodrigue, et le tient de ma main,
Et par moi don Rodrigue a vaincu son dédain :
Ainsi de ces amants* ayant formé les chaînes,
70 Je dois prendre intérêt à voir finir leurs peines.

LÉONOR

Madame, toutefois parmi leurs bons succès[7]
Vous montrez un chagrin qui va jusqu'à l'excès.
Cet amour, qui tous deux les comble d'allégresse,
Fait-il de ce grand cœur* la profonde tristesse ?
75 Et ce grand intérêt que vous prenez pour eux
Vous rend-il malheureuse alors qu'ils sont heureux ?
Mais je vais trop avant et deviens indiscrète.

L'INFANTE

Ma tristesse redouble à la tenir secrète[8].
Écoute, écoute enfin comme j'ai combattu,

---

1. Il faut comprendre que le page rentre dans la galerie d'où il était sorti ; il va chercher Chimène ; 2. *Son entretien :* l'entretien que vous avez avec elle ; 3. *Var. :* « Et je vous vois pensive et triste chaque jour » ; 4. *Var. :* « L'informer avec soin comme va son amour » (vers critiqué par l'Académie) ; 5. *Var. :* « J'en dois bien avoir soin : je l'ai presque forcée
    A recevoir les coups dont son âme est blessée » ;
6. Image traditionnelle du vocabulaire galant : l'amour frappe ses victimes de ses flèches ; 7. *Succès :* issue. Se dit en bonne ou mauvaise part ; ce mot se trouve donc le plus souvent accompagné d'un adjectif ; 8. Quand je la tiens secrète. Construction plus libre qu'en français moderne.

─────── **QUESTIONS** ───────

● VERS 59-70. Quelle circonstance explique que l'Infante soit directement intéressée à l'action ? Comment Corneille rend-il son rôle « nécessaire » ? — La mission que l'Infante s'est donnée : à l'entendre, Chimène et Rodrigue avaient-ils beaucoup d'inclination l'un pour l'autre ?

80 Écoute quels assauts brave encore ma vertu*[1].
  L'amour est un tyran qui n'épargne personne :
  Ce jeune cavalier*, cet amant* que je donne,
  Je l'aime.

LÉONOR

  Vous l'aimez !

L'INFANTE

  Mets la main sur mon cœur*,
  Et vois comme[2] il se trouble* au nom de son vainqueur,
85 Comme il le reconnaît.

LÉONOR

  Pardonnez-moi, Madame;
  Si je sors du respect pour blâmer cette flamme*.
  Une grande princesse à ce point s'oublier
  Que d'[3]admettre en son cœur* un simple cavalier*!
  Et que dirait le Roi? que dirait la Castille[4]?
90 Vous souvient-il encor de qui vous êtes fille?

L'INFANTE

  Il m'en souvient si bien que j'épandrai[5] mon sang
  Avant que je m'abaisse à démentir[5] mon rang.
  Je te répondrais bien que dans les belles âmes
  Le seul mérite* a droit de produire des flammes*;
95 Et si ma passion cherchait à s'excuser,
  Mille exemples fameux pourraient l'autoriser;
  Mais je n'en veux point suivre où ma gloire* s'engage[6];
  La surprise des sens n'abat point mon courage*;

----

1. *Var.* : « Et plaignant ma faiblesse, admire ma vertu »; 2. *Comme* : combien, à quel point; 3. *A ce point que de* : au point de; 4. *Var.* des vers 89-92 :
  « Et que dira le Roi? que dira la Castille?
  Vous souvenez-vous point de qui vous êtes fille?
L'INFANTE
  Oui, oui, je m'en souviens, et j'épandrai mon sang
  Plutôt que de rien faire indigne de mon rang »;
5. *Démentir* : renier; 6. *S'engager* : être compromis, courir fortune (comme avait dit l'Académie, qui critiquait ce terme).

---- **QUESTIONS** ----

● VERS 71-85. Pourquoi l'Infante fait-elle ce jour-là à Léonor la révélation d'un sentiment qu'elle avait caché si longtemps? — Quel genre d'amour l'Infante éprouve-t-elle pour Rodrigue (vers 81 et 83-84)? — Comparez ses sentiments à ceux que Chimène exprime pour Rodrigue dans la scène première.
● VERS 86-90 Pourquoi avoir attendu jusqu'à ce moment pour révéler le rang et la condition du personnage en scène? Quel est l'effet produit?

Et je me dis toujours qu'étant fille de roi,
100 Tout autre qu'un monarque est indigne de moi.
Quand je vis que mon cœur* ne se pouvait défendre,
Moi-même je donnai ce que je n'osais prendre.
Je mis, au lieu de moi, Chimène en ses liens,
Et j'allumai leurs feux* pour éteindre les miens.
105 Ne t'étonne donc plus si mon âme gênée[1]
Avec impatience attend leur hyménée :
Tu vois que mon repos en dépend aujourd'hui.
Si l'amour vit d'espoir, il périt avec lui[2] :
C'est un feu* qui s'éteint, faute de nourriture;
110 Et malgré la rigueur de ma triste* aventure,
Si Chimène a jamais Rodrigue pour mari,
Mon espérance est morte, et mon esprit guéri.
Je souffre cependant un tourment incroyable :
Jusques à cet hymen Rodrigue m'est aimable[3];
115 Je travaille à le perdre, et le perds à regret;
Et de là prend son cours mon déplaisir* secret.
Je vois avec chagrin que l'amour me contraigne[4]
A pousser des soupirs* pour ce que je dédaigne;
Je sens en deux partis mon esprit divisé :
120 Si mon courage* est haut, mon cœur*[5] est embrasé;
Cet hymen m'est fatal*, je le crains et souhaite[6] :
Je n'ose en espérer qu'une joie imparfaite[7].
Ma gloire* et mon amour ont pour moi tant d'appas,
Que je meurs s'il s'achève ou ne s'achève pas.

---

1. *Gêné* : mis à la torture ; 2. *Var*. « il meurt avecque lui » (Corneille a corrigé le vers pour modifier l'orthographe de *avecque*.) ; 3. *Aimable* : digne d'être aimé ; 4. Puisse me contraindre (nuance donnée par le subjonctif) ; 5. Corneille oppose la volonté (*courage*) à la passion (*cœur*) ; 6. L'Académie a blâmé dans ce vers la non-répétition de *le* complément ; 7. *Var*. des vers 122-124 :

« Je ne m'en promets rien qu'une joie imparfaite.
Ma gloire et mon amour ont tous deux tant d'appas
Que je meurs s'il s'achève et ne s'achève pas. »

■ **QUESTIONS**

● Vers 91-124. Quelle est la composition de cette tirade ? — Les exigences morales de l'amour fondé sur l'estime, quand on est une princesse royale (vers 91-100). — La solution du problème : quelle peut être l'influence de la volonté sur les passions (vers 101-112) ? — Les souffrances de l'Infante : l'effort qu'elle a fait sur elle-même lui donne-il la sérénité (vers 113-124) ? Relevez, dans les douze derniers vers, les antithèses, les expressions destinées à mettre en relief le sort tragique de l'Infante. — Trouvez dans l'ensemble de la tirade quelques vers qui, mieux que d'autres, marquent les différentes étapes de la confession de l'Infante.

LÉONOR

125 Madame, après cela je n'ai rien à vous dire,
Sinon que de vos maux avec vous je soupire :
Je vous blâmais tantôt, je vous plains à présent ;
Mais puisque dans un mal si doux et si cuisant
Votre vertu* combat et son charme* et sa force,
130 En repousse l'assaut, en rejette l'amorce,
Elle rendra le calme à vos esprits flottants[1].
Espérez donc tout d'elle, et du secours du temps ;
Espérez tout du ciel : il a trop de justice
Pour laisser la vertu* dans un si long supplice.

L'INFANTE

135 Ma plus douce espérance est de perdre l'espoir[2].

LE PAGE

Par vos commandements Chimène vous vient voir.

L'INFANTE, *à Léonor.*

Allez l'entretenir en cette galerie.

LÉONOR

Voulez-vous demeurer dedans[3] la rêverie ?

L'INFANTE

Non, je veux seulement, malgré mon déplaisir*,
140 Remettre[4] mon visage un peu plus à loisir.
Je vous suis. Juste ciel, d'où j'attends mon remède,
Mets enfin quelque borne au mal qui me possède :
Assure[5] mon repos, assure mon honneur*.
Dans le bonheur d'autrui je cherche mon bonheur :
145 Cet hyménée à trois également importe ;
Rends son effet[6] plus prompt, ou mon âme plus forte.

---

1. L'image contenue dans le vers a été critiquée par Scudéry ; 2. Trouvaille précieuse considérée comme galimatias par Scudéry ; 3. *Dedans* : dans. Jusqu'aux *Remarques sur la langue française* de Vaugelas (1647), on confond dans l'usage « dans » et « dedans », « sous » et « dessous », etc. Après 1647, cette confusion ne fut tolérée qu'en poésie ; 4. *Remettre* : rendre l'apparence du calme à ; 5. *Assurer* : mettre en sécurité ; 6. *Son effet* : son accomplissement.

QUESTIONS

● VERS 125-135. Léonor pouvait-elle donner un autre conseil à l'Infante ? — Importance du vers 135 : sous quelle forme s'exprime ici la pensée ?

D'un lien conjugal joindre ces deux amants*,
C'est briser tous mes fers[1] et finir mes tourments.
Mais je tarde un peu trop : allons trouver Chimène,
150 Et par son entretien soulager notre peine.

Une place publique devant le palais royal.

Scène III. — LE COMTE, DON DIÈGUE.

LE COMTE

Enfin vous l'emportez, et la faveur du Roi
Vous élève en un rang[2] qui n'était dû qu'à moi :
Il vous fait gouverneur du prince de Castille[3].

---

1. *Fers :* Liens de l'amour (même métaphore que *chaînes*) ; **2.** *En un rang.* Critiqué par l'Académie, qui voulait « à un rang » ; **3.** *Prince de Castille :* fils aîné du roi don Fernand.

─────── **QUESTIONS** ───────

● Vers 136-150. Pourquoi l'Infante ne peut-elle laisser paraître son trouble (vers 139-140) ? — Comment la prière qu'elle adresse au ciel complète-t-elle le portrait moral du personnage ? Quelle sera la situation de l'Infante si quelque obstacle vient empêcher le mariage de Rodrigue et de Chimène ?

■ Sur l'ensemble de la scène II. — La place de l'Infante dans l'action : comment Corneille lie-t-il son rôle à la situation de Chimène et de Rodrigue ? L'Académie trouvait les scènes avec l'Infante fort belles mais inutiles à l'action : êtes-vous de cet avis ?

— La technique dramatique dans *le Cid :* comment cette scène succède-t-elle à la précédente ? Voltaire prétend que le théâtre reste vide entre la première et la deuxième scène : cette critique reste-t-elle acceptable, si on imagine le décor simultané où fut jouée primitivement la pièce ? Comparez, de ce point de vue, *le Cid* aux tragédies classiques, où se pratique la technique du « dialogue continu » dans un même décor. — Pourquoi Corneille ne nous montre-t-il pas l'entretien de Chimène et de l'Infante qui va avoir lieu ?

— Le personnage de l'Infante : quelle actualité avait-il pour les contemporains de Corneille (voir en particulier les vers 95-96) ? Y a-t-il eu, vers cette époque, des princesses romanesques à la manière de l'Infante ?

— Les sentiments de l'Infante : comment préserve-t-elle sa « gloire » des faiblesses d'une passion qu'elle juge indigne d'elle ? Montrez qu'elle se fait la même idée que Chimène de l'amour fondé sur l'estime ; a-t-elle toutefois le même caractère que Chimène ? En quoi la situation de l'Infante, passionnée par tempérament et vertueuse par raison, est-elle tragique ? Pourquoi ne se pose-t-elle même pas la question de savoir si Rodrigue est amoureux d'elle ?

— Le personnage de l'Infante a-t-il perdu de sa vérité psychologique pour le spectateur d'aujourd'hui ?

DON DIÈGUE

Cette marque d'honneur* qu'il met dans ma famille
155 Montre à tous qu'il est juste, et fait connaître assez
Qu'il sait récompenser les services passés.

LE COMTE

Pour grands que soient[1] les rois, ils sont ce que nous
[sommes :
Ils peuvent se tromper comme les autres hommes;
Et ce choix sert de preuve à tous les courtisans
160 Qu'ils savent mal payer les services présents.

DON DIÈGUE

Ne parlons plus d'un choix dont votre esprit s'irrite :
La faveur l'a pu faire autant que le mérite*;
Mais on doit ce respect au pouvoir absolu[2],
De n'examiner rien quand un roi l'a voulu.
165 A l'honneur* qu'il m'a fait ajoutez-en un autre;
Joignons d'un sacré nœud[3] ma maison et la vôtre :
Vous n'avez qu'une fille, et moi je n'ai qu'un fils[4];
Leur hymen nous peut rendre à jamais plus qu'amis :
Faites-nous cette grâce, et l'acceptez[5] pour gendre.

---

1. *Pour grands que soient :* quelque grands que soient; 2. *Var.* des vers 163-164 :
> « Vous choisissant peut-être on eût pu mieux choisir;
> Mais le Roi m'a trouvé plus propre à son désir »;

3. *Sacré nœud.* Au XVIIe siècle, il y avait plus de liberté dans la place de l'adjectif épithète; *sacré* conservait le même sens quelle que soit sa place;
4. *Var.* des vers 167-170 :
> « Rodrigue aime Chimène, et ce digne sujet
> De ses affections est le plus cher objet :
> Consentez-y, Monsieur, et l'acceptez pour gendre.

LE COMTE

> A de plus hauts partis Rodrigue doit prétendre »;

5. *L'acceptez :* acceptez-le. Place normale au XVIIe siècle du complément d'objet d'un deuxième verbe à l'impératif coordonné au premier.

● **QUESTIONS** ●

● VERS 151-153. Importance de ces trois vers pour l'action : que s'est-il passé pendant que se déroulait la scène II ? — Le ton du Comte : quel contraste produit-il avec celui de la scène précédente? A quoi comprend-on qu'on entre dans le drame?
● VERS 154-160. Sur quoi se fonde le conflit du Comte et de don Diègue? Comment s'opposent leurs deux répliques? — La révolte du Comte a beau être due à son irritation et à son désir de défier don Diègue, quel privilège de sa caste veut-il défendre en même temps?
● VERS 161-169. Jusqu'où vont les concessions de don Diègue pour calmer la querelle? Est-ce seulement parce qu'il l'a promis à Rodrigue (vers 49-50) que don Diègue présente au Comte sa demande? Les termes qu'il emploie devraient-ils être capables de satisfaire la vanité du Comte?

LE COMTE

170 A des partis plus hauts ce beau fils[1] doit prétendre ;
Et le nouvel éclat de votre dignité
Lui doit enfler le cœur* d'une autre vanité[2].
Exercez-la, Monsieur, et gouvernez le Prince :
Montrez-lui comme[3] il faut régir une province[4],
175 Faire trembler partout les peuples sous sa loi,
Remplir les bons d'amour, et les méchants d'effroi.
Joignez à ces vertus* celles d'un capitaine :
Montrez-lui comme il faut s'endurcir à la peine,
Dans le métier de Mars[5] se rendre sans égal,
180 Passer les jours entiers et les nuits à cheval,
Reposer tout armé, forcer une muraille,
Et ne devoir qu'à soi le gain d'une bataille.
Instruisez-le d'exemple[6], et rendez-le parfait[7],
Expliquant à ses yeux vos leçons par l'effet[8].

DON DIÈGUE

185 Pour s'instruire d'exemple, en dépit de l'envie,
Il lira seulement l'histoire de ma vie.
Là, dans un long tissu[9] de belles actions,
Il verra comme il faut dompter des nations,
Attaquer une place, ordonner[10] une armée,
190 Et sur de grands exploits bâtir sa renommée.

LE COMTE

Les exemples vivants sont d'un autre pouvoir[11] ;
Un prince dans un livre apprend mal son devoir*.
Et qu'a fait après tout ce grand nombre d'années,
Que ne puisse égaler une de mes journées ?
195 Si vous fûtes vaillant*, je le suis aujourd'hui,
Et ce bras du royaume est le plus ferme appui.

---

1. *Ce beau fils,* familiarité ironique que Voltaire juge triviale ; 2. *Var.* :
« Lui doit bien mettre au cœur une autre vanité » ; 3. *Comme :* comment
(emploi courant à cette époque) ; 4. *Province :* royaume, pays ; 5. *Le métier
de Mars :* le métier militaire ; 6. *Instruisez-le d'exemple :* de est mis pour
« par » (expression critiquée par l'Académie) ; 7. *Var.* des vers 183-184 :
           « Instruisez-le d'exemple et vous ressouvenez
           Qu'il faut faire à ses yeux ce que vous enseignez. »
L'Académie avait critiqué les rimes de ces deux vers ; 8. Corneille suit
G. de Castro : « Et quand il enseignera au Prince [...], pourra-t-il lui montrer
l'exemple comme moi et rompre une lance en lassant un cheval ? » ; 9. *Tissu :*
suite, enchaînement ; 10. *Ordonner :* ranger en bataille (terme critiqué par
l'Académie) ; 11. *Var.* : « ... ont bien plus de pouvoir. »

Grenade et l'Aragon[1] tremblent quand ce fer brille ;
Mon nom sert de rempart à toute la Castille :
Sans moi, vous passeriez bientôt sous d'autres lois,
200 Et vous auriez bientôt vos ennemis pour rois[2].
Chaque jour, chaque instant, pour rehausser ma gloire*,
Met lauriers sur lauriers, victoire sur victoire :
Le Prince à mes côtés ferait dans les combats
L'essai de son courage* à l'ombre de[3] mon bras ;
205 Il apprendrait à vaincre en me regardant faire
Et pour répondre en hâte à son grand caractère,
Il verrait...

DON DIÈGUE

Je le sais, vous servez bien le Roi :
Je vous ai vu combattre et commander sous moi[4].
Quand l'âge dans mes nerfs a fait couler sa glace,
210 Votre rare[5] valeur* a bien rempli ma place ;
Enfin, pour épargner les discours[6] superflus,
Vous êtes aujourd'hui ce qu'autrefois je fus.
Vous voyez toutefois qu'en cette concurrence[7]
Un monarque entre nous met quelque différence.

---

1. *Grenade :* l'ancien royaume more de Grenade (Andalousie), alors indépendant. Siège d'une civilisation florissante. Soumis à l'Espagne en 1492. — *Aragon :* royaume indépendant jusqu'à l'union avec la Castille (1469) ; 2. *Var.* des vers 200-207 :

> « Et si vous ne m'aviez, vous n'auriez plus de rois.
> Chaque jour, chaque instant entasse pour ma gloire
> Laurier dessus laurier, victoire sur victoire.
> Le Prince, pour essai de générosité,
> Gagnerait des combats marchant à mon côté ;
> Loin des froides leçons qu'à mon bras on préfère,
> Il apprendrait à vaincre en me regardant faire.

DON DIÈGUE

> Vous me parlez en vain de ce que je connoi » ;

3. *A l'ombre de :* à l'abri de ; 4. *Sous moi :* sous mes ordres ; 5. *Rare :* voir vers 45 et la note ; 6. *Discours :* voir vers 40 et la note ; 7. *Concurrence :* compétition.

● QUESTIONS ●

● VERS 170-207. Le Comte se soucie-t-il beaucoup de l'avenir de sa fille ? Montrez qu'il fait rebondir la querelle en la reprenant à son point de départ (vers 154-160). Comment l'orgueil et le dépit nourrissent-ils sa colère ? Relevez les ironies, de plus en plus provocantes, à l'égard de don Diègue. Jusqu'où l'imagination du Comte l'emporte-t-elle, aux vers 203-207 ?
● VERS 207-214. Pourquoi don Diègue, qui s'est tenu jusqu'ici sur la défensive, interrompt-il le Comte ? Quelle est la valeur de l'argument par lequel il veut terminer la dispute sur les « services présents » et les « services passés » ? — La nouvelle attitude de don Diègue sert-elle les intentions du Comte ?

LE COMTE

215 Ce que je méritais, vous l'avez emporté.

DON DIÈGUE

Qui l'a gagné sur vous l'avait mieux mérité.

LE COMTE

Qui peut mieux l'exercer en est bien le plus digne.

DON DIÈGUE

En être refusé[1] n'en est pas un bon signe.

LE COMTE

Vous l'avez eu par brigue[2], étant vieux courtisan.

DON DIÈGUE

220 L'éclat de mes hauts faits fut mon seul partisan[3].

LE COMTE

Parlons-en mieux, le Roi fait honneur* à votre âge[4].

DON DIÈGUE

Le Roi, quand il en[5] fait, le mesure au courage*.

LE COMTE

Et par là cet honneur* n'était dû qu'à mon bras.

DON DIÈGUE

Qui n'a pu l'obtenir ne le méritait pas.

LE COMTE

225 Ne le méritait pas! moi?

DON DIÈGUE

Vous.

LE COMTE

Ton impudence,

---

1. *En être refusé :* se voir refuser cette faveur. « Etre refusé de » avec un complément de chose est usité couramment au XVIIᵉ siècle ; 2. *Par brigue :* par intrigue ; 3. *Partisan :* défenseur (expression critiquée à l'époque) ; 4. « La césure manque à ce vers », avait dit Scudéry ; « non », avait dit l'Académie ; 5. *En* renvoie à un nom sans article : *honneur.*

━━ QUESTIONS ━━

● Vers 215-225. Le changement de rythme dans le dialogue : quelle évolution des sentiments se manifeste ainsi ? — Comparez le vers 224 au vers 215 : comment don Diègue arrive-t-il en définitive à refuser au Comte le « mérite » auquel celui-ci prétend ? Relevez les maximes générales qui jalonnent cette discussion : atténuent-elles ou aggravent-elles les attaques personnelles que se lancent les deux adversaires ?

Téméraire vieillard, aura sa récompense.
    (*Il lui donne un soufflet.*)

        DON DIÈGUE, *mettant l'épée à la main.*

Achève, et prends ma vie, après un tel affront,
Le premier dont ma race ait vu rougir son front[1].

            LE COMTE

Et que penses-tu faire avec tant de faiblesse?

            DON DIÈGUE

230 O Dieu! ma force usée en ce besoin[2] me laisse!

            LE COMTE

Ton épée est à moi[3]; mais tu serais trop vain[4],
Si ce honteux trophée avait chargé ma main.
Adieu : fais lire au prince, en dépit de l'envie,
Pour son instruction, l'histoire de ta vie :
235 D'un insolent discours[5] ce juste châtiment
Ne lui servira pas d'un petit ornement[6].

---

1. *Son front,* image critiquée par l'Académie et par Scudéry : « On ne dit pas le front d'une race »; **2.** *En ce besoin :* en cette situation critique. — *Var. :* « à ce besoin »; **3.** Le Comte a fait tomber l'épée de don Diègue d'un revers de main; **4.** Tu en tirerais trop d'orgueil (ironie blessante); **5.** *Discours :* voir vers 40 et la note; **6.** *Var. :*

        « [Ne lui servira pas d'un petit ornement.]
                        DON DIÈGUE
    Epargnes-tu mon sang ?
                        LE COMTE
                        Mon âme est satisfaite,
    Et mes yeux à ma main reprochent ta défaite.
                        DON DIÈGUE
    Tu dédaignes ma vie !
                        LE COMTE
                        En arrêter le cours
    Ne serait que hâter la Parque de trois jours. »

━━━━━━ QUESTIONS ━━━━━━━

● VERS 225-230. Les jeux de scène qui accompagnent ces vers. Le soufflet donné sur la scène a été critiqué par Voltaire; celui-ci prétend y trouver une des raisons qui firent intituler *le Cid* « tragi-comédie » : la tragédie proprement dite admettrait-elle que cet acte de violence soit mis sous les yeux des spectateurs ? — Dans le drame de G. de Castro, le soufflet est donné devant le conseil tout entier; Corneille a-t-il eu raison de modifier cette scène ?

● VERS 231-236. Les dernières insolences du Comte étaient-elles indispensables à son triomphe ? Rapprochez les vers 233-234 des vers 185-196. — D'après la variante citée à la note 6, on voit que Corneille a raccourci la fin de la scène : a-t-il eu raison ?

Scène IV. — DON DIÈGUE.

O rage! ô désespoir! ô vieillesse ennemie!
N'ai-je donc tant vécu que pour cette infamie?
Et ne suis-je blanchi dans les travaux guerriers
240 Que pour voir en un jour flétrir tant de lauriers?
Mon bras, qu'avec respect toute l'Espagne admire,
Mon bras, qui tant de fois a sauvé cet empire,
Tant de fois affermi le trône de son roi,
Trahit donc ma querelle*, et ne fait rien pour moi?
245 O cruel souvenir de ma gloire* passée!
Œuvre de tant de jours en un jour effacée!
Nouvelle dignité, fatale* à mon bonheur!
Précipice[1] élevé d'où tombe mon honneur*!
Faut-il de votre éclat[2] voir triompher le Comte,
250 Et mourir sans vengeance*, ou vivre dans la honte?
Comte, sois de mon prince à présent gouverneur :
Ce haut rang n'admet point un homme sans honneur*;
Et ton jaloux orgueil, par cet affront insigne,
Malgré le choix du Roi, m'en a su rendre indigne.

---

1. *Précipice :* lieu élevé d'où l'on tombe, hauteur ; **2.** *De votre éclat :* de l'éclat de toute la vie de don Diègue. (« Triompher de l'éclat d'une dignité », paroles qui ne signifient rien, avait dit l'Académie.)

─────── ■ QUESTIONS ───────

■ Sur l'ensemble de la scène III. — Composition de la scène : les différentes étapes de la querelle. Le Comte a-t-il, dès le début, l'intention de souffleter don Diègue ? Importance de la scène pour le développement de l'action (revoir à ce sujet les vers 43-56).

— Le caractère du Comte : peut-on apercevoir, à travers les excès nés de la colère, les traits profonds de sa personnalité? Comment se complète ici le portrait esquissé aux vers 21-48? Corneille le rend-il complètement antipathique?

— L'opposition entre les deux hommes tient-elle à une différence profonde de caractère ou à la différence d'âge, ou bien aux deux à la fois ? Quelles circonstances inclinent d'autre part don Diègue à une certaine prudence et à une certaine patience? Peut-on imaginer ce que serait cette scène si le Roi avait choisi le Comte comme gouverneur de son fils?

— Le désaccord des deux adversaires sur les prérogatives du pouvoir royal (vers 157-164) prenait-il quelque actualité pour les contemporains de Corneille?

— Le Comte a-t-il complètement tort de prétendre que *les exemples vivants* (vers 191) sont plus efficaces que les récits du passé? Pourquoi le Roi a-t-il cependant porté son choix sur don Diègue? En quoi ce problème avait-il son actualité pour le public du XVIIe siècle? En a-t-il encore pour nous?

255 Et toi, de mes exploits glorieux* instrument,
    Mais d'un corps tout de glace[1] inutile ornement,
    Fer, jadis tant à craindre et qui, dans cette offense,
    M'as servi de parade[2], et non pas de défense,
    Va, quitte désormais le dernier des humains,
260 Passe, pour me venger*, en de meilleures mains[3].

SCÈNE V. — DON DIÈGUE, DON RODRIGUE.

DON DIÈGUE

Rodrigue, as-tu du cœur*?

DON RODRIGUE

                Tout autre que mon père
L'éprouverait sur l'heure.

DON DIÈGUE

                Agréable colère!
Digne* ressentiment à ma douleur bien doux!
Je reconnais mon sang à ce noble courroux;
265 Ma jeunesse revit en cette ardeur si prompte.
    Viens, mon fils, viens, mon sang, viens réparer ma honte;
    Viens me venger*.

---

1. *Tout de glace* : glacé par les ans. Voir vers 209 ; 2. *Parade* : vaine parure ; 3. *Var.* :

> « [Passe, pour me venger, en de meilleures mains.]
> Si Rodrigue est mon fils, il faut que l'amour cède,
> Et qu'une ardeur plus haute à ses flammes succède :
> Mon honneur est le sien, et le mortel affront
> Qui tombe sur mon chef rejaillit sur son front. »

Le dernier vers fut critiqué par Scudéry à cause de l'emploi de *chef*.

QUESTIONS

■ SUR LA SCÈNE IV. — Quel est le sentiment du spectateur en face de don Diègue, outragé et solitaire ?

— Composition du monologue : n'est-ce pas plutôt une série de dialogues ? Quels sont les sentiments successifs de don Diègue ? Quel rôle joue le souvenir du passé ?

— Importance des vers 252-255 ; pourquoi don Diègue admet-il son indignité bien qu'il ait succombé à la force brutale ? Sa stricte observance d'un certain code de l'honneur.

— La résolution finale était-elle prévisible ? Le spectateur devine-t-il l'intention précise de don Diègue ?

— G. de Castro représente la salle d'armes où don Diègue essaie en vain de manier la lourde épée des ancêtres. Qu'est devenue cette idée chez Corneille ?

DON RODRIGUE

De quoi?

DON DIÈGUE

D'un affront si cruel,
Qu'à l'honneur* de tous deux il porte un coup mortel :
D'un soufflet. L'insolent en eût perdu la vie;
270 Mais mon âge a trompé ma généreuse* envie :
Et ce fer que mon bras ne peut plus soutenir,
Je le remets au tien pour venger* et punir[1].
Va contre un arrogant éprouver ton courage* :
Ce n'est que dans le sang qu'on lave un tel outrage;
275 Meurs ou tue. Au surplus[2], pour ne te point flatter[3],
Je te donne à combattre un homme à redouter :
Je l'ai vu, tout couvert de sang et de poussière[4],
Porter partout l'effroi dans une armée entière.
J'ai vu par sa valeur* cent escadrons rompus[5];
280 Et pour t'en dire encor quelque chose de plus,
Plus que brave soldat, plus que grand capitaine,
C'est...

DON RODRIGUE

De grâce, achevez.

———

1. *Venger et punir* : « termes trop vagues », avait dit l'Académie ; 2. *Au surplus*, locution critiquée par Scudéry comme appartenant au langage du droit ; 3. *Flatter* : tromper ; 4. *Var.* des vers 277-280 :

« Je l'ai vu tout sanglant, au milieu des batailles,
Se faire un beau rempart de mille funérailles.

DON RODRIGUE

Son nom ? c'est perdre temps en propos superflus.

DON DIÈGUE

Donc pour te dire encor quelque chose de plus. »

L'image « se faire un rempart de mille funérailles » avait été critiquée par Scudéry ; 5. *Rompus* : défaits (terme militaire).

——— QUESTIONS ———

● Vers 261-267. Chez G. de Castro, don Diègue mord le doigt de son fils pour éprouver sa résistance à la douleur physique ; qu'est devenue cette épreuve ici ? En quoi la question de don Diègue est-elle presque une insulte pour son fils ? Que prouve la réponse de Rodrigue ? — Quels accents prend la joie de don Diègue, si on la compare à son désespoir de la scène IV ? Importance du vers 265.

● Vers 268-282. Comment s'y prend don Diègue pour démontrer à Rodrigue que la vengeance est inévitable et pour stimuler son ardeur ? — Les vers 277-281 ne révèlent-ils pas une grande admiration pour le Comte ? Cette admiration est-elle réelle ? — Pourquoi don Diègue ne nomme-t-il son adversaire qu'à la fin ? Sous quelle forme ?

DON DIÈGUE

Le père de Chimène.

DON RODRIGUE

Le...

DON DIÈGUE

Ne réplique point, je connais ton amour;
Mais qui peut vivre infâme est indigne du jour.
285 Plus l'offenseur[1] est cher, et plus grande est l'offense.
Enfin tu sais l'affront, et tu tiens la vengeance* :
Je ne te dis plus rien. Venge*-moi, venge*-toi;
Montre-toi digne* fils d'un père tel que moi.
Accablé des malheurs où[2] le destin me range[3],
290 Je vais les déplorer[4] : va, cours, vole, et nous venge*.

SCÈNE VI. — DON RODRIGUE.

Percé jusques au fond du cœur
D'une atteinte imprévue aussi bien que mortelle,
Misérable[5] vengeur d'une juste querelle*,
Et malheureux objet d'une injuste rigueur,
295 Je demeure immobile, et mon âme abattue
Cède au coup[6] qui me tue.
Si près de voir mon feu* récompensé,

---

1. *Offenseur,* blâmé comme néologisme par Scudéry, excusé par l'Académie
« pour la beauté de l'opposition des termes ». D'ailleurs, le mot existait déjà;
2. *Où* remplace d'une façon élégante le pronom relatif précédé d'une préposition; 3. *Ranger :* réduire, soumettre; 4. *Déplorer :* pleurer longuement;
5. *Misérable :* digne de pitié; 6. Fléchit sous le coup.

QUESTIONS

● VERS 283-290. Pourquoi don Diègue impose-t-il silence à son fils ?
Laisse-t-il paraître beaucoup de pitié pour la situation douloureuse
où il place Rodrigue ? Est-ce insensibilité de sa part ? — Permet-il à
Rodrigue d'autre choix que l'acceptation ?

■ SUR L'ENSEMBLE DE LA SCÈNE V. — Le fanatisme de la vengeance
chez don Diègue : combien de fois les mots *venger* et *vengeance* apparaissent-ils dans ce texte ? Montrez que la vengeance est pour le vieillard
une passion autant qu'un devoir; l'intransigeance absolue de ses principes ne paraît-elle pas, à certains moments, inhumaine ?
— Ne pourrait-on accuser don Diègue d'user de ruse à l'égard de
Rodrigue pour l'engager dans la vengeance ? Pourquoi parle-t-il de
l'affront avant de parler de l'insulteur ?
— Quelle est la première image de Rodrigue qu'a le spectateur ?

DÉCORS DU *CID* A LA COMÉDIE-FRANÇAISE EN 1931

En haut, la place publique; *en bas*, une salle du palais royal.

Bibliothèque de l'Arsenal. Fonds Rondel.

O Dieu, l'étrange* peine !
En cet affront mon père est l'offensé,
300 Et l'offenseur le père de Chimène !

Que je sens de rudes combats !
Contre mon propre honneur* mon amour s'intéresse[1] :
Il faut venger* un père, et perdre une maîtresse :
L'un m'anime[2] le cœur*, l'autre retient mon bras[3].
305 Réduit au triste* choix ou de trahir ma flamme*,
Ou de vivre en infâme,
Des deux côtés mon mal est infini.
O Dieu, l'étrange* peine !
Faut-il laisser un affront impuni ?
310 Faut-il punir le père de Chimène ?

Père, maîtresse, honneur*, amour,
Noble et dure contrainte, aimable[4] tyrannie[5],
Tous mes plaisirs sont morts, ou ma gloire* ternie.
L'un me rend malheureux, l'autre indigne du jour.
315 Cher et cruel espoir[6] d'une âme généreuse*,
Mais ensemble[7] amoureuse,
Digne* ennemi de mon plus grand bonheur,
Fer qui causes ma peine[8],
M'es-tu donné pour venger* mon honneur* ?
320 M'es-tu donné pour perdre ma Chimène ?

---

1. S'intéresser : prendre délibérément parti, s'engager contre ; 2. Var. :
« échauffe » (que l'Académie jugeait trop commun à toutes les passions) ;
3. L'un ... l'autre renvoient à chacune des deux idées (venger un père —
perdre une maîtresse) exprimées au vers précédent. Le même emploi se
retrouve aux vers 314 et 325-326 ; 4. Aimable : digne d'être aimée ; 5. Var.
des vers 312-314 :
        « Illustre tyrannie, adorable contrainte,
        Par qui de ma raison la lumière est éteinte.
        A mon aveuglement rendez un peu le jour. »
Scudéry avait critiqué aveuglement ; 6. Rodrigue s'adresse à l'épée que lui
a donnée son père (v. vers 260) ; 7. Ensemble : en même temps ; 8. Var. :
« Qui fais toute ma peine. »

━━━━ QUESTIONS ━━━━

● VERS 291-320 (TROIS PREMIÈRES STROPHES). Le thème de chacune
des strophes. — Comment se précise progressivement pour Rodrigue
le caractère insoluble de la situation dans laquelle il se trouve ? —
Relevez les antithèses qui se multiplient à mesure que Rodrigue prend
conscience du conflit intérieur qu'il devrait résoudre.

Il vaut mieux courir au trépas.
Je dois[1] à ma maîtresse aussi bien qu'à mon père :
J'attire en me vengeant* sa haine et sa colère[2];
J'attire ses mépris en ne me vengeant* pas.
325 A mon plus doux espoir l'un me rend infidèle,
  Et l'autre indigne d'elle.
  Mon mal augmente à le vouloir[3] guérir;
    Tout redouble ma peine.
  Allons, mon âme[4]; et puisqu'il faut mourir,
330   Mourons du moins sans offenser Chimène.

  Mourir sans tirer ma raison[5]!
Rechercher un trépas si mortel à ma gloire*!
Endurer que l'Espagne impute à ma mémoire
D'avoir mal soutenu l'honneur* de ma maison!
335 Respecter un amour dont mon âme égarée[6]
    Voit la perte assurée!
  N'écoutons plus ce penser[7] suborneur[8],
    Qui ne sert qu'à ma peine.

---

1. *Je dois* : j'ai des devoirs envers. Emploi blâmé par l'Académie ; 2. *Var.* des vers 323-328 :

  « Qui venge cet affront irrite sa colère,
  Et qui le peut le souffrir ne le mérite pas.
 Prévenons la douleur d'avoir failli contre elle,
   Qui vous serait mortelle.
 Tout m'est fatal, rien ne me peut guérir,
   Ni soulager ma peine. »

3. *A le vouloir* : en le voulant. Voir vers 78 et la note ; 4. *Allons, mon âme.* Exclamation critiquée par Scudéry, mais approuvée par l'Académie ; 5. *Tirer ma raison* : demander mon compte, mon dû ; 6. *Egarée.* « Ce mot n'a aucun sens », avait dit Scudéry ; 7. *Penser.* Cet infinitif substantivé fut critiqué par Scudéry, il restera cependant très employé dans toute la poésie classique et même encore au XIXᵉ siècle, de préférence à *pensée*, mot qui, s'il est placé à l'intérieur du vers devant une consonne, crée un hiatus ; 8. *Suborneur* : qui séduit, détourne du devoir ; qui trompe.

QUESTIONS

● Vers 321-330 (quatrième strophe). La première idée qui vient à l'esprit de Rodrigue est-elle « raisonnable » ? Comment s'explique, sur le plan psychologique, ce désir de mourir ? Est-ce vraiment une solution au problème ? — Importance des vers 324 et 326 : quelle conception de l'amour révèlent-ils ?

Allons, mon bras, sauvons du moins l'honneur*[1],
340 Puisqu'après tout il faut perdre Chimène.

Oui, mon esprit s'était déçu[2].
Je dois tout à mon père avant qu'à ma maîtresse :
Que je meure au combat, ou meure de tristesse,
Je rendrai mon sang pur comme je l'ai reçu.
345 Je m'accuse déjà de trop de négligence :
Courons à la vengeance* ;
Et tout honteux d'avoir tant balancé,
Ne soyons plus en peine,
Puisqu'aujourd'hui mon père est l'offensé,
350 Si l'offenseur est père de Chimène.

---

1. *Var.* des vers 339-340 :
   « Allons, mon bras, du moins sauvons l'honneur,
   Puisqu'aussi bien il faut perdre Chimène » ;
2. *Se décevoir :* se tromper.

--- QUESTIONS ---

● Vers 331-340 (cinquième strophe). Le rôle de la raison et de la volonté dans cette nouvelle phase de la méditation de Rodrigue. Le caractère logique des vers 335-336 et 339-340 : pourquoi Rodrigue s'aperçoit-il qu'il n'y a qu'une issue possible ? Comment l'idéal se concilie-t-il avec un certain « réalisme » ? Où en est la décision de Rodrigue à la fin de cette strophe ?

● Vers 341-350 (sixième strophe). L'état d'âme de Rodrigue, une fois sa décision prise. La réponse donnée aux questions qu'il s'était posées : rapprochez le vers 342 du vers 322. L'énergie de l'action (vers 346-347).

■ Sur l'ensemble de la scène VI. — Composition de ce monologue lyrique : l'idée maîtresse de chaque strophe. A partir de quel moment le désespoir de Rodrigue le mène-t-il à envisager une issue ? Montrez comment sa pensée progresse avec lucidité sans jamais revenir en arrière jusqu'à la décision finale.

— Quelle image le spectateur se faisait-il de Rodrigue, au début de cette scène ? Laquelle a-t-il de lui à la fin ? Dans quelle mesure peut-on dire que ce jeune cavalier, qui n'a sans doute pas encore connu beaucoup d'épreuves, devient un héros sous nos yeux et prend conscience de ses responsabilités ? Décide-t-il de *courir à la vengeance* (vers 346) seulement pour obéir à son père ?

— La forme poétique du monologue : qu'appelle-t-on des « stances » ? Analysez la structure des strophes : rythme et rimes ; importance des vers 8 et 10 de chaque strophe. Ce monologue est-il plus expressif qu'un monologue en alexandrins à rimes plates ? Le mélange du lyrisme à la poésie tragique.

— Les sentiments du spectateur au cours de cette scène.

■ Voir page 55 les questions relatives à l'ensemble du premier acte.

ACTE II

Une salle du palais.

Scène première. — DON ARIAS, LE COMTE.

LE COMTE

Je l'avoue entre nous, mon sang un peu trop chaud
S'est trop ému d'un mot et l'a porté trop haut[1];
Mais puisque c'en est fait, le coup est sans remède.

DON ARIAS

Qu'aux volontés du Roi ce grand courage* cède :
355 Il y prend grande part[2], et son cœur* irrité
Agira contre vous de pleine autorité.
Aussi vous n'avez point de valable défense :
Le rang de l'offensé, la grandeur de l'offense,
Demandent des devoirs* et des submissions[3]
360 Qui passent le commun des satisfactions[4].

LE COMTE

Le Roi peut à son gré disposer de ma vie[5].

---

1. L'a traité avec trop d'orgueil (expression empruntée au langage de l'équitation : le cheval qui porte haut la tête). — *Var.* des vers 331-332 :
> « Je l'avoue entre nous, quand je lui fis l'affront,
> J'eus le sang un peu chaud et le bras un peu prompt » ;

2. Il s'intéresse fort à cette affaire ; 3. *Submissions*, forme savante condamnée ensuite par Vaugelas, mais maintenue en 1694 par le Dictionnaire de l'Académie pour désigner « les démonstrations respectueuses d'un inférieur à l'égard d'un supérieur » ; 4. *Satisfactions* : réparations. « *Le commun des satisfactions* est une façon de parler basse et peu française », avait dit l'Académie ; 5. *Var.* :
> « Qu'il prenne donc ma vie, elle est en sa puissance.
>
> DON ARIAS
> Un peu moins de transport et plus d'obéissance :
> D'un prince qui vous aime apaisez le courroux. »

============ **QUESTIONS** ============

■ Sur l'ensemble de l'acte premier. — La technique dramatique : l'exposition, l'engagement de l'action. Les coupures entre chaque groupe de scènes et la pluralité des lieux nuisent-elles à la concentration de l'action ? Comment ce procédé permet-il de faire progresser l'action dans le temps ?

— Comment se répartissent dans cet acte les scènes de mouvement et les scènes d'analyse ?

— Quelle est la situation à la fin de l'acte ? Les questions que se pose le spectateur ; à quels personnages s'intéresse-t-il ?

— Les cinq personnages qu'on a appris à connaître : quelles valeurs morales leur sont communes, à travers les différences nées de leur âge, de leur sexe, de leur condition, de leur personnalité propre ?

DON ARIAS

De trop d'emportement votre faute est suivie.
Le Roi vous aime encore; apaisez son courroux.
Il a dit : « Je le veux »; désobéirez-vous?

LE COMTE

365 Monsieur, pour conserver tout ce que j'ai d'estime[1],
Désobéir un peu n'est pas un si grand crime;
Et quelque grand[2] qu'il soit, mes services présents
Pour le faire abolir[3] sont plus que suffisants[4].

DON ARIAS

Quoi qu'on fasse d'illustre et de considérable[5],
370 Jamais à son sujet un roi n'est redevable.
Vous vous flattez beaucoup, et vous devez savoir
Que qui sert bien son roi ne fait que son devoir*.
Vous vous perdrez, Monsieur, sur[6] cette confiance.

LE COMTE

Je ne vous en croirai qu'après l'expérience.

DON ARIAS

375 Vous devez redouter la puissance d'un roi.

LE COMTE

Un jour seul ne perd pas un homme tel que moi.
Que toute sa grandeur s'arme pour mon supplice,
Tout l'État périra, s'il faut que je périsse[7].

DON ARIAS

Quoi! vous craignez si peu le pouvoir souverain...

LE COMTE

380 D'un sceptre qui sans moi tomberait de sa main[8].

---

1. *Estime* : réputation ; **2.** La répétition du mot *grand* (v. vers 354-355) fut critiquée par Scudéry, mais non par l'Académie ; **3.** *Abolir* : amnistier (terme de la langue judiciaire) ; **4.** *Plus que suffisants*, « expression basse et familière », avaient dit Scudéry et l'Académie. — On place en général ici les quatre vers suivants, que Corneille fut obligé de retrancher, car ils étaient une apologie indirecte du duel :

« Ces satisfactions n'apaisent point une âme :
Qui les reçoit n'a rien, qui les fait se diffame,
Et de pareils accords l'effet le plus commun
Est de perdre d'honneur deux hommes au lieu d'un » ;

5. *Considérable* : digne d'être pris en considération ; **6.** En vous reposant sur ; **7.** *Var.* : « plutôt que je périsse » ; **8.** La phrase était interrogative dans les premières éditions.

Il a trop d'intérêt lui-même en ma personne,
Et ma tête en tombant ferait choir sa couronne.

DON ARIAS

Souffrez que la raison remette vos esprits.
Prenez un bon conseil[1].

LE COMTE

Le conseil en est pris.

DON ARIAS

385 Que lui dirai-je enfin? je lui dois rendre conte[2].

LE COMTE

Que je ne puis du tout consentir à ma honte.

DON ARIAS

Mais songez que les rois veulent être absolus.

LE COMTE

Le sort en est jeté, Monsieur, n'en parlons plus.

DON ARIAS

Adieu donc, puisqu'en vain je tâche à vous résoudre
390 Avec tous vos lauriers, craignez encor le foudre[3].

LE COMTE

Je l'attendrai sans peur.

DON ARIAS ·

Mais non pas sans effet.

LE COMTE

Nous verrons donc par là don Diègue satisfait.
(*Il est seul.*)
Qui ne craint point la mort ne craint point les menaces[4].

---

1. *Conseil :* décision ; 2. *Conte :* confondu à cette époque avec « compte » ;
3. *Foudre.* « Ce mot, dit Vaugelas, est un de ces noms que l'on fait masculins
ou féminins, comme on veut. » Corneille avait d'abord mis le féminin ; il
corrigea en mettant le masculin. Selon une croyance antique, le laurier
protégeait de la foudre ; 4. *Var.* des vers 393-396 :
« Je m'étonne fort peu de menaces pareilles :
Dans les plus grands périls je fais plus de merveilles ;
Et quand l'honneur y va, les plus cruels trépas
Présentés à mes yeux ne m'ébranleraient pas. »

J'ai le cœur* au-dessus des plus fières[1] disgrâces;
395 Et l'on peut me réduire à vivre sans bonheur,
Mais non pas me résoudre à vivre sans honneur*.

La place devant le palais royal.

SCÈNE II. — LE COMTE, DON RODRIGUE.

DON RODRIGUE

A moi, Comte, deux mots.

LE COMTE

Parle.

DON RODRIGUE

Ote-moi d'un doute.

Connais-tu bien don Diègue?

LE COMTE

Oui.

DON RODRIGUE

Parlons bas[2]; écoute.

Sais-tu que ce vieillard fut la même vertu*[3],
400 La vaillance* et l'honneur* de son temps? le sais-tu?

LE COMTE

Peut-être.

---

1. *Fier* : cruel; **2.** Dans G. de Castro cette réplique se justifie davantage, puisque Chimène assiste à la provocation; **3.** *La même vertu* : le courage même.

──────── **QUESTIONS** ────────

■ SUR LA SCÈNE PREMIÈRE. — La mission de don Arias : quelle est la solution proposée par le Roi au conflit qui oppose le chef de son armée et le gouverneur de son fils? Montrez que la thèse « officielle » de don Arias sur le pouvoir absolu du Roi est exactement la même que celle de don Diègue à la scène III de l'acte premier.

— Pourquoi le Comte s'obstine-t-il dans son attitude, alors que sa colère est tombée et qu'il n'est plus en présence de don Diègue? Montrez que son ton se durcit à mesure que don Arias insiste. Quelle justification se donne-t-il à la fin de la scène? — Scudéry disait que le Comte était « un Matamore tragique » : lesquelles de ses paroles justifient ici ce jugement?

— Le problème du duel (voir les vers retranchés cités à la note 4, page 56). Certains contemporains de Corneille n'étaient-ils pas de l'avis du Comte contre don Arias?

— Utilité de cette scène sur le plan dramatique et sur le plan psychologique : le sentiment du spectateur qui sait la décision prise par Rodrigue.

DON RODRIGUE

     Cette ardeur¹ que dans les yeux je porte,
Sais-tu que c'est son sang? le sais-tu?

LE COMTE

                Que m'importe?

DON RODRIGUE

A quatre pas d'ici je te le fais savoir².

LE COMTE

Jeune présomptueux!

DON RODRIGUE

             Parle sans t'émouvoir.
405 Je suis jeune, il est vrai; mais aux âmes bien nées
La valeur* n'attend point le nombre des années³.

LE COMTE

Te mesurer à moi⁴! qui t'a rendu si vain⁵,
Toi qu'on n'a jamais vu les armes à la main?

DON RODRIGUE

Mes pareils à deux fois ne se font point connaître,
410 Et pour leurs coups d'essai veulent des coups de maître.

LE COMTE

Sais-tu bien qui je suis?

DON RODRIGUE

            Oui; tout autre que moi
Au seul bruit de ton nom pourrait trembler d'effroi.
Les palmes dont je vois ta tête si couverte
Semblent porter écrit le destin de ma perte.
415 J'attaque en téméraire un bras toujours vainqueur;
Mais j'aurai trop de force, ayant assez de cœur*.

---

1. *Cette ardeur*... Toute la métaphore fut critiquée par l'Académie ; 2. « Le grand discours qui suit est hors de saison », avait dit l'Académie ; 3. Dans G. de Castro, Rodrigue dit : « J'ai plus de valeur que d'années » ; 4. *Var.* : « Mais t'attaquer à moi ! » ; 5. *Vain* : orgueilleux, sûr de soi.

QUESTIONS

● Vers 397-403. L'assurance et l'insolence de Rodrigue provoquant le Comte ne s'accompagnent-elles pas d'une certaine maladresse ? Comment Corneille met-il en évidence la jeunesse de son héros ? — Les réponses du Comte : pourquoi sont-elles si laconiques ? Montrez qu'elles sont de plus en plus dédaigneuses.

A qui venge* son père il n'est rien impossible[1].
Ton bras est invaincu, mais non pas invincible.

LE COMTE

Ce grand cœur* qui paraît aux discours que tu tiens,
420 Par tes yeux, chaque jour, se découvrait aux miens[2];
Et croyant voir en toi l'honneur* de la Castille,
Mon âme avec plaisir te destinait ma fille.
Je sais ta passion, et suis ravi* de voir
Que tous ses mouvements cèdent à ton devoir*;
425 Qu'ils n'ont point affaibli cette ardeur magnanime;
Que ta haute vertu* répond à mon estime;
Et que, voulant pour gendre un cavalier* parfait,
Je ne me trompais point au choix[3] que j'avais fait;
Mais je sens que pour toi ma pitié s'intéresse[4];
430 J'admire ton courage*, et je plains ta jeunesse.
Ne cherche point à faire un coup d'essai fatal*;
Dispense ma valeur* d'un combat inégal;
Trop peu d'honneur* pour moi suivrait cette victoire.
A vaincre sans péril, on triomphe sans gloire*.
435 On te croirait toujours abattu sans effort;
Et j'aurais seulement le regret de ta mort.

DON RODRIGUE

D'une indigne pitié ton audace est suivie :
Qui m'ose ôter l'honneur* craint de m'ôter la vie?

LE COMTE

Retire-toi d'ici.

DON RODRIGUE
Marchons sans discourir.

---

1. Rien d'impossible; 2. A mes yeux; 3. Dans le choix; 4. *S'intéresser :* prendre de l'intérêt, s'émouvoir.

─────── **QUESTIONS** ───────

● Vers 404-418. Quel sentiment les répliques du Comte trahissent-elles devant la provocation de Rodrigue ? — Comment Rodrigue surmonte-t-il l'état d'infériorité dans lequel son âge et son inexpérience le placent en face du Comte ? Relevez les maximes dans lesquelles Rodrigue trouve à la fois son soutien et sa justification. A quoi voit-on qu'il est de plus en plus sûr de lui ?

● Vers 419-438. Le changement de ton chez le Comte : les vers 419-428 seraient-ils capables d'affaiblir la volonté de Rodrigue ? Le Comte est-il sincère dans son admiration pour le *cavalier parfait* (vers 426) ? Comment son orgueil détruit-il par des paroles blessantes les éloges qu'il vient de décerner ? Peut-il y avoir, dans la morale du Comte, grande différence entre la pitié et le mépris ?

LE COMTE

440 Es-tu si las de vivre?

DON RODRIGUE

As-tu peur de mourir?

LE COMTE

Viens, tu fais ton devoir*, et le fils dégénère
Qui[1] survit un moment à l'honneur* de son père.

Chez l'Infante.

Scène III. — L'INFANTE, CHIMÈNE, LÉONOR.

L'INFANTE

Apaise, ma Chimène, apaise ta douleur :
Fais agir ta constance en ce coup de malheur.
445 Tu reverras le calme après ce faible orage;
Ton bonheur n'est couvert que d'un peu de nuage[2],
Et tu n'as rien perdu pour le voir différer.

CHIMÈNE

Mon cœur* outré[3] d'ennuis* n'ose rien espérer.
Un orage si prompt qui trouble* une bonace[4]
450 D'un naufrage certain nous porte la menace :
Je n'en saurais douter, je péris dans le port.
J'aimais, j'étais aimée, et nos pères d'accord;

---

1. Au XVIIe siècle, le relatif peut être plus aisément qu'aujourd'hui séparé de son antécédent ; 2. *Var.* : d'un petit nuage ; 3. *Outré* : fatigué ; 4. *Bonace* : calme en mer. L'image se poursuit du vers 445 au vers 450 ; elle est chère à Corneille (Voir *Clitandre*, vers 414).

─────── QUESTIONS ───────

● Vers 439-442. Le rythme des dernières répliques : comment Rodrigue montre-t-il au Comte qu'il est son égal ? L'attitude finale du Comte.

■ Sur l'ensemble de la scène II. — Composition de la scène : comparez-la à la scène III de l'acte premier. Qui cherche ici la querelle ? Qui cherche à l'éviter ? En quoi Rodrigue venge-t-il bien ici l'affront subi par son père.
— Le conflit des générations : l'attitude du Comte, arrivé à la force de l'âge, en face de don Diègue et en face de Rodrigue. La vérité psychologique de cette attitude.
— L'évolution des sentiments du Comte à l'égard de Rodrigue : comment celui-ci force-t-il l'estime de son adversaire ? Expliquez pourquoi Rodrigue prend de plus en plus confiance en lui-même, malgré les sarcasmes du Comte.
— Dans le drame espagnol, la provocation a lieu en présence de don Diègue, de Chimène et de l'Infante. Quel intérêt avait Corneille à modifier l'idée venue de son modèle?

Et je vous en contais la charmante* nouvelle[1]
Au malheureux moment que naissait leur querelle*,
455 Dont le récit fatal*, sitôt qu'on vous l'a fait,
D'une si douce attente a ruiné l'effet.
Maudite ambition, détestable manie[2],
Dont les plus généreux* souffrent la tyrannie!
Honneur* impitoyable à mes plus chers désirs[3],
460 Que tu me vas coûter de pleurs et de soupirs*!

L'INFANTE

Tu n'as dans leur querelle* aucun sujet de craindre :
Un moment l'a fait naître, un moment va l'éteindre.
Elle a fait trop de bruit pour ne pas s'accorder[4],
Puisque déjà le Roi les veut accommoder[5];
465 Et tu sais que mon âme, à tes ennuis* sensible[6],
Pour en tarir la source y[7] fera l'impossible.

CHIMÈNE

Les accommodements[8] ne font rien en ce point :
De si mortels affronts ne se réparent point[9].
En vain on fait agir la force ou la prudence :
470 Si l'on guérit le mal, ce n'est qu'en apparence.
La haine que les cœurs* conservent au-dedans
Nourrit des feux* cachés, mais d'autant plus ardents.

L'INFANTE

Le saint nœud qui joindra don Rodrigue et Chimène
Des pères ennemis dissipera la haine;

---

1. *Var.* : la première nouvelle ; 2. *Manie* : folie ; 3. *Var.* : « Impitoyable honneur, mortel à mes plaisirs » ; 4. *S'accorder* : être terminée à l'amiable (emploi fréquent du pronominal pour le passif, critiqué par Scudéry, mais approuvé par l'Académie) ; 5. *Accommoder* : mettre d'accord ; 6. *Var.* : « Et de ma part mon âme, à tes ennuis sensible » (« C'est mal dit », affirmait l'Académie.) ; 7. *Y* : en cette affaire ; 8. *Accommodements* : réconciliation ; 9. *Var.* : « Les affronts à l'honneur ne se réparent point. » (« On ne dit point *faire affront à l'honneur de quelqu'un* », avait jugé l'Académie.)

———— QUESTIONS ————

● Vers 443-476. Quels événements Chimène sait-elle déjà? Lesquels ignore-t-elle encore? D'après les vers 453-456, comment se sont déroulés, depuis le premier acte, les entretiens entre Chimène et l'Infante? — Comment se sont réalisés les pressentiments de Chimène (voir les vers 53-56)? Sa première réaction en face des événements (vers 457-460). — Le rôle de l'Infante est-il conforme à la détermination qu'elle a prise à la scène II de l'acte premier? Pourquoi assure-t-elle que tout s'arrangera? Est-ce seulement pour calmer les inquiétudes de Chimène?

475 Et nous verrons bientôt votre amour le plus fort
Par un heureux hymen étouffer ce discord[1].

CHIMÈNE

Je le souhaite ainsi plus que je ne l'espère :
Don Diègue est trop altier, et je connais mon père.
Je sens couler des pleurs que je veux retenir;
480 Le passé me tourmente, et je crains l'avenir.

L'INFANTE

Que crains-tu? d'un vieillard l'impuissante faiblesse?

CHIMÈNE

Rodrigue a du courage*.

L'INFANTE

Il a trop de jeunesse.

CHIMÈNE

Les hommes valeureux le sont du premier coup[2].

L'INFANTE

Tu ne dois pas pourtant le redouter beaucoup :
485 Il est trop amoureux pour te vouloir déplaire,
Et deux mots de ta bouche arrêtent sa colère.

CHIMÈNE

S'il ne m'obéit point, quel comble[3] à mon ennui*!
Et s'il peut m'obéir, que dira-t-on de lui?
Étant né ce qu'il est, souffrir un tel outrage[4]!
490 Soit qu'il cède ou résiste au feu* qui me l'engage,
Mon esprit ne peut qu'être ou honteux ou confus[5],
De son trop de respect, ou d'un juste refus.

---

1. *Discord :* discorde (mot déjà vieilli, mais « bon en vers », dit Vaugelas);
2. *Premier coup,* expression basse selon Scudéry, impropre ici selon l'Académie; 3. *Quel comble à mon ennui.* « Cette phrase n'est pas française », avait dit l'Académie; 4. *Var.* des vers 489-490 :
  « Souffrir un tel affront, étant né gentilhomme !
  Soit qu'il cède ou résiste au feu qui le consomme »;
5. *Confus :* bouleversé.

━━━━━━━━━━━ QUESTIONS ━━━━━━━━━━━

● VERS 477-492. Chimène connaît-elle bien le caractère de Rodrigue?
Comparez les vers 482 (premier hémistiche) et 483 aux vers 409-410
et les vers 487-492 à certaines idées exprimées par Rodrigue dans ses
stances (acte premier, scène VI). — Que valent les arguments de l'Infante ?

L'INFANTE

Chimène a l'âme haute, et quoique intéressée[1],
Elle ne peut souffrir une basse[2] pensée;
495 Mais si jusques au jour de l'accommodement
Je fais mon prisonnier de ce parfait amant*,
Et que j'empêche ainsi l'effet de son courage*,
Ton esprit amoureux n'aura-t-il point d'ombrage[3]?

CHIMÈNE

Ah! Madame, en ce cas je n'ai plus de souci.

SCÈNE IV. — L'INFANTE, CHIMÈNE, LÉONOR,
LE PAGE.

L'INFANTE

500 Page, cherchez Rodrigue, et l'amenez[4] ici.

LE PAGE

Le comte de Gormas et lui...

CHIMÈNE

Bon Dieu! je tremble.

L'INFANTE

Parlez.

LE PAGE

De ce palais ils sont sortis ensemble.

---

1. *Intéressée* : passionnée ; 2. *Var.* « lâche » ; 3. *Ombrage* : inquiétude ;
4. *L'amenez*. Voir vers 169 et la note.

———— QUESTIONS ————

● VERS 493-499. — Quelle est la solution pratique proposée par l'Infante ? La princesse royale agit-elle dans le même sens que son père ?

■ SUR L'ENSEMBLE DE LA SCÈNE III. — Valeur dramatique de cette scène ; le sentiment du spectateur, qui sait que la situation est en fait beaucoup plus grave encore que ne l'imaginent les deux femmes.

— La tragique situation de Chimène : relevez dans ses répliques les antithèses qui expriment tous les conflits de sentiments auxquels il n'est pas possible de trouver une solution. Dans quelle mesure partage-t-elle les soucis de Rodrigue ? Connaît-elle bien le caractère de celui-ci ? Pourquoi est-elle soulagée par la proposition de l'Infante (vers 499) ?

— Faites un parallèle entre la situation de Chimène et celle de Rodrigue, telle qu'elle était à la fin de l'acte premier.

— Le rôle de l'Infante dans cette scène.

CHIMÈNE

Seuls?

LE PAGE

Seuls, et qui semblaient tout bas se quereller.

CHIMÈNE

Sans doute[1], ils sont aux mains, il n'en[2] faut plus parler.
505 Madame, pardonnez à cette promptitude[3].

Scène V. — L'INFANTE, LÉONOR.

L'INFANTE

Hélas! que dans l'esprit je sens d'inquiétude!
Je pleure ses malheurs, son amant* me ravit*;
Mon repos m'abandonne, et ma flamme* revit.
Ce qui va séparer Rodrigue de Chimène
510 Fait renaître à la fois mon espoir et ma peine;
Et leur division, que je vois à regret,
Dans mon esprit charmé* jette un plaisir secret.

LÉONOR

Cette haute vertu* qui règne dans votre âme
Se rend-elle sitôt à cette lâche flamme*?

L'INFANTE

515 Ne le nomme point lâche, à présent que chez moi
Pompeuse[4] et triomphante, elle me fait la loi :
Porte-lui du respect, puisqu'elle m'est si chère.
Ma vertu* la combat, mais malgré moi j'espère;
Et d'un si fol espoir mon cœur* mal défendu
520 Vole après un amant* que Chimène a perdu.

LÉONOR

Vous laissez choir[5] ainsi ce glorieux* courage*,
Et la raison chez vous perd ainsi son usage?

---

1. *Sans doute :* sans aucun doute, certainement; 2. *En :* de ce que vous me proposiez; 3. Chimène sort en toute hâte; 4. *Pompeuse :* glorieuse; 5. *Laisser choir son courage :* expression critiquée par Scudéry, mais approuvée par l'Académie.

--- QUESTIONS ---

■ SUR LA SCÈNE IV. — Le spectateur apprend-il quelque chose de nouveau? Quelle est cependant l'utilité dramatique de cette scène? Devine-t-on l'intention de Chimène quand elle sort si précipitamment?

L'INFANTE

Ah! qu'avec peu d'effet on entend la raison,
Quand le cœur* est atteint d'un si charmant* poison!
525 Et lorsque le malade aime sa maladie,
Qu'il a peine à souffrir que l'on y remédie[1]!

LÉONOR

Votre espoir vous séduit[2], votre mal vous est doux;
Mais enfin ce Rodrigue est indigne de vous.

L'INFANTE

Je ne le sais que trop; mais si ma vertu* cède,
530 Apprends comme l'amour flatte un cœur* qu'il possède.
Si Rodrigue une fois sort vainqueur du combat,
Si dessous[3] sa valeur* ce grand guerrier[4] s'abat[5],
Je puis en faire cas, je puis l'aimer sans honte.
Que ne fera-t-il point, s'il peut vaincre le Comte?
535 J'ose m'imaginer qu'à ses moindres exploits
Les royaumes entiers tomberont sous ses lois;
Et mon amour flatteur déjà me persuade
Que je le vois assis au trône de Grenade[6],
Les Mores subjugués trembler en l'adorant,
540 L'Aragon recevoir ce nouveau conquérant,
Le Portugal[7] se rendre, et ses nobles journées[8]
Porter delà[9] les mers ses hautes destinées,
Du sang des Africains arroser ses lauriers[10] :
Enfin tout ce qu'on dit des plus fameux guerriers,

---

1. *Var.* : « Il ne peut plus souffrir que l'on y remédie » ; 2. *Séduire* : détourner du droit chemin ; 3. *Dessous* : sous. Voir vers 138 et la note ; 4. *Ce grand guerrier* : le Comte ; 5. *S'abat*, verbe pronominal à sens passif, critiqué par Scudéry, mais approuvé par l'Académie ; 6. *Grenade, Aragon.* Voir vers 197 et la note ; 7. *Le Portugal*, occupé par les Arabes en 714, ne fut conquis par les Espagnols qu'au XII° siècle ; 8. *Journées* : combats, faits d'armes. Scudéry a blâmé cette acception : « On ne dit pas la journée d'un homme, mais la journée de Rocroi » ; 9. *Delà* : par-delà ; 10. *Var.* : « Au milieu de l'Afrique arborer ses lauriers. » (Vers critiqué par Scudéry et par l'Académie.)

━━━ **QUESTIONS** ━━━

● VERS 506-528. L'attitude de l'Infante à la scène III laissait-elle prévoir ce renouveau d'espoir et de souffrance? Manquait-elle de sincérité en face de Chimène? — Analysez la complaisance avec laquelle l'Infante s'abandonne à une passion qu'elle sait dangereuse et voit sans issue : commentez les vers 511-512 et 523-526.

545 Je l'attends de Rodrigue après cette victoire,
Et fais de son amour[1] un sujet de ma gloire*[2].

LÉONOR

Mais, Madame, voyez où vous portez son bras[3],
Ensuite d'un combat[4] qui peut-être n'est pas.

L'INFANTE

Rodrigue est offensé ; le Comte a fait l'outrage ;
550 Ils sont sortis ensemble : en faut-il davantage ?

LÉONOR

Eh bien ! ils se battront, puisque vous le voulez ;
Mais Rodrigue ira-t-il si loin que vous allez ?

L'INFANTE

Que veux-tu ? je suis folle, et mon esprit s'égare :
Tu vois par là quels maux cet amour me prépare.
555 Viens dans mon cabinet[5] consoler mes ennuis*,
Et ne me quitte point dans le trouble* où je suis.

---

1. *Son amour* : l'amour que j'ai pour lui ; 2. Un motif d'honneur pour moi ;
3. Jusqu'où vous portez sa puissance (« expression hardie et obscure », avait
dit l'Académie) ; 4. A la suite d'un combat. *Ensuite de* est condamné par
Vaugelas, du moins dans le beau style ; 5. *Cabinet* : Le lieu le plus retiré dans
le plus bel appartement du palais.

--- QUESTIONS ---

● Vers 529-546. Rapprochez la tirade de l'Infante des vers 91-100 ;
qu'y a-t-il de changé depuis la scène II de l'acte premier ? La destinée,
que l'Infante prévoit pour Rodrigue, se réalisera-t-elle ? L'habileté du
poète à utiliser la légende du Cid : est-il vraisemblable que l'imagination
de l'Infante se représente ainsi son héros ?
● Vers 547-556. Le bon sens de Léonor a-t-il raison contre la « folie »
de l'Infante ? D'une manière générale, les confidents de tragédie se
haussent-ils au niveau des passions de leurs maîtres ?

■ Sur l'ensemble de la scène V. — Comparez les sentiments de
l'Infante à ce qu'ils étaient à la scène II de l'acte premier et à la scène III
de l'acte II : est-elle dans le même état d'âme qu'au début de la pièce ?
Quelles circonstances la placent à nouveau dans la situation qu'elle
cherchait à éviter ?
— Les pressentiments de l'Infante sur la victoire de Rodrigue et sur
sa gloire future se justifient-ils sur le plan psychologique ? N'est-ce pas
en contradiction avec ce qu'elle avait dit à Chimène aux vers 482
et 484-486 ?

ESTOS CVERPOS DEL CID Y SV MV
GER SE TRASLADARON DE LA CAPI
LLA MAYOR A ESTA CON FACVL
TAD REAL DE NVESTRO CATHOLI
CO MONARCA D PHELIPE IV ANO 1736

LE TOMBEAU DU CID ET DE CHIMÈNE
Monastère de San Pedro de Cardeña, à Burgos.

Le monument date en réalité du XIII⁰ siècle.

En haut : VUE GÉNÉRALE DE SÉVILLE ET DE SON PORT

Gravure du XVIᵉ siècle. — Phot. Garcia-Pelayo.

En bas : L'ENTRÉE DE L'ALCAZAR DE SÉVILLE (XIIᵉ siècle).

Phot. René Bailly.

Chez le Roi.

Scène VI. — DON FERNAND, DON ARIAS, DON SANCHE.

DON FERNAND

Le Comte est donc si vain[1], et si peu raisonnable!
Ose-t-il croire encor son crime pardonnable?

DON ARIAS

Je l'ai de votre part longtemps entretenu;
560 J'ai fait mon pouvoir[2], Sire, et n'ai rien obtenu.

DON FERNAND

Justes cieux! ainsi donc un sujet téméraire
A si peu de respect et de soin de me plaire!
Il offense don Diègue, et méprise son roi!
Au milieu de ma cour il me donne la loi!
565 Qu'il soit brave guerrier, qu'il soit grand capitaine,
Je saurai bien rabattre[3] une humeur[4] si hautaine.
Fût-il la valeur* même, et le dieu des combats,
Il verra ce que c'est que de n'obéir pas.
Quoi qu'ait pu mériter une telle insolence[5],
570 Je l'ai voulu d'abord traiter sans violence;
Mais puisqu'il en abuse, allez dès aujourd'hui,
Soit qu'il résiste ou non, vous assurer de lui[6].

DON SANCHE

Peut-être un peu de temps le rendrait moins rebelle :
On l'a pris tout bouillant encor de sa querelle*[7];
575 Sire, dans la chaleur d'un premier mouvement,
Un cœur* si généreux* se rend malaisément.

---

1. *Vain* : voir vers 407 et la note ; 2. *Mon pouvoir* : mon possible ; 3. *Var.* :
« Je lui rabattrai bien » ; 4. *Humeur* : caractère (sens courant à l'époque) ;
5. *Var.* : « Je sais trop comme il faut dompter cette insolence » ; 6. C'est
sinon l'ordre d'arrêter le Comte, du moins celui de le mettre en « résidence
surveillée » ; 7. « On ne peut dire *bouillant d'une querelle* », affirmait
l'Académie.

--- QUESTIONS ---

● Vers 557-572. A quel épisode cette scène fait-elle suite ? La décision
royale : comment don Fernand la justifie-t-il aux yeux des deux seigneurs
présents ? Rapprochez cette décision de la solution que proposait
l'Infante à Chimène aux vers 495-499.

Il voit bien qu'il a tort, mais une âme si haute
N'est pas sitôt réduite à confesser sa faute.

DON FERNAND

Don Sanche, taisez-vous, et soyez averti
580 Qu'on se rend criminel à prendre[1] son parti.

DON SANCHE

J'obéis, et me tais[2]; mais de grâce encor, Sire,
Deux mots en sa défense[3].

DON FERNAND

              Et que pourrez-vous dire?

DON SANCHE

Qu'une âme accoutumée aux grandes actions
Ne se peut abaisser à des submissions[4] :
585 Elle n'en conçoit point qui s'expliquent sans honte;
Et c'est à ce mot seul qu'a résisté le Comte[5].
Il trouve en son devoir* un peu trop de rigueur,
Et vous obéirait, s'il avait moins de cœur*.
Commandez que son bras, nourri[6] dans les alarmes*,
590 Répare cette injure à la pointe des armes;
Il satisfera, Sire; et vienne qui voudra,
Attendant qu'il l'ait su, voici qui répondra.

DON FERNAND

Vous perdez le respect; mais je pardonne à l'âge,
Et j'excuse[7] l'ardeur en un jeune courage*.
595 Un roi dont la prudence a de meilleurs objets
Est meilleur ménager[8] du sang de ses sujets :

---

1. *A prendre* : en prenant ; 2. « Disant *je me tais*, il ne devait point continuer de parler », avait dit l'Académie ; 3. Pour sa défense ; 4. *Submissions*. Voir note du vers 359 ; 5. *Var.* : « Et c'est contre ce mot qu'a résisté le Comte » (*Résister contre un mot* n'est pas bien parler français, selon l'Académie.) ; 6. « On ne peut dire *nourrir un bras* », avait remarqué l'Académie ; 7. *Var.* : « estime » ; 8. *Ménager* : économe.

———— QUESTIONS ————

● Vers 573-592. Qu'est-ce que le spectateur sait de don Sanche, nouveau venu dans l'action (v. vers 14)? — Son caractère et sa conception de l'honneur. — L'Académie française, parmi ses critiques, reprochait à Corneille d'avoir poussé aussi loin l'insolence de don Sanche : comment justifieriez-vous la création de Corneille sur le plan historique ? sur le plan psychologique ?

Je veille pour les miens, mes soucis les conservent,
Comme le chef[1] a soin des membres qui le servent.
Ainsi votre raison[2] n'est pas raison pour moi :
600 Vous parlez en soldat; je dois agir en roi;
Et quoi qu'on veuille dire, et quoi qu'il ose croire[3],
Le Comte à m'obéir ne peut perdre sa gloire*.
D'ailleurs l'affront me touche : il a perdu d'honneur*[4]
Celui que de mon fils j'ai fait le gouverneur;
605 S'attaquer à mon choix, c'est se prendre à moi-même[5],
Et faire un attentat sur le pouvoir suprême.
N'en parlons plus. Au reste[6], on a vu dix vaisseaux
De nos vieux ennemis arborer les drapeaux;
Vers la bouche du fleuve[7] ils ont osé paraître[8].

DON ARIAS

610 Les Mores ont appris par force à vous connaître,
Et tant de fois vaincus, ils ont perdu le cœur*
De se plus hasarder[9] contre un si grand vainqueur.

DON FERNAND

Ils ne verront jamais sans quelque jalousie
Mon sceptre, en dépit d'eux, régir l'Andalousie;

---

1. *Le chef* : la tête; 2. *Votre raison* : ce qui est la raison pour vous;
3. *Var.* : « Et quoi qu'il faille dire, et quoi qu'il veuille croire »; 4. *Perdre d'honneur* : enlever toute la réputation, tout le prestige; 5. *Var.* des vers 605-616 :

« Et par ce trait hardi d'une insolence extrême,
Il s'est pris à mon choix, il s'est pris à moi-même.
C'est moi qu'il satisfait en réparant ce tort.
N'en parlons plus. Au reste on nous menace fort;
Sur un avis reçu je crains une surprise.

DON ARIAS
Les Mores contre vous font-ils quelque entreprise?
S'osent-ils préparer à des efforts nouveaux?

LE ROI
Vers la bouche du fleuve on a vu leurs vaisseaux,
Et vous n'ignorez pas qu'avec fort peu de peine
Un flux de pleine mer jusqu'ici les amène.

DON ARIAS
Tant de combats perdus leur ont ôté le cœur
D'attaquer désormais un si puissant vainqueur.

LE ROI
N'importe, ils ne sauraient qu'avecque jalousie
Voir mon sceptre aujourd'hui régir l'Andalousie,
Et ce pays si beau que j'ai conquis sur eux
Réveille à tous moments leurs desseins généreux »;
6. *Au reste* : d'autre part; 7. L'embouchure du Guadalquivir; 8. *Paraître* : se montrer; 9. De se hasarder davantage.

615 Et ce pays si beau, qu'ils ont trop possédé,
Avec un œil d'envie est toujours regardé.
C'est l'unique raison qui m'a fait dans Séville[1]
Placer depuis dix ans le trône de Castille,
Pour les voir de plus près, et d'un ordre plus prompt
620 Renverser aussitôt ce qu'ils entreprendront.

DON ARIAS

Ils savent aux dépens de leurs plus dignes* têtes,
Combien votre présence assure vos conquêtes :
Vous n'avez rien à craindre.

DON FERNAND

               Et rien à négliger :
Le trop de confiance attire le danger;
625 Et vous n'ignorez pas qu'avec fort peu de peine[2]
Un flux de pleine mer jusqu'ici les amène.
Toutefois j'aurais tort de jeter dans les cœurs*,
L'avis étant mal sûr[3], de paniques[4] terreurs.
L'effroi que produirait cette alarme* inutile,
630 Dans la nuit qui survient troublerait* trop la ville :
Faites doubler la garde aux murs et sur le port.
C'est assez pour ce soir.

---

1. La présence du roi de Castille à Séville est à cette date un anachronisme (Voir page 32, note 5.) ; 2. *Var.* des vers 625-626 :
« Et le même ennemi que l'on vient de détruire,
S'il sait prendre son temps est capable de nuire » ;
3. *Mal sûr :* peu sûr. *Mal* est d'usage courant comme adverbe devant un adjectif ; 4. *Paniques* (adjectif ici) : qui provoquent la panique.

— QUESTIONS —

● VERS 593-632. La conception du pouvoir royal en politique intérieure comme en politique extérieure. — Importance des vers 603-606 : comment le code de l'honneur s'applique-t-il à la personne royale ? Gravité de l'accusation portée contre le Comte. — La brusque allusion à une attaque-surprise des Mores est-elle contraire à la vraisemblance ? — Etudiez les variantes des vers 605-616.

■ SUR L'ENSEMBLE DE LA SCÈNE VI. — La première image du roi don Fernand : de quelles qualités du cœur et de l'esprit fait-il preuve ? Comment ce Roi espagnol du Moyen Age prenait-il son actualité pour les spectateurs du temps de Corneille ?
— Les rapports du Roi et de la noblesse d'après cette scène. Le problème du duel et le crime de lèse-majesté.
— Le personnage de don Sanche ; le véritable motif de son intervention. Comment son idéal chevaleresque trouve-t-il ici un moyen de s'affirmer ?

Scène VII. — DON FERNAND, DON SANCHE, DON ALONSE.

DON ALONSE

Sire, le Comte est mort :
Don Diègue, par son fils, a vengé* son offense.

DON FERNAND

Dès que j'ai su l'affront, j'ai prévu la vengeance* ;
635 Et j'ai voulu dès lors prévenir ce malheur.

DON ALONSE

Chimène à vos genoux apporte sa douleur ;
Elle vient tout en pleurs vous demander justice.

DON FERNAND

Bien qu'à ses déplaisirs* mon âme compatisse,
Ce que le Comte a fait semble avoir mérité
640 Ce digne*[1] châtiment de sa témérité.
Quelque juste pourtant que puisse être sa peine,
Je ne puis sans regret perdre un tel capitaine.
Après un long service à mon État rendu[2],
Après son sang pour moi mille fois répandu,
645 A quelques sentiments que son orgueil m'oblige,
Sa perte m'affaiblit, et son trépas m'afflige[3].

_____

1. _Var. :_ « juste » ; 2. _Après_ suivi d'un nom accompagné d'un participe passé est une tournure habituelle à cette époque ; 3. « Toutes les parties de ce raisonnement sont mal rangées », avait dit l'Académie.

─────── QUESTIONS ───────

■ Sur la scène VII. — L'annonce de la mort du Comte doit-elle être considérée comme un coup de théâtre ?

— L'attitude du Roi : pourquoi n'avait-il pas, dans la scène précédente, fait part des craintes exprimées aux vers 636-637 ? La netteté avec laquelle il apprécie les responsabilités et juge les conséquences de l'événement. De quelles qualités pense-t-il qu'il est de son devoir de faire preuve en ces circonstances ? La cause n'est-elle pas déjà jugée ?

Scène VIII. — DON FERNAND, DON DIÈGUE, CHIMÈNE, DON SANCHE, DON ARIAS, DON ALONSE.

CHIMÈNE

Sire, Sire, justice!

DON DIÈGUE

Ah! Sire, écoutez-nous.

CHIMÈNE

Je me jette à vos pieds.

DON DIÈGUE

J'embrasse vos genoux.

CHIMÈNE

Je demande justice.

DON DIÈGUE

Entendez ma défense.

CHIMÈNE

650 D'un jeune audacieux punissez l'insolence[1] :
Il a de votre sceptre abattu le soutien,
Il a tué mon père.

DON DIÈGUE

Il a vengé* le sien.

CHIMÈNE

Au sang de ses sujets un roi doit la justice.

DON DIÈGUE

Pour la juste vengeance* il n'est point de supplice[2].

DON FERNAND

655 Levez-vous l'un et l'autre, et parlez à loisir.
Chimène, je prends part à votre déplaisir* ;

---

1. *Var.* des vers 650-651 :

CHIMÈNE

« Vengez-moi d'une mort...

DON DIÈGUE

Qui punit l'insolence.

CHIMÈNE

Rodrigue, sire...

DON DIÈGUE

A fait un coup d'homme de bien »,

2. *Var. :* Une vengeance juste est sans peur du supplice. »

D'une égale douleur je sens mon âme atteinte.

(A don Diègue.)

Vous parlerez après ; ne troublez* pas sa plainte.

CHIMÈNE

Sire, mon père est mort ; mes yeux ont vu son sang
660 Couler à gros bouillons de son généreux* flanc ;
Ce sang qui tant de fois garantit vos murailles,
Ce sang qui tant de fois vous gagna des batailles,
Ce sang qui tout sorti fume encor de courroux
De se voir répandu pour d'autres que pour vous,
665 Qu'au milieu des hasards n'osait verser la guerre,
Rodrigue en votre cour vient d'en couvrir la terre[1].
J'ai couru sur le lieu, sans force et sans couleur :
Je l'ai trouvé sans vie. Excusez ma douleur,
Sire, la voix me manque à ce récit funeste* ;
670 Mes pleurs et mes soupirs* vous diront mieux le reste[2].

DON FERNAND

Prends courage*, ma fille, et sache qu'aujourd'hui
Ton roi te veut servir de père au lieu de lui.

CHIMÈNE

Sire, de trop d'honneur* ma misère est suivie.
Je vous l'ai déjà dit, je l'ai trouvé sans vie ;
675 Son flanc était ouvert ; et, pour mieux m'émouvoir[3],

---

1. *Var.* des vers 667-668 :
   « Et pour son coup d'essai son indigne attentat
   D'un si ferme soutien a privé votre Etat,
   De vos meilleurs soldats abattu l'assurance,
   Et de vos ennemis relevé l'espérance.
   J'arrivai sur le lieu sans force et sans couleur :
   Je le trouvai sans vie. Excusez ma douleur » ;
2. Les images de toute cette tirade, qui étonnent aujourd'hui, n'ont pas choqué à l'époque, mais elles seront critiquées par Voltaire. — G. de Castro montrait Chimène tendant un mouchoir taché de sang en disant : « Il a tracé mon devoir sur ce papier » ; 3. *Var. :* « Il ne me parla point, mais pour mieux m'émouvoir. »

QUESTIONS

● VERS 647-658. Le mouvement de ce début de scène : quel est l'état d'âme de Chimène ? Quelle passion est plus forte chez elle que la douleur ? Quels vers résument déjà ses griefs ? Pensez-vous qu'elle ait longtemps réfléchi avant de faire elle aussi son choix et de prendre parti pour Rodrigue ? — Le rôle de don Diègue : ne semble-t-il pas en état d'infériorité ? Pourquoi Corneille n'a-t-il pas envoyé Rodrigue défendre lui-même sa cause ? — L'accueil fait par le Roi à la plainte de Chimène (vers 655-656).

Son sang sur la poussière écrivait mon devoir* ;
Ou plutôt sa valeur* en cet état réduite
Me parlait par sa plaie[1], et hâtait ma poursuite ;
Et, pour se faire entendre au plus juste des rois,
680 Par cette triste* bouche[2] elle empruntait ma voix.
    Sire, ne souffrez pas que sous votre puissance
Règne devant vos yeux une telle licence ;
Que les plus valeureux, avec impunité,
Soient exposés aux coups de la témérité ;
685 Qu'un jeune audacieux triomphe de leur gloire*,
Se baigne dans leur sang, et brave leur mémoire.
Un si vaillant* guerrier qu'on vient de vous ravir
Éteint, s'il n'est vengé*, l'ardeur de vous servir.
Enfin mon père est mort, j'en demande vengeance*,
690 Plus pour votre intérêt que pour mon allégeance[3].
Vous perdez en la mort d'un homme de son rang :
Vengez*-la par une autre, et le sang par le sang[4].
Immolez, non à moi, mais à votre couronne,
Mais à votre grandeur, mais à votre personne ;
695 Immolez, dis-je, Sire, au bien de tout l'État
Tout ce qu'enorgueillit un si haut attentat.

DON FERNAND

Don Diègue, répondez.

---

1. G. de Castro : « Il me parlait par les lèvres de sa blessure » ; 2. *Par cette triste bouche* : par les lèvres de la plaie. Corneille développe l'image qu'il a trouvée dans son modèle espagnol. L'Académie jugeait ses paroles trop subtiles pour une affligée. Voir aussi, dans les Jugements, le *Jugement composé par un bourgeois de Paris* ; 3. *Allégeance* : allégement (déjà vieilli en 1636) ; 4. *Var.* des vers 693-696 :

    « Sacrifiez don Diègue et toute sa famille
    A vous, à votre peuple, à toute la Castille.
    Le soleil qui voit tout ne voit rien sous les cieux
    Qui vous puisse payer un sang si précieux. »
Corneille a préféré une conclusion plus générale.

QUESTIONS

● Vers 659-696. Composition du plaidoyer de Chimène. — L'insistance avec laquelle elle décrit l'horreur de la mort du Comte est-elle seulement l'effet de son émotion ? Quel sentiment Chimène veut-elle aussi provoquer chez le Roi ? Est-elle satisfaite de la promesse que celui-ci lui fait aux vers 671-672 ? Relevez dans toute cette première partie du plaidoyer (vers 659-680) les traits réalistes et aussi les images précieuses ; si ce mélange ne convient plus au goût moderne, comment peut-on expliquer qu'il ait été jugé compatible avec le style tragique en 1636 ? — Distinguez les deux arguments qui constituent les vers 681-695.

DON DIÈGUE

Qu'on est digne d'envie
Lorsqu'en perdant la force on perd aussi la vie[1],
Et qu'un long âge[2] apprête aux hommes généreux*,
700 Au bout de leur carrière, un destin malheureux !
Moi, dont les longs travaux ont acquis tant de gloire*,
Moi, que jadis partout a suivi la victoire[3],
Je me vois aujourd'hui, pour avoir trop vécu,
Recevoir un affront et demeurer vaincu.
705 Ce que n'a pu jamais combat, siège, embuscade,
Ce que n'a pu jamais Aragon ni Grenade,
Ni tous vos ennemis, ni tous mes envieux,
Le Comte en votre cour l'a fait presque à vos yeux[4],
Jaloux de votre choix, et fier de l'avantage
710 Que lui donnait sur moi l'impuissance de l'âge.
Sire, ainsi ces cheveux blanchis sous le harnois[5],
Ce sang pour vous servir prodigué tant de fois,
Ce bras, jadis l'effroi d'une armée ennemie,
Descendaient au tombeau tout chargés d'infamie,
715 Si je n'eusse produit un fils digne de moi,
Digne de son pays et digne de son roi.
Il m'a prêté sa main, il a tué le Comte ;
Il m'a rendu l'honneur*, il a lavé ma honte.
Si montrer du courage* et du ressentiment,
720 Si venger* un soufflet mérite un châtiment,
Sur moi seul doit tomber l'éclat de la tempête[6] :
Quand le bras a failli, l'on en punit la tête[7].
Qu'on nomme crime, ou non, ce qui fait nos débats[8],
Sire, j'en suis la tête, il n'en est que le bras.

---

1. *Var.* des vers 698-700 :
    « Quand avecque la force on perd aussi la vie,
    Sire, et que l'âge apporte aux hommes généreux
    Avecque sa faiblesse un destin malheureux » ;
2. *Age :* vie ; 3. « Don Diègue devrait s'exprimer avec plus de modestie devant le Roi », avait dit l'Académie ; 4. *Var.* des vers 708-710 :
    « L'orgueil dans votre cour l'a fait presque à vos yeux
    Et souillé sans respect l'honneur de ma vieillesse,
    Avantagé de l'âge et fort de ma faiblesse. »
Ces derniers vers avaient été critiqués par l'Académie : « Il fallait dire *et a souillé* » ; 5. *Harnois :* toute l'armure d'un homme d'armes (terme déjà vieilli à cette époque) ; 6. *L'éclat de la tempête :* la tempête qui éclate ; 7. *Bras... tête,* disposition croisée des termes (chiasme) et opposition (antithèse) ; 8. *Var. :* « Du crime glorieux qui cause nos débats. » « On ne peut pas donner une tête et des bras à un crime », avait dit l'Académie.

725 Si Chimène se plaint qu'il a tué son père,
Il ne l'eût jamais fait si je l'eusse pu faire.
Immolez donc ce chef[1] que les ans vont ravir,
Et conservez pour vous le bras qui peut servir.
Aux dépens de mon sang satisfaites Chimène :
730 Je n'y résiste point, je consens à ma peine ;
Et loin de murmurer d'un rigoureux décret[2],
Mourant sans déshonneur, je mourrai sans regret.

DON FERNAND

L'affaire est d'importance, et, bien considérée,
Mérite en plein conseil d'être délibérée.
735 Don Sanche, remettez Chimène en sa maison.
Don Diègue aura ma cour et sa foi[3] pour prison.
Qu'on me cherche son fils. Je vous ferai justice.

---

1. *Le chef* : voir vers 598 et la note ; 2. *Var.* : « injuste décret... » (L'adjectif *injuste* avait été critiqué par l'Académie comme offensant pour le Roi.) ; 3. *Foi* : parole donnée.

--- QUESTIONS ---

● Vers 697-732. Montrez que la réponse de don Diègue fait équilibre au plaidoyer de Chimène et qu'elle est construite sur le même plan : le déshonneur subi par don Diègue ne devait-il pas inspirer autant de pitié que la mort du Comte ? Qui, le premier, a mis en échec l'autorité royale ? Le Roi a-t-il intérêt à priver l'État des services de Rodrigue ? — La solution proposée par don Diègue peut-elle, malgré sa valeur morale, satisfaire la justice ?

● Vers 733-740. Quelles mesures le Roi prend-il, tout en différant son jugement ? — Chimène accepte-t-elle la décision royale ? Que signifie, en revanche, le silence de don Diègue ?

■ Sur l'ensemble de la scène VIII. — La composition de cette scène, son mouvement : quel intérêt dramatique prend, d'une manière générale, une scène de jugement ?

— Pouvait-on s'attendre à voir Chimène prendre parti contre Rodrigue avec une violence aussi farouche ? Montrez que, malgré sa douleur, son énergie est parfaitement lucide. Comparez la manière dont elle passe à l'action avec la façon dont Rodrigue s'était décidé à agir.

— Le rôle du Roi : faut-il lui reprocher d'avoir déjà un préjugé (v. scène VII) avant d'entendre les plaignants ? A quoi s'engage-t-il (v. vers 671-672 et 737) ?

— Comment Corneille donne-t-il de la grandeur au personnage de don Diègue ? Le vieillard est-il sincère en offrant sa propre vie pour son fils ? Mais ce sacrifice serait-il possible ? et utile ?

CHIMÈNE

Il est juste, grand Roi, qu'un meurtrier[1] périsse.

DON FERNAND

Prends du repos, ma fille, et calme tes douleurs.

CHIMÈNE

740 M'ordonner du repos, c'est croître[2] mes malheurs.

ACTE III

Chez Chimène.

SCÈNE PREMIÈRE. — DON RODRIGUE, ELVIRE.

ELVIRE

Rodrigue, qu'as-tu fait? où viens-tu, misérable[3]?

DON RODRIGUE

Suivre le triste* cours de mon sort déplorable.

ELVIRE

Où prends-tu cette audace et ce nouvel orgueil,
De paraître en des lieux que tu remplis de deuil?

---

1. *Meurtrier* est divisé en trois syllabes contre l'usage courant de l'époque ; licence poétique critiquée par l'Académie ; 2. *Croître*, sens actif admis seulement en poésie par Vaugelas ; 3. *Misérable* : digne de pitié, malheureux.

--- **QUESTIONS** ---

■ SUR L'ENSEMBLE DE L'ACTE II. — La technique dramatique : quel événement est au centre de cet acte ? L'habileté de Corneille à utiliser les trois plans sur lesquels se déroule l'action (le Comte et Rodrigue — l'Infante et Chimène — le Roi) : montrez que jusqu'à la scène VII le spectateur a l'impression que le Roi, d'une part, l'Infante et Chimène, d'autre part, sont « en retard » sur les événements ; quel effet dramatique en résulte ? A partir de la scène VII, le rythme de l'action n'est-il pas différent ?

— L'évolution du conflit entre les deux familles. La personnalité du Roi, son rôle dans ce qui est devenu une affaire d'Etat.

— La situation à la fin de l'acte : Chimène et Rodrigue sont-ils devenus ennemis ? Qu'est-ce qui les met maintenant à égalité ? Quel personnage semble destiné à faire avancer l'action ?

745 Quoi? viens-tu jusqu'ici braver l'ombre du Comte?
Ne l'as-tu pas tué?

DON RODRIGUE

Sa vie était ma honte :
Mon honneur* de ma main a voulu cet effort.

ELVIRE

Mais chercher ton asile en la maison du mort!
Jamais un meurtrier en fit-il son refuge?

DON RODRIGUE

750 Et je n'y viens aussi que m'offrir à mon juge[1].
Ne me regarde plus d'un visage étonné;
Je cherche le trépas après l'avoir donné.
Mon juge est mon amour, mon juge est ma Chimène :
Je mérite la mort de mériter sa haine,
755 Et j'en viens recevoir, comme un bien souverain,
Et l'arrêt de sa bouche, et le coup de sa main.

ELVIRE

Fuis[2] plutôt de ses yeux, fuis de sa violence;
A ses premiers transports[3] dérobe ta présence :
Va, ne t'expose point aux premiers mouvements[4]
760 Que poussera[5] l'ardeur de ses ressentiments.

DON RODRIGUE

Non, non, ce cher objet[6] à qui j'ai pu déplaire
Ne peut pour mon supplice avoir trop de colère;
Et j'évite cent morts[7] qui me vont accabler[8],
Si pour mourir plus tôt je puis la[9] redoubler.

---

1. *Var.* : « Jamais un meurtrier s'offrit-il à son juge » (L'Académie avait dit que ce dernier vers ne convenait pas à Rodrigue) ; 2. *Fuis... de* : fuis loin de ; 3. *Transports* : manifestation extérieure d'une passion ou d'une émotion violente ; 4. *Mouvements* : élans d'une passion (vocabulaire galant) ; 5. *Poussera* : fera naître (vocabulaire galant) ; 6. *Objet* : personne aimée (vocabulaire galant) ; 7. *Morts* : tourments aussi pénibles que la mort (image précieuse) ; 8. *Var.* : « Et d'un heur sans pareil je me verrai comblé » ; 9. *La* : sa colère.

QUESTIONS

● VERS 741-749. L'effet produit par la présence de Rodrigue chez Chimène. Comment Corneille se sert-il d'Elvire pour mettre en évidence le caractère surprenant de cette visite?

● VERS 750-764. Pourquoi Rodrigue ne s'en remet-il pas à la justice du Roi? ou ne se fait-il pas justice lui-même? La solution à laquelle il songe est-elle aussi « romanesque » qu'il y paraît?

ELVIRE

765 Chimène est au palais, de pleurs toute baignée,
Et n'en reviendra point que bien accompagnée.
Rodrigue, fuis, de grâce : ôte-moi de souci[1].
Que ne dira-t-on point si l'on te voit ici ?
Veux-tu qu'un médisant, pour comble à sa misère[2],
770 L'accuse d'y souffrir l'assassin de son père ?
Elle va revenir ; elle vient, je la voi[3] :
Du moins, pour son honneur*, Rodrigue, cache-toi.

SCÈNE II. — DON SANCHE, CHIMÈNE,
ELVIRE.

DON SANCHE

Oui, Madame, il vous faut de sanglantes victimes :
Votre colère est juste, et vos pleurs légitimes ;
775 Et je n'entreprends pas, à force de parler,
Ni de vous adoucir, ni de vous consoler.
Mais si de vous servir je puis être capable,
Employez mon épée à punir le coupable ;
Employez mon amour à venger* cette mort[4] :

---

1. *Ote-moi de souci :* délivre-moi de souci (usage courant à l'époque) ;
2. *Var.* des vers 769-770 :
    « Veux-tu qu'un médisant l'accuse en sa misère
    D'avoir reçu chez soi l'assassin de son père ? » ;
3. L'orthographe sans *s* de la première personne de l'indicatif présent, d'ailleurs conforme à l'étymologie, restait autorisée à la rime pour les verbes *voir, croire, recevoir, savoir, devoir* et quelques autres ; 4. « La bienséance eût été mieux observée, avait dit l'Académie, s'il se fût mis en devoir de venger Chimène sans lui en demander la permission. »

══ QUESTIONS ══

● VERS 765-772. Importance des vers 765-766 pour la chronologie de l'action. — Elvire peut-elle être convaincue par Rodrigue ? A quel niveau reste sa morale ? — Pourquoi Rodrigue accepte-t-il de se cacher ? Est-ce une situation tragique ?

■ SUR L'ENSEMBLE DE LA SCÈNE PREMIÈRE. — La présence de Rodrigue dans la maison du Comte et de Chimène avait beaucoup choqué les critiques ; Corneille déclare dans l'Examen qu'elle provoquait dans le public « une merveilleuse curiosité ». Où réside ici l'originalité de Corneille ?

780 Sous vos commandements mon bras sera trop[1] fort.

CHIMÈNE

Malheureuse !

DON SANCHE

De grâce, acceptez mon service.

CHIMÈNE

J'offenserais le Roi, qui m'a promis justice.

DON SANCHE

Vous savez qu'elle[2] marche avec tant de langueur,
Qu'assez souvent le crime échappe à sa longueur ;
785 Son cours lent et douteux fait trop perdre de larmes.
Souffrez qu'un cavalier* vous venge* par les armes :
La voie en est plus sûre, et plus prompte à punir.

CHIMÈNE

C'est le dernier remède[3] ; et s'il faut y venir,
Et que de mes malheurs cette pitié vous dure,
790 Vous serez libre alors de venger* mon injure[4].

DON SANCHE

C'est l'unique bonheur où mon âme prétend ;
Et, pouvant l'espérer, je m'en vais trop content[5].

---

1. *Trop* : très (sans idée de limite dépassée) ; 2. *Elle* : la justice. Avant Vaugelas, on admet qu'un pronom peut se rapporter à un nom indéterminé ; 3. Allusion aux controverses contemporaines sur le duel ; 4. De venger l'outrage que j'ai subi ; 5. *Trop content* : absolument satisfait.

--- QUESTIONS ---

■ Sur la scène II. — D'après ce que l'on sait déjà de don Sanche (voir acte II, scène VI), est-il étonnant qu'il propose les services de son épée ? Aurait-il dû, comme le réclamait l'Académie, venger Chimène sans lui demander la permission ?
— Commentez les vers 783-785.
— L'attitude de Chimène est-elle celle que l'on attendait après sa véhémente intervention auprès du Roi (acte II, scène VIII) ?

Scène III. — CHIMÈNE, ELVIRE.

CHIMÈNE

Enfin je me vois libre, et je puis sans contrainte
De mes vives douleurs te faire voir l'atteinte;
795 Je puis donner passage à mes tristes* soupirs*;
Je puis t'ouvrir mon âme et tous mes déplaisirs*.
    Mon père est mort, Elvire; et la première épée
Dont s'est armé Rodrigue, a sa trame coupée[1].
Pleurez, pleurez, mes yeux, et fondez-vous en eau!
800 La moitié[2] de ma vie a mis l'autre au tombeau,
Et m'oblige à venger*, après ce coup funeste*,
Celle que je n'ai plus sur celle qui me reste.

ELVIRE

Reposez-vous[3], Madame.

CHIMÈNE

                              Ah! que mal à propos
Dans un malheur si grand tu parles de repos[4]!
805 Par où sera jamais ma douleur apaisée[5],
Si je ne puis haïr la main qui l'a causée?
Et que dois-je espérer qu'un[6] tourment éternel,
Si je poursuis un crime, aimant le criminel?

ELVIRE

Il vous prive d'un père, et vous l'aimez encore!

CHIMÈNE

810 C'est peu de dire aimer, Elvire : je l'adore;
Ma passion s'oppose à mon ressentiment;
Dedans[7] mon ennemi je trouve mon amant*;
Et je sens qu'en dépit de toute ma colère,

---

1. A coupé la *trame* de sa vie (image traditionnelle qui compare le cours de la vie au fil du tisserand); 2. *La moitié*. Scudéry trouvait ridicule cette arithmétique des sentiments; 3. *Reposez-vous* : remettez-vous, revenez à vous; 4. *Var.* : « Ton avis importun m'ordonne du repos »; 5. *Var.* des vers 805-807 :
            « Par où sera jamais mon âme satisfaite,
            Si je pleure ma perte et la main qui l'a faite?
            Et que puis-je espérer qu'un tourment éternel. »
Ces derniers vers avaient été critiqués par l'Académie; 6. *Que* : sinon;
7. *Dedans* : dans. Voir note du vers 138.

QUESTIONS

● VERS 793-808. La sensibilité de Chimène s'était-elle beaucoup manifestée jusqu'ici? Pourquoi les circonstances lui permettent-elles de s'abandonner maintenant à sa douleur? Est-elle consciente de la contradiction qui la déchire? Par quels effets de style cette lucidité s'exprime-t-elle?

Rodrigue dans mon cœur* combat encor mon père :
815 Il l'attaque, il le presse, il cède, il se défend,
Tantôt fort, tantôt faible, et tantôt triomphant;
Mais, en ce dur combat de colère et de flamme*,
Il déchire mon cœur* sans partager mon âme[1];
Et quoi que mon amour ait sur moi de pouvoir[2],
820 Je ne consulte[3] point pour suivre mon devoir* :
Je cours sans balancer où mon honneur* m'oblige[4].
Rodrigue m'est bien cher, son intérêt[5] m'afflige;
Mon cœur* prend son parti; mais, malgré son effort[6],
Je sais ce que je suis, et que mon père est mort.

ELVIRE

825 Pensez-vous le poursuivre?

CHIMÈNE

Ah! cruelle pensée!
Et cruelle poursuite où je me vois forcée!
Je demande sa tête, et crains de l'obtenir :
Ma mort suivra la sienne, et je le veux punir!

ELVIRE

Quittez, quittez, Madame, un dessein si tragique;
830 Ne vous imposez point de loi si tyrannique.

CHIMÈNE

Quoi! mon père étant mort, et presque entre mes bras[7],
Son sang criera vengeance*, et je ne l'orrai[8] pas!
Mon cœur*, honteusement surpris par d'autres charmes*,
Croira ne lui devoir que d'impuissantes larmes!
835 Et je pourrai souffrir qu'un amour suborneur[9]
Sous un lâche silence étouffe mon honneur*!

---

1. L'image contenue dans le vers fut critiquée par Scudéry; le *cœur* est le siège de la passion, l'*âme* celui de la volonté raisonnable ; 2. Quelque pouvoir que (critiqué par l'Académie) ; 3. *Consulter* : hésiter; 4. *Obliger* : attacher; 5. *Son intérêt* : la passion que j'ai pour lui; 6. *Var.* des vers 823-824 :

« Mon cœur prend son parti; mais contre leur effort,
Je sais que je suis fille et que mon père est mort. »

Mais l'Académie avait dit de ces deux vers : « C'est mal parler » ; 7. *Var.* : « Quoi! j'aurai vu mourir mon père entre mes bras » ; 8. *Orrai*, futur de *ouïr* déjà vieilli à cette époque; 9. *Suborneur* : qui détourne du droit chemin, du devoir.

QUESTIONS

● VERS 809-824. Scudéry disait que Chimène était une fille « dénaturée » ; n'est-ce pas aussi un peu le sentiment d'Elvire? — Les deux parties de la tirade de Chimène : relevez les expressions qui mettent en lumière le caractère absolu des deux forces qui s'opposent en elle.

ELVIRE

Madame, croyez-moi, vous serez excusable
D'avoir moins de chaleur contre un objet¹ aimable²,
Contre un amant* si cher : vous avez assez fait,
840 Vous avez vu le Roi ; n'en pressez point l'effet,
Ne vous obstinez point en cette humeur étrange*.

CHIMÈNE

Il y va de ma gloire*, il faut que je me venge* ;
Et de quoi que nous flatte un désir amoureux,
Toute excuse est honteuse aux esprits généreux*.

ELVIRE

845 Mais vous aimez Rodrigue, il ne vous peut déplaire.

CHIMÈNE

Je l'avoue.

ELVIRE

Après tout, que pensez-vous donc faire ?

CHIMÈNE

Pour conserver ma gloire* et finir mon ennui*,
Le poursuivre, le perdre, et mourir après lui.

---

1. *Objet* : personne, être aimé dans la langue galante ; 2. *Var.* des vers
838-839 : « De conserver pour vous un homme incomparable,
Un amant si chéri : vous avez assez fait. »

--- **QUESTIONS** ---

● Vers 825-844. En quel sens Elvire tente-t-elle d'orienter le choix
de Chimène ? — La réaction de Chimène dès qu'on essaie de l'influen-
cer : relevez et commentez les adjectifs des vers 833-836. Importance
du vers 842.
● Vers 845-848. La détermination de Chimène concilie-t-elle les deux
nécessités qui s'imposent à elle ? Est-ce une solution « romanesque »,
chimérique, ou un choix logiquement conçu ?

■ Sur l'ensemble de la scène III. — Le conflit tragique pour Chimène
peut-il être comparé à ce qu'était le débat intérieur pour Rodrigue à la
fin de l'acte premier ? Chimène renonce-t-elle à son amour ? En quoi
consiste son choix ?
— La morale cornélienne : le rôle de la volonté en face des passions.
Faut-il toutefois conclure que la nécessité d'accomplir son devoir est une
victoire de la raison sur la sensibilité ? Commentez, de ce point de vue,
les vers 817-820.
— Le rôle d'Elvire : la gouvernante peut-elle se hausser au niveau
de l'héroïsme ? Dans quelle mesure aide-t-elle cependant Chimène à
prendre conscience de ce qu'elle veut ?
— Rodrigue surprend une partie de cette conversation ; quels peuvent
être alors ses sentiments ?

Scène IV. — DON RODRIGUE, CHIMÈNE, ELVIRE.

DON RODRIGUE

Eh bien! sans vous donner la peine de poursuivre,
850 Assurez-vous l'honneur* de m'empêcher de vivre[1].

CHIMÈNE

Elvire, où sommes-nous, et qu'est-ce que je voi[2]?
Rodrigue en ma maison! Rodrigue devant moi!

DON RODRIGUE

N'épargnez point mon sang : goûtez sans résistance
La douceur de ma perte et de votre vengeance*.

CHIMÈNE

855 Hélas!

DON RODRIGUE

    Écoute-moi.

CHIMÈNE

    Je me meurs.

DON RODRIGUE

        Un moment.

CHIMÈNE

Va, laisse-moi mourir.

DON RODRIGUE

        Quatre mots seulement :
Après, ne me réponds qu'avecque[3] cette épée.

CHIMÈNE

Quoi! du sang de mon père encor toute trempée!

DON RODRIGUE

Ma Chimène...

---

1. *Var. :* « Soûlez-vous du plaisir de m'empêcher de vivre » (expression que l'Académie avait trouvée trop faible); 2. Voir vers 771 et la note; 3. *Avecque*, forme vieillie, tolérée en poésie. Corneille modifie souvent ses vers pour écrire *avec* (voir, par exemple, le vers 108).

CHIMÈNE

Ote-moi cet objet odieux,
860 Qui reproche ton crime et ta vie à mes yeux.

DON RODRIGUE

Regarde-le plutôt pour exciter ta haine,
Pour croître[1] ta colère et pour hâter ma peine.

CHIMÈNE

Il est teint de mon sang.

DON RODRIGUE

Plonge-le dans le mien,
Et fais-lui perdre ainsi la teinture[2] du tien.

CHIMÈNE

865 Ah! quelle cruauté, qui tout en un jour tue
Le père par le fer, la fille par la vue!
Ote-moi cet objet, je ne le puis souffrir :
Tu veux que je t'écoute, et tu me fais mourir!

DON RODRIGUE

Je fais ce que tu veux, mais sans quitter[3] l'envie
870 De finir par tes mains ma déplorable vie;
Car enfin n'attends pas de mon affection
Un lâche repentir d'une bonne action.
L'irréparable effet d'une chaleur trop prompte[4]
Déshonorait mon père, et me couvrait de honte.
875 Tu sais comme un soufflet touche un homme de cœur*;
J'avais part à l'affront, j'en ai cherché l'auteur :
Je l'ai vu, j'ai vengé* mon honneur* et mon père;

---

1. *Croître* (sens transitif) : accroître. Voir vers 740 et la note ; 2. *Teinture*. Cette image n'a pas choqué les contemporains, mais Corneille dira plus tard que ce sont là « des pensées trop spirituelles pour partir de personnes fort affligées » (Examen du *Cid*) ; 3. *Quitter*. Ce mot avait été critiqué par Scudéry qui préférait « perdre », mais l'Académie approuva ; 4. *Var.* des vers 873-874 :
« De la main de ton père un coup irréparable
Déshonorait du mien la vieillesse honorable. »

● **QUESTIONS**

● VERS 849-868. Le sentiment du spectateur, qui savait Rodrigue dissimulé depuis le début de l'acte. — Comment le ton et le rythme du dialogue expriment-ils le choc émotif que produit sur Chimène l'apparition de Rodrigue l'épée à la main ? Songe-t-elle encore à ce qu'elle a décidé au vers 848 ? — Analysez les effets pathétiques.

Phot. Agnès Varda.

RODRIGUE (Gérard Philipe, 1922-1959)
et **CHIMÈNE** (Françoise Spira, 1928-1965).

Théâtre national populaire (1951).

Je le ferais encor, si j'avais à le faire[1].
Ce n'est pas qu'en effet[2] contre mon père et moi
880 Ma flamme* assez longtemps n'ait combattu pour toi;
Juge de son pouvoir : dans une telle offense
J'ai pu délibérer si j'en prendrais vengeance*.
Réduit à te déplaire, ou souffrir un affront,
J'ai pensé qu'à son tour mon bras était trop prompt[3];
885 Je me suis accusé de trop de violence;
Et ta beauté sans doute emportait la balance,
A moins que d'opposer[4] à tes plus forts appas[5]
Qu'un homme sans honneur* ne te méritait pas;
Que, malgré cette part que j'avais en ton âme[6],
890 Qui m'aima généreux* me haïrait infâme;
Qu'écouter ton amour, obéir à sa voix,
C'était m'en rendre indigne et diffamer[7] ton choix.
Je te le dis encore; et quoique j'en soupire[8],
Jusqu'au dernier soupir je veux bien[9] le redire :
895 Je t'ai fait une offense, et j'ai dû m'y porter
Pour effacer ma honte, et pour te mériter;
Mais quitte envers l'honneur*, et quitte envers mon père,
C'est maintenant à toi que je viens satisfaire[10] :
C'est pour t'offrir mon sang qu'en ce lieu tu me vois.
900 J'ai fait ce que j'ai dû, je fais ce que je dois.
Je sais qu'un père mort t'arme contre mon crime;
Je ne t'ai pas voulu dérober ta victime :
Immole avec courage* au sang qu'il a perdu
Celui qui met sa gloire* à l'avoir répandu.

---

1. Le même vers sera dit par Polyeucte (V, III, vers 1671) ; 2. *En effet* : effectivement ; 3. *Var.* : « J'ai retenu ma main, j'ai cru mon bras trop prompt » ; 4. *A moins que d'opposer* : si je n'eusse opposé ; 5. *A tes plus forts appas* : à tes appas qui eussent été les plus forts ; 6. *Var.* : « Qu'après m'avoir chéri quand je vivais sans blâme... » ; 7. *Diffamer* : discréditer (sans nuance défavorable) ; 8. *Var.* des vers 893-894 :

« Je te le dis encore, et veux, tant que j'expire.
Sans cesse le penser et sans cesse le dire. »

« Il fallait : jusqu'à *tant que j'expire* », avait dit l'Académie ; 9. *Bien :* avec force ; 10. *Satisfaire :* offrir réparation (vocabulaire mondain).

QUESTIONS

● Vers 869-904. Quelles sont la signification et la conséquence du geste d'obéissance accompli par Rodrigue au vers 869 ? — Analysez la composition de cette tirade : Rodrigue raconte-t-il exactement les choses telles qu'elles se sont passées ? Comment, sans jamais se renier, nuance-t-il la vérité avec habileté et délicatesse ? — Importance des vers 878 et 900, et des vers 886-896.

CHIMÈNE

905 Ah! Rodrigue, il est vrai, quoique ton ennemie,
Je ne puis te blâmer d'avoir fui[1] l'infamie;
Et de quelque façon qu'éclatent mes douleurs,
Je ne t'accuse point, je pleure mes malheurs.
Je sais ce que l'honneur*, après un tel outrage,
910 Demandait à l'ardeur d'un généreux* courage* :
Tu n'as fait le devoir* que[2] d'un homme de bien;
Mais aussi, le faisant, tu m'as appris le mien.
Ta funeste* valeur* m'instruit par ta victoire;
Elle a vengé* ton père et soutenu ta gloire* :
915 Même soin me regarde, et j'ai, pour m'affliger,
Ma gloire* à soutenir, et mon père à venger*.
Hélas! ton intérêt[3] ici me désespère :
Si quelque autre malheur m'avait ravi mon père,
Mon âme aurait trouvé dans le bien[4] de te voir
920 L'unique allégement[5] qu'elle eût pu recevoir;
Et contre ma douleur j'aurais senti des charmes*,
Quand une main si chère eût essuyé mes larmes.
Mais il me faut te perdre après l'avoir perdu;
Cet effort sur ma flamme* à mon honneur* est dû[6];
925 Et cet affreux devoir*, dont l'ordre m'assassine,
Me force à travailler moi-même à ta ruine.
Car enfin n'attends pas de mon affection
De lâches sentiments pour ta punition.
De quoi qu'en ta faveur notre amour m'entretienne,
930 Ma générosité* doit répondre à la tienne :
Tu t'es, en m'offensant, montré digne de moi;
Je me dois, par ta mort, montrer digne de toi.

---

1. « *Fui* devrait être de deux syllabes », avait dit l'Académie; 2. *Le devoir que* : d'autre devoir que celui; 3. *Ton intérêt* : la passion que j'ai pour toi; 4. *Le bien* : le bonheur; 5. *Allégement* : soulagement; 6. *Var.* des vers 924-926 :

> « Et pour mieux tourmenter mon esprit éperdu,
> Avec tant de rigueur mon astre me domine
> Qu'il me faut travailler moi-même à ta ruine. »

L'Académie avait critiqué la rime *perdu, éperdu*.

--- QUESTIONS ---

● Vers 905-932. Analysez cette tirade en montrant qu'elle est d'une composition symétrique à celle de Rodrigue : Chimène dit-elle vrai quand elle affirme avoir pris modèle sur Rodrigue (vers 910)? Renonce-t-elle si peu que ce soit à ce qu'elle a décidé? — Notez les vers qui répondent trait pour trait à ceux de Rodrigue.

DON RODRIGUE

Ne diffère donc plus ce que l'honneur* t'ordonne :
Il demande ma tête, et je te l'abandonne;
935 Fais-en un sacrifice à ce noble intérêt :
Le coup m'en sera doux, aussi bien que l'arrêt.
Attendre après mon crime une lente justice,
C'est reculer ta gloire* autant que mon supplice.
Je mourrai trop heureux, mourant d'un coup si beau.

CHIMÈNE

940 Va, je suis ta partie[1], et non pas ton bourreau.
Si tu m'offres ta tête, est-ce à moi de la prendre?
Je la dois attaquer, mais tu dois la défendre;
C'est d'un autre que toi qu'il me faut l'obtenir,
Et je dois te poursuivre, et non pas te punir.

DON RODRIGUE

945 De quoi qu'en ma faveur notre amour t'entretienne[2],
Ta générosité* doit répondre à la mienne;
Et pour venger* un père emprunter d'autres bras,
Ma Chimène, crois-moi, c'est n'y répondre pas :
Ma main seule du mien a su venger* l'offense,
950 Ta main seule du tien doit prendre la vengeance*.

CHIMÈNE

Cruel! à quel propos sur ce point t'obstiner?
Tu t'es vengé* sans aide, et tu m'en[3] veux donner!
Je suivrai ton exemple, et j'ai trop de courage*
Pour souffrir qu'avec toi ma gloire* se partage.
955 Mon père et mon honneur* ne veulent rien devoir
Aux traits de ton amour ni de ton désespoir.

DON RODRIGUE

Rigoureux point d'honneur*! hélas! quoi que je fasse,
Ne pourrai-je à la fin obtenir cette grâce?
Au nom d'un père mort, ou de notre amitié[4],
960 Punis-moi par vengeance*, ou du moins par pitié.
Ton malheureux amant* aura bien moins de peine
A mourir par ta main qu'à vivre avec ta haine.

---

1. *Je suis ta partie* : je suis en procès contre toi (terme de la langue juridique); 2. Quelles que soient les pensées que notre amour fait naître en toi; 3. *En* renvoie à un nom sans article : *aide*. Voir vers 222; 4. *Amitié* : amour.

CHIMÈNE

Va, je ne te hais point.

DON RODRIGUE

Tu le dois[1].

CHIMÈNE

Je ne puis.

DON RODRIGUE

Crains-tu si peu le blâme, et si peu les faux bruits ?
965 Quand on saura mon crime, et que[2] ta flamme* dure,
Que ne publieront point l'envie et l'imposture !
Force-les au silence, et sans plus discourir,
Sauve ta renommée en me faisant mourir.

CHIMÈNE

Elle éclate bien mieux en te laissant la vie ;
970 Et je veux que la voix de la plus noire envie
Élève au ciel ma gloire* et plaigne mes ennuis*,
Sachant que je t'adore et que je te poursuis.
Va-t'en, ne montre plus à ma douleur extrême
Ce qu'il faut que je perde, encore que je l'aime.
975 Dans l'ombre de la nuit cache bien ton départ ;
Si l'on te voit sortir, mon honneur* court hasard[3].
La seule occasion qu'aura la médisance,
C'est de savoir qu'ici j'ai souffert ta présence :
Ne lui donne point lieu d'attaquer ma vertu*.

---

1. *Tu le dois* : « expression équivoque », avait dit l'Académie ; 2. Le verbe *savoir* est construit d'abord avec un complément d'objet, puis avec une proposition subordonnée. Cette double construction est courante à l'époque ; 3. *Courir hasard* : courir un risque, un danger (suppression courante de l'article dans les locutions verbales).

 — QUESTIONS —

● Vers 933-962. Le nouveau rythme sur lequel se poursuit la discussion. Montrez que chacun des deux partenaires cherche à enfermer l'autre dans les conséquences logiques de son attitude. — Où y a-t-il de nouveau une reprise de vers antérieurs ? — Le caractère logique de la discussion empêche-t-il l'émotion des deux personnages ? Relevez les expressions qui témoignent de leurs sentiments. — Qui, le premier des deux, cède devant l'autre ? Rodrigue considère-t-il toujours Chimène comme son juge quand il prononce le vers 960 ?
● Vers 963. Importance de ce vers : montrez qu'il marque un tournant dans l'évolution dramatique de la scène. — Rodrigue se laisse-t-il aller à l'attendrissement qui gagne Chimène ?

DON RODRIGUE

980 Que je meure !

CHIMÈNE

Va-t'en.

DON RODRIGUE

A quoi te résous-tu ?

CHIMÈNE

Malgré des feux* si beaux, qui troublent* ma colère[1],
Je ferai mon possible à[2] bien venger* mon père ;
Mais malgré la rigueur d'un si cruel devoir*,
Mon unique souhait est de ne rien pouvoir.

DON RODRIGUE

985 O miracle d'amour !

CHIMÈNE

O comble de misères[3] !

DON RODRIGUE

Que de maux et de pleurs nous coûteront nos pères !

CHIMÈNE

Rodrigue, qui l'eût cru ?

DON RODRIGUE

Chimène, qui l'eût dit ?

CHIMÈNE

Que notre heur[4] fût si proche et sitôt se perdit ?

DON RODRIGUE

Et que si près du port, contre toute apparence[5],
990 Un orage si prompt brisât notre espérance ?

---

1. *Var.* : « Malgré des feux si beaux qui rompent ma colère » (« Mauvais passage d'une métaphore à l'autre », avait dit l'Académie.) ; 2. *A* : pour ; 3. *Var.* : « Mais comble de misères » ; 4. *Heur* : bonheur (déjà vieilli à cette époque, mais employé en poésie) ; 5. *Apparence* : probabilité, vraisemblance.

━━━━━ QUESTIONS ━━━━━

● VERS 964-979. Le dernier argument de Rodrigue (vers 964-968) peut-il convaincre Chimène ? Comment résiste-t-elle encore, sans pouvoir cacher sa tendresse ? — Importance du vers 975 pour la chronologie de l'action.
● VERS 980-984. La « résolution » de Chimène est-elle une victoire ou une défaite pour Rodrigue ?

CHIMÈNE

Ah! mortelles douleurs!

DON RODRIGUE

Ah! regrets superflus!

CHIMÈNE

Va-t'en, encore un coup[1], je ne t'écoute plus.

DON RODRIGUE

Adieu : je vais traîner une mourante vie,
Tant que[2] par ta poursuite elle me soit ravie.

CHIMÈNE

995 Si j'en obtiens l'effet, je t'engage ma foi
De ne respirer pas un moment après toi.
Adieu : sors, et surtout garde bien qu'[3]on te voie.

ELVIRE

Madame, quelques maux que le ciel nous envoie...

CHIMÈNE

Ne m'importune plus, laisse-moi soupirer,
1000 Je cherche le silence et la nuit pour pleurer.

---

1. *Encore un coup :* encore une fois. L'expression appartenait à la langue noble ; 2. *Tant que :* jusqu'à ce que ; 3. Prends bien garde qu'on ne te voie.

━━ QUESTIONS ━━

● Vers 985-1000 Le changement de rythme et de ton : pourquoi Rodrigue et Chimène peuvent-ils s'abandonner maintenant à cette effusion ? — Comparez les vers 993-994 et 995-997 aux intentions qu'avaient exprimées les deux personnages avant cette scène (v. vers 752-756 et 847-848). Qu'y a-t-il de changé dans leur détermination ?

■ Sur l'ensemble de la scène iv. — La place de cette scène dans l'ensemble de la pièce : pourquoi en est-ce le moment capital ? A qui, désormais, appartient-il de mener l'action ?

— Analysez la composition et le mouvement de la scène depuis la violence pathétique du début jusqu'au duo lyrique et à l'attendrissement final. Quelle est la situation au début et à la fin de la scène ?

— Rodrigue obtient-il d'être « jugé » par Chimène ? Pourquoi cette scène n'est-elle cependant pas un échec pour lui ? Sur quel plan s'établit désormais l'accord des deux amants ?

— Considérée comme contraire à la bienséance par les « doctes », mais fort appréciée par le public en 1636, cette scène garde-t-elle encore pour le spectateur moderne un attrait aussi fort ?

— Comparez cette scène à l'entrevue de Rodrigue et de Chimène dans Guillén de Castro.

La place publique.

Scène V. — DON DIÈGUE.

Jamais nous ne goûtons de parfaite allégresse :
Nos plus heureux succès sont mêlés de tristesse;
Toujours quelques soucis en ces événements
Troublent* la pureté de nos contentements.
1005 Au milieu du bonheur mon âme en sent l'atteinte :
Je nage dans la joie, et je tremble de crainte.
J'ai vu mort l'ennemi qui m'avait outragé,
Et je ne saurais voir la main qui m'a vengé*.
En vain je m'y travaille[1], et d'un soin inutile,
1010 Tout cassé que je suis, je cours toute la ville :
Ce peu que mes vieux ans m'ont laissé de vigueur[2]
Se consume[3] sans fruit à chercher ce vainqueur.
A toute heure, en tous lieux, dans une nuit si sombre,
Je pense l'embrasser, et n'embrasse qu'une ombre;
1015 Et mon amour, déçu[4] par cet objet trompeur,
Se forme des soupçons qui redoublent ma peur.
Je ne découvre point de marques de sa fuite;
Je crains du Comte mort les amis et la suite;
Leur nombre m'épouvante, et confond[5] ma raison.
1020 Rodrigue ne vit plus, ou respire en prison.
Justes cieux! me trompé-je encore à l'apparence,
Ou si[6] je vois enfin mon unique espérance?
C'est lui, n'en doutons plus; mes vœux sont exaucés,
Ma crainte est dissipée, et mes ennuis* cessés[7].

---

1. *Je m'y travaille* : je me donne de la peine pour cela ; 2. *Var.* : « Si peu que mes vieux ans m'ont laissé de vigueur » ; 3. *Var.* : « consomme » (Avant Vaugelas, on confondait ces deux verbes : *consumer* ou *consommer sa vie* signifiait « passer sa vie ».) ; 4. *Déçu* : voir vers 57 et la note ; 5. *Confondre* : bouleverser ; 6. *Ou si* : interrogation familière à l'époque ; 7. *Cessés* : mot critiqué par Scudéry, mais approuvé par l'Académie.

--- QUESTIONS ---

■ Sur la scène V. — Les sentiments de don Diègue à l'égard de son fils : comment montre-t-il sa tendresse à l'égard de celui-ci ? La psychologie de l'inquiétude dans ce monologue.

— Le contraste de cette scène avec la précédente : quel sentiment s'empare du spectateur, qui sait que Rodrigue a eu d'autres préoccupations que de calmer les inquiétudes de son père ?

Scène VI. — DON DIÈGUE, DON RODRIGUE.

DON DIÈGUE

1025 Rodrigue, enfin le ciel permet que je te voie!

DON RODRIGUE

Hélas!

DON DIÈGUE

Ne mêle point de soupirs* à ma joie ;
Laisse-moi prendre haleine afin de te louer ;
Ma valeur* n'a point lieu de te désavouer :
Tu l'as bien imitée, et ton illustre audace
1030 Fait bien revivre en toi les héros de ma race :
C'est d'eux que tu descends, c'est de moi que tu viens :
Ton premier coup d'épée égale tous les miens ;
Et d'une belle ardeur ta jeunesse animée
Par cette grande épreuve atteint ma renommée.
1035 Appui de ma vieillesse, et comble de mon heur[1],
Touche ces cheveux blancs à qui tu rends l'honneur*,
Viens baiser cette joue, et reconnais la place
Où fut empreint l'affront que ton courage* efface[2].

DON RODRIGUE

L'honneur* vous en est dû : je ne pouvais pas moins[3],
1040 Étant sorti de vous[4] et nourri par vos soins.
Je m'en tiens trop heureux, et mon âme est ravie*
Que mon coup d'essai plaise à qui je dois la vie ;
Mais parmi vos plaisirs ne soyez point jaloux
Si je m'ose à mon tour satisfaire après vous.
1045 Souffrez qu'en liberté mon désespoir éclate ;
Assez et trop longtemps votre discours[5] le flatte[6].
Je ne me repens point de vous avoir servi ;
Mais rendez-moi le bien que ce coup m'a ravi.
Mon bras, pour vous venger*, armé contre ma flamme*,

---

1. *Heur* : bonheur. Voir vers 988 ; 2. *Var.* : « Où fut jadis l'affront que ton courage efface » (Ce vers avait été critiqué par Scudéry à cause de l'adverbe *Jadis* qui indique un temps trop éloigné.) ; 3. *Var.* des vers 1039-1041 :
   « L'honneur vous en est dû. Les cieux me sont témoins
   Qu'étant sorti de vous je ne pouvais pas moins.
   Je me tiens trop heureux, et mon âme est ravie » ;
4. *Sorti de vous* : né de vous ; 5. *Discours* : voir vers 40 et la note ; 6. *Flatter* : tromper.

4

1050 Par ce coup glorieux* m'a privé de mon âme[1];
Ne me dites plus rien; pour vous j'ai tout perdu :
Ce que je vous devais, je vous l'ai bien rendu.

DON DIÈGUE

Porte, porte plus haut le fruit de ta victoire[2] :
Je t'ai donné la vie, et tu me rends ma gloire*;
1055 Et d'autant que l'honneur* m'est plus cher que le jour,
D'autant plus maintenant je te dois de retour.
Mais d'un cœur* magnanime éloigne ces faiblesses;
Nous n'avons qu'un honneur*, il est tant de maîtresses!
L'amour n'est qu'un plaisir, l'honneur* est un devoir*.

DON RODRIGUE

1060 Ah! que me dites-vous?

DON DIÈGUE

Ce que tu dois savoir.

DON RODRIGUE

Mon honneur* offensé sur moi-même se venge*;
Et vous m'osez pousser à la honte du change[3]!
L'infamie est pareille, et suit également
Le guerrier sans courage* et le perfide amant*.
1065 A ma fidélité ne faites point d'injure;
Souffrez-moi généreux* sans me rendre parjure;
Mes liens sont trop forts pour être ainsi rompus;
Ma foi m'engage encor si je n'espère plus;
Et ne pouvant quitter ni posséder Chimène,
1070 Le trépas que je cherche est ma plus douce peine.

---

1. *Mon âme,* terme du vocabulaire galant pour désigner la femme aimée;
2. *Var. :* « Porte encore plus haut le fruit de ta victoire »; 3. *Change :* changement, inconstance (terme de la langue galante).

QUESTIONS

● VERS 1025-1052. D'où commence à naître l'impression tragique?
Relevez dans la tirade de don Diègue les termes qui traduisent son exaltation et dans celle de Rodrigue ceux qui expriment le refus de participer à cette joie?
● VERS 1053-1070. Comment s'aggrave le désaccord entre père et fils?
Commentez les vers 1058-1059 : d'où vient la maladresse de don Diègue, malgré ses bonnes intentions? Parlait-il ainsi quand il avait l'âge de Rodrigue? — Quelle est la conception de l'honneur défendue par Rodrigue? Sur quel ton la défend-il?

DON DIÈGUE

Il n'est pas temps encor de chercher le trépas :
Ton prince et ton pays ont besoin de ton bras.
La flotte qu'on craignait, dans ce grand fleuve[1] entrée,
Croit surprendre la ville et piller la contrée[2].
1075 Les Mores vont descendre, et le flux et la nuit
Dans une heure à nos murs les amène[3] sans bruit.
La cour est en désordre, et le peuple en alarmes* :
On n'entend que des cris, on ne voit que des larmes
Dans ce malheur public mon bonheur a permis
1080 Que j'ai trouvé chez moi cinq cents de mes amis[4],
Qui sachant mon affront, poussés d'un même zèle,
Se venaient tous offrir à venger* ma querelle*[5].
Tu les as prévenus[6]; mais leurs vaillantes mains
Se tremperont bien mieux au sang des Africains.
1085   Va marcher à leur tête où l'honneur* te demande :
C'est toi que veut pour chef leur généreuse* bande[7].
De ces vieux ennemis va soutenir l'abord[8] :
Là, si tu veux mourir, trouve une belle mort;
Prends-en l'occasion, puisqu'elle t'est offerte;
1090 Fais devoir à ton roi son salut à ta perte[9];
Mais reviens-en plutôt les palmes sur le front.
Ne borne pas ta gloire* à venger* un affront;
Porte-la plus avant : force par ta vaillance*
Ce monarque[10] au pardon, et Chimène au silence;

---

1. Le Guadalquivir ; 2. *Var.* : « Vient surprendre la ville et piller la contrée » (L'Académie avait affirmé : « On dit *vient pour surprendre.* »); 3. *Amène*, au singulier, ne s'accorde qu'avec le dernier des sujets; syntaxe courante au XVIIe siècle; 4. Au moment où Louis XIII allait commencer le siège de La Rochelle (1628), le duc de La Rochefoucauld lui amena une troupe de mille cinq cents gentilshommes et lui dit : « Sire, il n'y en a pas un qui ne soit mon parent »; 5. *Var.* : « Venaient m'offrir leur vie à venger ma querelle » (L'Académie aurait voulu : *venaient pour venger.*); 6. *Prévenir* : devancer; 7. *Bande* : troupe (terme militaire sans nuance péjorative); 8. *Abord* : attaque (terme militaire); 9. Fais que ton roi doive son salut à ta perte; 10. *Var.* : « La justice ».

——— QUESTIONS ———

● Vers 1071-1100. Pourquoi don Diègue n'a-t-il pas parlé jusqu'ici de l'invasion des Mores ? Comment sait-il orienter le sentiment de son fils vers une nouvelle forme de la gloire ? Importance des vers 1099-1100. — Comparez l'habileté du vieillard dans cette scène et dans la scène v de l'acte premier. — Quelle attitude prend Rodrigue pendant cette tirade ? Son père attend-il sa réponse ? Chez G. de Castro, Rodrigue, à la fin de la scène, s'agenouillait devant son père et lui demandait sa bénédiction; pourquoi Corneille n'a-t-il pas conservé ce détail ?

1095 Si tu l'aimes, apprends que revenir vainqueur,
C'est l'unique moyen de regagner son cœur*.
Mais le temps est trop cher pour le perdre en paroles;
Je t'arrête en¹ discours, et je veux que tu voles.
Viens, suis-moi, va combattre, et montrer à ton roi
1100 Que ce qu'il perd au² Comte il le recouvre en toi.

ACTE IV

Chez Chimène.

Scène première. — CHIMÈNE, ELVIRE.

CHIMÈNE

N'est-ce point un faux fruit? le sais-tu bien, Elvire?

ELVIRE

Vous ne croiriez jamais comme chacun l'admire,
Et porte jusqu'au ciel, d'une commune voix,
De ce jeune héros les glorieux* exploits.
1105 Les Mores devant lui n'ont paru qu'à leur honte;
Leur abord³ fut bien prompt, leur fuite encor plus prompte.
Trois heures de combat laissent à nos guerriers
Une victoire entière et deux rois prisonniers.
La valeur* de leur chef ne trouvait point d'obstacles.

---

1. *En* : par des ; 2. *Au* : dans le ; 3. *Abord* : même sens qu'au vers 1087.

─────── **QUESTIONS** ───────

■ Sur l'ensemble de la scène VI. — Sous quelle forme reparaît ici le conflit des générations? En quoi cette scène, malgré les liens indissolubles qui unissent père et fils, contient-elle un élément tragique?

— Comparez don Diègue au vieil Horace : ressemblances et différences.

— L'invasion des Mores est-elle inattendue? Cette péripétie est-elle nécessaire?

— L'initiative de don Diègue, organisant avec ses partisans la lutte contre l'ennemi, pouvait-elle avoir quelque actualité pour les contemporains de Corneille?

■ Sur l'ensemble de l'acte III. — Les deux épisodes de cet acte central : montrez qu'ils sont, malgré leur caractère différent, liés à l'ascension de Rodrigue vers une gloire toujours plus haute.

— Quels sont les deux personnages sur qui l'action repose tout entière désormais? Qu'est-ce qui les unit? Qu'est-ce qui les sépare?

— Pourquoi l'Infante n'a-t-elle aucune part à cet acte?

CHIMÈNE

1110 Et la main de Rodrigue a fait tous ces miracles?

ELVIRE

De ses nobles efforts ces deux rois sont le prix :
Sa main les a vaincus, et sa main les a pris.

CHIMÈNE

De qui peux-tu savoir ces nouvelles étranges*?

ELVIRE

Du peuple, qui partout fait sonner ses louanges,
1115 Le nomme de sa joie et l'objet et l'auteur,
Son ange tutélaire, et son libérateur.

CHIMÈNE

Et le Roi, de quel œil voit-il tant de vaillance*?

ELVIRE

Rodrigue n'ose encor paraître en sa présence;
Mais don Diègue ravi* lui présente enchaînés,
1120 Au nom de ce vainqueur, ces captifs couronnés,
Et demande pour grâce à ce généreux* prince
Qu'il daigne voir la main qui sauve la province[1].

CHIMÈNE

Mais n'est-il point blessé?

ELVIRE

Je n'en ai rien appris.
Vous changez de couleur! reprenez vos esprits.

CHIMÈNE

1125 Reprenons donc aussi ma colère affaiblie :
Pour avoir soin de lui faut-il que je m'oublie?
On le vante, on le loue, et mon cœur* y consent!
Mon honneur* est muet, mon devoir* impuissant!
Silence, mon amour, laisse agir ma colère :
1130 S'il a vaincu deux rois, il a tué mon père;
Ces tristes* vêtements, où je lis mon malheur,
Sont les premiers effets qu'ait produits sa valeur*;
Et quoi qu'on die[2] ailleurs d'un cœur* si magnanime[3],
Ici tous les objets me parlent de son crime.

---

1. *Province* : royaume, Etat; 2. *Die* : forme ancienne du subjonctif de *dire,* encore courante à l'époque; 3. *Var. :* « Et combien que pour lui tout un peuple s'anime. »

1135   Vous qui rendez la force à mes ressentiments,
        Voile, crêpes, habits, lugubres ornements,
        Pompe[1] que me prescrit sa première victoire[2],
        Contre ma passion soutenez bien ma gloire* ;
        Et lorsque mon amour prendra trop de pouvoir,
1140   Parlez à mon esprit de mon triste* devoir*,
        Attaquez sans rien craindre une main triomphante.

ELVIRE

Modérez ces transports, voici venir l'Infante.

SCÈNE II. — L'INFANTE, CHIMÈNE, LÉONOR,
ELVIRE.

L'INFANTE

Je ne viens pas ici consoler tes douleurs ;
Je viens plutôt mêler mes soupirs* à tes pleurs.

CHIMÈNE

1145   Prenez bien plutôt part à la commune joie,
        Et goûtez le bonheur que le ciel vous envoie,
        Madame : autre[3] que moi n'a droit de soupirer.
        Le péril dont Rodrigue a su nous retirer,
        Et le salut public que vous rendent ses armes,
1150   A moi seule aujourd'hui souffrent encor les larmes[4] :

---

1. *Pompe* : allusion à la décoration funèbre de la maison de Chimène ;
2. *Var.* : « Pompe où m'ensevelit sa première victoire » ; **3.** *Autre.* Suppression courante de l'article ; **4.** *Var.* : « A moi seule aujourd'hui permet encore les larmes. »

━━━━━ **QUESTIONS** ━━━━━

■ SUR LA SCÈNE PREMIÈRE. — Que s'est-il passé pendant l'entracte ? Corneille apprend aux spectateurs ces nouvelles importantes dans une scène où Chimène est présente : pourquoi ?

— Sur quel ton Elvire raconte-t-elle les événements ? Ne peut-on pas dire que la victoire de Rodrigue la satisfait à un double titre (revoir ses conseils à Chimène à la scène III de l'acte III) ?

— Relevez les questions posées par Chimène : comment reflètent-elles ses sentiments ? Pourquoi Chimène pâlit-elle (vers 1124) ? Expliquez la violence de sa colère à la fin de la scène.

— L'allusion au deuil de Chimène et aux préparatifs des funérailles du Comte (vers 1136-1137) : discutez ce que Corneille dit à ce propos dans l'Examen (page 142).

● VERS 1142-1152. Quel rôle se donne une fois de plus l'Infante ? Pourquoi Chimène l'accueille-t-elle si mal ? Relevez les termes qui expriment le sentiment d'isolement chez Chimène.

Il a sauvé la ville, il a servi son roi;
Et son bras valeureux n'est funeste* qu'à moi.

L'INFANTE

Ma Chimène, il est vrai qu'il a fait des merveilles[1].

CHIMÈNE

Déjà ce bruit fâcheux a frappé mes oreilles;
1155 Et je l'entends partout publier hautement
Aussi brave guerrier que malheureux amant*.

L'INFANTE

Qu'a de fâcheux pour toi ce discours populaire[2]?
Ce jeune Mars qu'il loue a su jadis te plaire :
Il possédait ton âme, il vivait sous tes lois;
1160 Et vanter sa valeur*, c'est honorer ton choix.

CHIMÈNE

Chacun peut la vanter avec quelque justice[3];
Mais pour moi sa louange est un nouveau supplice.
On aigrit[4] ma douleur en l'[5]élevant si haut :
Je vois ce que je perds quand je vois ce qu'il vaut.
1165 Ah! cruels déplaisirs* à l'esprit d'une amante*!
Plus j'apprends son mérite*, et plus mon feu* s'augmente :
Cependant mon devoir* est toujours le plus fort,
Et, malgré mon amour, va poursuivre sa mort.

L'INFANTE

Hier[6] ce devoir* te mit en une haute estime;
1170 L'effort que tu te fis[7] parut si magnanime,
Si digne d'un grand cœur*, que chacun à la cour
Admirait ton courage* et plaignait ton amour.
Mais croirais-tu l'avis d'une amitié fidèle?

CHIMÈNE

Ne vous obéir pas me rendrait criminelle.

---

1. *Merveilles* : miracles; 2. *Discours populaire* : propos tenus par le peuple, opinion publique; 3. *Var.* « J'accorde que chacun la vante avec justice »; 4. *Aigrir* : rendre plus violent, exaspérer; 5. *Le* : Rodrigue; 6. *Hier* compte pour une syllabe; indication de temps donnée par Corneille; 7. L'effort que tu fis sur toi.

━━ QUESTIONS ━━

● Vers 1153-1173. Les propos de l'Infante peuvent-ils convaincre Chimène? Sont-ils très différents des propos d'Elvire? — Chimène révèle-t-elle mieux ses sentiments à l'Infante qu'à Elvire?

L'INFANTE

1175 Ce qui fut juste alors ne l'est plus aujourd'hui.
Rodrigue maintenant est notre unique appui,
L'espérance et l'amour d'un peuple qui l'adore,
Le soutien de Castille, et la terreur du More.
Le Roi même est d'accord de cette vérité[1],
1180 Que ton père en lui seul se voit ressuscité[2];
Et si tu veux enfin qu'en deux mots je m'explique,
Tu poursuis en sa mort la ruine publique.
Quoi! pour venger* un père est-il jamais permis
De livrer sa patrie aux mains des ennemis?
1185 Contre nous ta poursuite est-elle légitime,
Et pour être punis avons-nous part au crime?
Ce n'est pas qu'après tout tu doives épouser
Celui qu'un père mort t'obligeait d'accuser :
Je te voudrais moi-même en arracher l'envie;
1190 Ote-lui ton amour, mais laisse-nous sa vie.

CHIMÈNE

Ah! ce n'est pas à moi d'avoir tant de bonté[3];
Le devoir* qui m'aigrit[4] n'a rien de limité.
Quoique pour ce vainqueur mon amour s'intéresse,
Quoiqu'un peuple l'adore et qu'un roi le caresse[5],
1195 Qu'il soit environné des plus vaillants* guerriers,
J'irai sous mes cyprès accabler ses lauriers.

L'INFANTE

C'est générosité* quand pour venger* un père
Notre devoir* attaque une tête si chère;
Mais c'en est une encor d'un plus illustre rang,
1200 Quand on donne au public[6] les intérêts du sang.
Non, crois-moi, c'est assez que d'éteindre ta flamme*;
Il sera trop puni s'il n'est plus dans ton âme.
Que le bien du pays t'impose cette loi :
Aussi bien, que crois-tu que t'accorde le Roi?

---

1. *De cette vérité* : sur cette vérité ; 2. *Var.* des vers 1179-1180 :
« Ses faits nous ont rendu ce qu'ils nous ont été
Et ton père en lui seul se voit ressuscité » ;
3. *Var.* des vers 1191-1193 :
« Ah! Madame, souffrez qu'avecque liberté
Je pousse jusqu'au bout ma générosité,
Quoique mon cœur pour lui contre moi s'intéresse » ;
4. *Aigrir* : voir vers 1163 et la note ; 5. *Caresser* : flatter ; 6. *Public* : l'intérêt public.

FRONTISPICE DE L'ÉDITION DE 1660

FRONTISPICE DE L'ÉDITION DE 1663

CHIMÈNE

1205 Il peut me refuser, mais je ne puis me taire.

L'INFANTE

Pense bien, ma Chimène, à ce que tu veux faire.
Adieu : tu pourras seule y penser à loisir.

CHIMÈNE

Après mon père mort[1], je n'ai point à choisir.

Chez le Roi.

Scène III. — DON FERNAND, DON DIÈGUE, DON ARIAS, DON RODRIGUE, DON SANCHE.

DON FERNAND

Généreux* héritier d'une illustre famille,
1210 Qui fut toujours la gloire* et l'appui de Castille,
Race[2] de tant d'aïeux en valeur* signalés,
Que l'essai de la tienne a sitôt égalés,
Pour te récompenser ma force est trop petite;
Et j'ai moins de pouvoir que tu n'as de mérite*.
1215 Le pays délivré d'un si rude ennemi,
Mon sceptre dans ma main par la tienne affermi,
Et les Mores défaits avant qu'en ces alarmes*
J'eusse pu donner ordre à[3] repousser leurs armes,
Ne sont point des exploits qui laissent à ton roi
1220 Le moyen ni l'espoir de s'acquitter vers[4] toi.
Mais deux rois tes captifs feront ta récompense.

---

1. Après la mort de mon père ; **2.** *Race :* rejeton, descendant ; **3.** *Donner ordre à :* donner des ordres pour ; **4.** *Vers :* envers (emploi courant à l'époque).

━━━ ● QUESTIONS ━━━

● VERS 1174-1208. Comment l'Infante défend-elle l'intérêt de l'Etat et son propre intérêt ? Est-ce duplicité de sa part ? — Importance des vers 1179-1180 pour le développement de l'action. — Chimène tient-elle la promesse qu'elle fait au vers 1174 ? Pourquoi la formule du vers 1190 est-elle inacceptable pour elle ?

■ SUR L'ENSEMBLE DE LA SCÈNE II. — L'Infante apparaît-elle ici comme aussi romanesque qu'aux deux premiers actes ? En quoi joue-t-elle ici son rôle de princesse royale ?
— Le problème de morale politique posé dans cette scène : notez les vers qui forment des maximes politiques.
— Pourquoi Chimène s'obstine-t-elle, maintenant plus que jamais, dans sa décision ?

Ils t'ont nommé tous deux leur Cid en ma présence :
Puisque Cid en leur langue est autant que seigneur,
Je ne t'envierai pas ce beau titre d'honneur*.
1225 Sois désormais le Cid : qu'à ce grand nom tout cède;
Qu'il comble d'épouvante et Grenade et Tolède[1],
Et qu'il marque à tous ceux qui vivent sous mes lois
Et ce que tu me vaux, et ce que je te dois.

DON RODRIGUE

Que Votre Majesté, Sire, épargne ma honte.
1230 D'un si faible service elle fait trop de conte[2],
Et me force à rougir devant un si grand roi
De mériter si peu l'honneur* que j'en reçoi[3].
Je sais trop que je dois au bien de votre empire,
Et le sang qui m'anime, et l'air que je respire;
1235 Et quand je les perdrai pour un si digne* objet,
Je ferai seulement le devoir* d'un sujet.

DON FERNAND

Tous ceux que ce devoir* à mon service engage
Ne s'en acquittent pas avec même[4] courage*;
Et lorsque la valeur* ne va point dans[5] l'excès,
1240 Elle ne produit point de si rares[6] succès.
Souffre donc qu'on te loue, et de cette victoire
Apprends-moi plus au long la véritable histoire.

DON RODRIGUE

Sire, vous avez su qu'en ce danger pressant,
Qui jeta dans la ville un effroi si puissant,
1245 Une troupe d'amis chez mon père assemblée
Sollicita[7] mon âme encor toute troublée*...
Mais, Sire, pardonnez à ma témérité,
Si j'osai l'employer sans votre autorité :

---

1. *Var.* : « Qu'il devienne l'effroi de Grenade et Tolède. » (L'Académie avait critiqué la non-répétition de la préposition *de*.) — *Tolède* est au centre de l'Espagne sur le Tage et fut longtemps disputée entre les Mores et les rois espagnols ; 2. *Conte* : compte. Voir vers 385 ; 3. *Reçoi* : voir vers 771 et la note ; 4. *Même* : le même ; 5. *Dans* : jusqu'à ; 6. *Rare* : extraordinaire ; 7. Solliciter : tenter, pousser à agir.

─── QUESTIONS ───

● Vers 1209-1228. Comment, dans la scène précédente, Corneille a-t-il préparé le spectateur à cet accueil fait par le Roi à Rodrigue ? — Relevez les procédés de style qui donnent sa solennité à cet éloge officiel. L'autorité royale perd-elle de son prestige à reconnaître les mérites exceptionnels du héros national (vers 1213 et 1219-1220) ?

Le péril approchait; leur brigade[1] était prête;
1250 Me montrant à la cour, je hasardais ma tête[2];
Et s'il fallait la perdre, il m'était bien plus doux
De sortir de la vie en combattant pour vous.

DON FERNAND

J'excuse ta chaleur à venger* ton offense;
Et l'État défendu me parle en ta défense :
1255 Crois que dorénavant Chimène a beau parler,
Je ne l'écoute plus que pour la consoler.
Mais poursuis.

DON RODRIGUE

Sous moi[3] donc cette troupe s'avance,
Et porte sur le front une mâle assurance.
Nous partîmes cinq cents; mais par un prompt renfort
1260 Nous nous vîmes trois mille en arrivant au port.
Tant, à nous voir marcher avec un tel visage[4],
Les plus épouvantés reprenaient de courage*!
J'en cache les deux tiers, aussitôt qu'arrivés[5],
Dans le fond des vaisseaux qui lors[6] furent trouvés;
1265 Le reste, dont le nombre augmentait à toute heure,
Brûlant d'impatience autour de moi demeure,
Se couche contre terre et, sans faire aucun bruit,
Passe une bonne part d'une si belle nuit.
Par mon commandement la garde en fait de même,
1270 Et se tenant cachée, aide à mon stratagème;
Et je feins hardiment d'avoir reçu de vous
L'ordre qu'on me voit suivre et que je donne à tous.
Cette obscure clarté qui tombe des étoiles

---

1. *Brigade*. Scudéry critiqua l'emploi du mot pour désigner cinq cents hommes. L'Académie l'admit sans difficulté ; 2. *Var.* : « Et paraître à la cour eût hasardé ma tête » (L'Académie avait critiqué ici l'infinitif sujet du verbe.) ; 3. *Sous moi* : sous mes ordres ; 4. *Var.* : « Tant, à nous voir marcher en si bon équipage » (Cette dernière expression avait été critiquée par Scudéry et par l'Académie.) ; 5. *Aussitôt qu'arrivés*. L'Académie avait critiqué cet emploi du participe ; 6. *Lors* : alors (jusqu'à Vaugelas).

QUESTIONS

● VERS 1229-1257. En quoi Rodrigue se révèle-t-il un parfait vassal de son Roi? La manière dont il justifie son initiative (vers 1245-1252) est-elle tout à fait conforme à la vérité? Avait-il vraiment peur de paraître à la Cour? Pourquoi fait-il le premier cette discrète allusion à son duel avec le Comte? — Importance des vers 1253-1256 : le Roi peut-il maintenant prendre une autre décision (revoir les vers 638-640)?

Enfin avec le flux nous fait voir trente voiles[1];
1275 L'onde s'enfle dessous, et d'un commun effort
Les Mores et la mer montent jusques au port[2].
On les laisse passer; tout leur paraît tranquille :
Point de soldats au port, point aux murs de la ville.
Notre profond silence abusant leurs esprits,
1280 Ils n'osent plus douter de nous avoir surpris;
Ils abordent sans peur, ils ancrent, ils descendent,
Et courent se livrer aux mains qui les attendent.
Nous nous levons alors, et tous en même temps
Poussons jusques au ciel mille cris éclatants.
1285 Les nôtres, à ces cris, de nos vaisseaux répondent[3];
Ils paraissent armés, les Mores se confondent[4],
L'épouvante les prend à demi descendus;
Avant que de combattre, ils s'estiment perdus.
Ils couraient au pillage, et rencontrent la guerre;
1290 Nous les pressons sur l'eau, nous les pressons sur terre,
Et nous faisons courir des ruisseaux de leur sang,
Avant qu'aucun résiste ou reprenne son rang.
Mais bientôt, malgré nous, leurs princes les rallient;
Leur courage* renaît, et leurs terreurs s'oublient[5] :
1295 La honte de mourir sans avoir combattu
Arrête[6] leur désordre, et leur rend leur vertu*.
Contre nous de pied ferme ils tirent leurs alfanges[7];
De notre sang au leur font d'horribles mélanges[8].
Et la terre, et le fleuve, et leur flotte, et le port,
1300 Sont des champs de carnage, où triomphe la mort.
O combien d'actions, combien d'exploits célèbre
Sont demeurés sans gloire* au milieu des ténèbres[9],
Où chacun, seul témoin des grands coups qu'il donnait,

---

1. *Var.* des vers 1274-1276 :
   « Enfin avec le flux nous fit voir trente voiles ;
   L'onde s'enflait dessous, et d'un commun effort
   Les Mores et la mer entrèrent dans le port » ;
2. Cette attaque des Mores remontant l'estuaire du Guadalquivir pouvait
rappeler aux contemporains certains détails de la prise de Corbie par les
Français, qui reconquirent la ville sur les Espagnols quelques semaines avant
la représentation du *Cid*. En effet, lors d'une des actions menées contre la
ville, des bateaux venus d'Amiens remontèrent de nuit le cours de la Somme
pour surprendre l'ennemi par-derrière ; 3. *Var.* : « Les nôtres, au signal de
nos vaisseaux répondent » (« Ce dernier vers est obscur », avait dit l'Académie.) ; 4. *Se confondre :* tomber dans le désordre ; 5. *Sont oubliées* (pronominal à sens passif que Scudéry critiqua, mais que l'Académie approuva) ;
6. *Var.* : « Rétablir » (terme que l'Académie jugeait inexact) ; 7. *Alfanges :*
cimeterres, sabres courbes. *Var.* : « épées » ; 8. *Var.* : « Des plus braves
soldats les trames sont coupées » ; 9. *Var.* : « Furent ensevelis dans l'horreur
des ténèbres. »

Ne pouvait discerner où le sort inclinait !
1305 J'allais de tous côtés encourager les nôtres,
Faire avancer les uns, et soutenir les autres,
Ranger ceux qui venaient, les pousser à leur tour,
Et ne l'ai pu savoir[1] jusques au point du jour[2].
Mais enfin sa clarté montre notre avantage :
1310 Le More voit sa perte et perd soudain courage* ;
Et voyant[3] un renfort qui nous vient secourir,
L'ardeur de vaincre cède à la peur de mourir.
Ils gagnent leurs vaisseaux, ils en coupent les câbles,
Poussent jusques aux cieux des cris épouvantables[4],
1315 Font retraite en tumulte, et sans considérer
Si leurs rois avec eux peuvent[5] se retirer.
Pour souffrir ce devoir* leur frayeur est trop forte[6] :
Le flux les apporta ; le reflux les remporte,
Cependant que leurs rois, engagés[7] parmi nous,
1320 Et quelque peu des leurs, tous percés de nos coups,
Disputent vaillamment et vendent bien leur vie.
A se rendre moi-même en vain je les convie :
Le cimeterre au poing, ils ne m'écoutent pas ;
Mais voyant à leurs pieds tomber tous leurs soldats,
1325 Et que[8] seuls désormais en vain ils se défendent,
Ils demandent le chef : je me nomme, ils se rendent.
Je vous les envoyai tous deux en même temps ;

---

1. N'ai pu savoir cela ; 2. *Var.* des vers 1308-1312 :
    « Et n'en pus rien savoir jusques au point du jour.
    Mais enfin sa clarté montra notre avantage :
    Le More vit sa perte et perdit le courage,
    Et, voyant un renfort qui nous vint secourir,
    Changea l'ardeur de vaincre à la peur de mourir » ;
3. *Voyant* : quand il voit. Le français moderne exigerait que ce participe ait le même sujet (*l'ardeur*) que le verbe à mode personnel de la proposition ;
4. *Var.* : « Nous laissent pour adieus des cris épouvantables » (« On ne dit pas *laisser un adieu* », avait noté l'Académie. Corneille modifia son texte en conséquence.) ; 5. *Var.* : « ont pu » ; 6. *Var.* : « Ainsi leur devoir cède à la frayeur plus forte » ; 7. *Engagés*, terme militaire ; 8. *Et que*. Double construction du verbe *voir*, courante à cette époque. Voir vers 965 et la note.

--- **QUESTIONS** ---

● Vers 1257-1329. Analysez le récit de Rodrigue : les différentes phases du combat. Comment l'intérêt dramatique est-il soutenu jusqu'au bout ? Corneille sort-il des limites de la vraisemblance, dans la façon dont il a inventé les péripéties de ce combat ? — Le rythme du récit : montrez qu'il est lié aux sentiments du narrateur plus encore qu'au rythme des événements qu'il raconte. — Quel est le décor ? En quoi les éléments de la nature interviennent-ils dans le combat ? — La psychologie de Rodrigue : à travers l'orgueilleuse exaltation de son exploit, de quelles qualités de chef fait-il preuve ?

Et le combat cessa faute de combattants.
C'est de cette façon que, pour votre service...

Scène IV. — DON FERNAND, DON DIÈGUE,
DON RODRIGUE, DON ARIAS, DON ALONSE,
DON SANCHE.

DON ALONSE

1330 Sire, Chimène vient vous demander justice.

DON FERNAND

La fâcheuse nouvelle, et l'importun devoir*[1] !
Va, je ne la veux pas obliger à te voir.
Pour tous remerciements, il faut que je te chasse ;
Mais avant que[1] sortir, viens, que ton roi t'embrasse.
(Don Rodrigue rentre.)

DON DIÈGUE

1335 Chimène le poursuit, et voudrait le sauver.

DON FERNAND

On m'a dit qu'elle l'aime, et je vais l'éprouver.
Montrez un œil plus triste*[2].

Scène V. — DON FERNAND, DON DIÈGUE, DON ARIAS,
DON SANCHE, DON ALONSE, CHIMÈNE, ELVIRE.

DON FERNAND

Enfin, soyez contente[3],
Chimène, le succès[4] répond à votre attente :
Si de nos ennemis Rodrigue a le dessus[5],

---

1. *Avant que* devant un infinitif est une construction courante à cette époque, mais Vaugelas admet seulement « avant que de » ; 2. *Var.* : « Contrefaites le triste » (expression critiquée par l'Académie comme étant basse dans la bouche d'un roi) ; 3. *Content* : satisfait ; 4. *Succès* : issue. Voir vers 71 et la note ; 5. *A le dessus* : L'Académie eût voulu le passé (a eu), plus logique.

━━━━━━ QUESTIONS ━━━━━━

■ Sur l'ensemble de la scène III. — Utilité de cette scène : comment le récit de Rodrigue prend-il naturellement place dans cet épisode ? Comment la poésie épique s'harmonise-t-elle ici avec la poésie dramatique ?

— La situation de Rodrigue à partir de ce moment : peut-il chercher encore une mort qu'il a su éviter lors du combat ? Sur quel personnage repose désormais tout le tragique ?

■ Sur la scène IV. — Expliquez les motifs d'ordre dramatique et psychologique qui rendent nécessaire la sortie de Rodrigue.

— Pourquoi le Roi est-il si peu disposé à jouer son rôle de juge ? Dans quelle mesure le spectateur est-il mis de connivence avec le Roi et don Diègue ?

1340 Il est mort à nos yeux des coups qu'il a reçus ;
Rendez grâces au ciel qui vous en a vengée* .
(*A don Diègue.*)
Voyez comme déjà sa couleur est changée.

DON DIÈGUE

Mais voyez qu'elle pâme[1], et d'un amour parfait,
Dans cette pâmoison, Sire, admirez l'effet.
1345 Sa douleur a trahi les secrets de son âme,
Et ne vous permet plus de douter de sa flamme* .

CHIMÈNE

Quoi ! Rodrigue est donc mort ?

DON FERNAND

Non, non, il voit le jour,
Et te conserve encore un immuable amour :
Calme cette douleur qui pour lui s'intéresse[2].

CHIMÈNE

1350 Sire, on pâme de joie, ainsi que de tristesse :
Un excès de plaisir nous rend tous languissants[3] ;
Et quand il surprend l'âme, il accable les sens.

DON FERNAND

Tu veux qu'en ta faveur nous croyions l'impossible ?
Chimène, ta douleur[4] a paru trop visible.

CHIMÈNE

1355 Eh bien ! Sire, ajoutez ce comble à mon malheur,
Nommez ma pâmoison l'effet de ma douleur :
Un juste déplaisir* à ce point m'a réduite.
Son trépas dérobait sa tête à ma poursuite ;
S'il meurt des coups reçus pour le bien du pays,
1360 Ma vengeance* est perdue et mes desseins trahis :

---

1. *Pâmer* (emploi intransitif) : s'évanouir (même construction vers 1350) ;
2. *Var.* : « Tu le posséderas, reprends ton allégresse. » — *S'intéresser* : se
passionner ; 3. *Tous languissants* : sans aucune force physique. *Tous* à valeur
d'adverbe, l'accord se faisait alors dans tous les cas, alors qu'il ne se fait
plus aujourd'hui que devant un adjectif féminin commençant par une
consonne ; 4. *Var.* : « Ta tristesse, Chimène... »

--- QUESTIONS ---

● VERS 1338-1349. L'épreuve à laquelle le Roi soumet Chimène est-elle
digne d'une pièce tragique ? Cet effet dramatique se trouvait déjà
chez G. de Castro : Corneille a-t-il eu raison de l'adopter à son tour ?
Dans quelle situation met-il Chimène ?
● VERS 1350-1357. Ce refus d'admettre l'évidence peut-il être considéré
comme comique ? Quel aspect du caractère de Chimène met-il en relief ?

Une si belle fin m'est trop injurieuse[1].
Je demande sa mort, mais non pas glorieuse*,
Non pas dans un éclat qui l'élève si haut,
Non pas au lit d'honneur*[2], mais sur un échafaud ;
1365 Qu'il meure pour mon père, et non pour la patrie ;
Que son nom soit taché, sa mémoire flétrie.
Mourir pour le pays n'est pas un triste* sort ;
C'est s'immortaliser par une belle mort.
J'aime donc sa victoire, et je le puis sans crime ;
1370 Elle assure[3] l'État et me rend ma victime,
Mais noble, mais fameuse[4] entre tous les guerriers,
Le chef[5], au lieu de fleurs[6], couronné de lauriers ;
Et pour dire en un mot ce que j'en considère,
Digne d'être immolée aux mânes de mon père...
1375 Hélas ! à quel espoir me laissé-je emporter !
Rodrigue de ma part n'a rien à redouter :
Que pourraient contre lui des larmes qu'on méprise ?
Pour lui tout votre empire est un lieu de franchise[7] ;
Là, sous votre pouvoir, tout lui devient permis ;
1380 Il triomphe de moi comme des ennemis.
Dans leur sang répandu la justice étouffée
Au crime du vainqueur sert d'un nouveau trophée :
Nous en croissons[8] la pompe, et le mépris des lois
Nous fait suivre son char au milieu de deux rois[9].

DON FERNAND

1385 Ma fille, ces transports ont trop de violence.
Quand on rend la justice, on met tout en balance.
On a tué ton père, il était l'agresseur ;

---

1. *Injurieux* : injuste, contraire au droit ; 2. *Lit d'honneur* : champ d'honneur ; 3. *Assurer* : mettre en sécurité ; 4. *Fameux* : renommé, célèbre ; 5. *Le Chef* : voir vers 598 et la note ; 6. Allusion à la coutume antique de couronner de fleurs les victimes dans les sacrifices ; 7. *Lieu de franchise* : lieu d'exemption, refuge inviolable ; 8. *Croître* : accroître. Voir vers 740 et la note ; 9. Langage assez obscur : l'injustice est pour le vainqueur un nouveau titre de gloire.

QUESTIONS

● VERS 1358-1392. Composition de cette tirade. Est-ce seulement par la logique des arguments que Chimène veut convaincre le Roi? Comment retourne-t-elle contre le Roi les principes mêmes au nom desquels il a acquitté Rodrigue ? Peut-on reprocher à Chimène, comme l'Infante le faisait à la scène II, de méconnaître l'intérêt national ? — La réponse du Roi (vers 1385-1392) est-elle capable de calmer Chimène ? Qu'est-ce qui, dans cette réponse, peut le plus exaspérer Chimène ?

Et la même équité[1] m'ordonne la douceur.
Avant que d'accuser ce que j'en fais paraître[2],
1390 Consulte bien ton cœur* : Rodrigue en est le maître,
Et ta flamme* en secret rend grâces à ton roi,
Dont la faveur conserve un tel amant* pour toi.

CHIMÈNE

Pour moi! mon ennemi! l'objet de ma colère!
L'auteur de mes malheurs! l'assassin de mon père!
1395 De ma juste poursuite on fait si peu de cas
Qu'on me croit obliger en ne m'écoutant pas'
Puisque vous refusez la justice à mes larmes,
Sire, permettez-moi de recourir aux armes;
C'est par là seulement qu'il a su m'outrager,
1400 Et c'est aussi par là que je me dois venger*.
A tous vos cavaliers* je demande sa tête :
Oui, qu'un d'eux me l'apporte, et je suis sa conquête;
Qu'ils le combattent, Sire; et le combat fini,
J'épouse le vainqueur, si Rodrigue est puni.
1405 Sous votre autorité souffrez qu'on le publie.

DON FERNAND

Cette vieille coutume en ces lieux établie,
Sous couleur de punir un injuste attentat,
Des meilleurs combattants affaiblit un État;
Souvent de cet abus le succès[3] déplorable
1410 Opprime l'innocent, et soutient le coupable.
J'en dispense Rodrigue : il m'est trop précieux
Pour l'exposer aux coups d'un sort capricieux;
Et quoi qu'ait pu commettre un cœur* si magnanime,
Les Mores en fuyant ont emporté son crime.

DON DIÈGUE

1415 Quoi! Sire, pour lui seul vous renversez des lois
Qu'a vu toute la cour observer tant de fois!
Que croira votre peuple et que dira l'envie,
Si sous votre défense il ménage sa vie,
Et s'en fait un prétexte à ne paraître pas
1420 Où tous les gens d'honneur* cherchent un beau trépas?

---

1. *La même équité* : l'équité même; 2. Avant de mettre en cause ce que
je laisse apparaître de douceur. *Avant que de*, voir vers 1334 et la note;
3. *Succès* : voir vers 71 et la note.

De pareilles faveurs terniraient trop sa gloire*[1] :
Qu'il goûte sans rougir les fruits de sa victoire.
Le Comte eut de l'audace; il l'en a su punir :
Il l'a fait en brave[2] homme, et le[3] doit maintenir[4].

DON FERNAND

1425 Puisque vous le voulez, j'accorde qu'il le fasse;
Mais d'un guerrier vaincu mille prendraient la place,
Et le prix que Chimène au vainqueur a promis
De tous mes cavaliers* ferait ses ennemis.
L'opposer seul à tous serait trop d'injustice :
1430 Il suffit qu'une fois il entre dans la lice[5].
Choisis qui tu voudras, Chimène, et choisis bien;
Mais après ce combat ne demande plus rien.

DON DIÈGUE

N'excusez point par là ceux que son bras étonne[6] :
Laissez un champ ouvert[7] où n'entrera personne.
1435 Après ce que Rodrigue a fait voir aujourd'hui,
Quel courage* assez vain s'oserait prendre à lui[8]?
Qui se hasarderait contre un tel adversaire?
Qui serait ce vaillant*, ou bien ce téméraire?

DON SANCHE

Faites ouvrir le champ : vous voyez l'assaillant;
1440 Je suis ce téméraire, ou plutôt ce vaillant*.
Accordez cette grâce à l'ardeur qui me presse,
Madame : vous savez quelle est votre promesse.

---

1. *Var.* : « Sire, ôtez ces faveurs qui terniraient sa gloire » (« *Otez* n'est pas bien employé ici », avait dit l'Académie.) ; 2. *Brave :* courageux. L'adjectif *brave* ne changeait pas de sens en changeant de place ; 3. *Le :* cela (son droit) ; 4. *Var. :* « soutenir » ; 5. *Lice* (sens propre) : la palissade qui borde l'arène, puis l'arène elle-même. C'est un terme de tournoi ; 6. *Etonner :* faire trembler, frapper de stupeur ; 7. Par opposition à la *lice* (vers 1430), au « champ clos » proposé par le Roi ; 8. *S'oserait prendre à lui :* oserait s'en prendre à lui, l'attaquer.

QUESTIONS

● VERS 1393-1424. Jusqu'où va l'audace de Chimène dans sa révolte contre la décision royale ? Quel trait de caractère et quelles idées a-t-elle hérités de son père ? — La solution que Chimène propose aux vers 1397-1405 est-elle inattendue (v. vers 786-790) ? Les arguments qu'elle donne pour soutenir sa demande (vers 1415-1424) sont-ils forts ? — L'opinion du Roi sur les duels : cherchez dans la pièce un autre passage où le Roi a déjà soutenu le même point de vue.

DON FERNAND

Chimène, remets-tu ta querelle* en sa main?

CHIMÈNE

Sire, je l'ai promis.

DON FERNAND

Soyez prêt à[1] demain.

DON DIÈGUE

1445 Non, Sire, il ne faut pas différer davantage :
On est toujours trop[2] prêt quand on a du courage*.

DON FERNAND

Sortir d'une bataille, et combattre à l'instant!

DON DIÈGUE

Rodrigue a pris haleine en vous la racontant.

DON FERNAND

Du moins une heure ou deux je veux qu'il se délasse.
1450 Mais de peur qu'en exemple un tel combat ne passe,
Pour témoigner à tous qu'à regret je permets
Un sanglant procédé qui ne me plut jamais,
De moi ni de ma cour il n'aura la présence.
        (Il parle à don Arias.)
        Vous seul des combattants jugerez la vaillance* :
1455 Ayez soin que tous deux fassent en gens de cœur*,
Et, le combat fini, m'amenez le vainqueur.
Qui qu'il soit[3], même prix est acquis à sa peine :
Je le veux de ma main présenter à Chimène,
Et que pour récompense il reçoive sa foi.

---

1. *A* : pour. Voir vers 20 ; 2. *Trop* : extrêmement. Voir vers 780 et la note ; 3. *Var.* : « Quel qu'il soit. »

QUESTIONS

● Vers 1425-1444. Est-ce par peur de l'opinion, par lassitude ou par habileté que le Roi accède, du moins partiellement, à la requête de Chimène? — Pourquoi don Fernand et don Diègue ne sont-ils pas d'accord sur les chances qu'a Rodrigue de trouver des adversaires? — L'intervention de don Sanche était-elle préparée dans les actes précédents?

● Vers 1445-1453. Pourquoi Corneille accélère-t-il ainsi l'action? L'argument de don Diègue se justifie-t-il sur le plan psychologique?

CHIMÈNE

1460 Quoi! Sire, m'imposer une si dure loi[1]!

DON FERNAND

Tu t'en plains; mais ton feu*, loin d'avouer[2] ta plainte,
Si Rodrigue est vainqueur, l'accepte sans contrainte.
Cesse de murmurer contre un arrêt si doux :
Qui que ce soit des deux, j'en ferai ton époux.

ACTE V

Chez Chimène.

SCÈNE PREMIÈRE. — DON RODRIGUE, CHIMÈNE.

CHIMÈNE

1465 Quoi! Rodrigue, en plein jour! d'où te vient cette audace?
Va, tu me perds d'honneur*[3]; retire-toi, de grâce.

---

1. *Var.* : « trop dure loi »; 2. *Avouer* : reconnaître, déclarer qu'il approuve;
3. *Perdre d'honneur* : voir vers 603 et la note.

—————— QUESTIONS ——————

● VERS 1454-1464. L'intention du Roi en imposant à Chimène ses conditions : est-ce seulement un moyen de renforcer son autorité, alors qu'il vient de faire des concessions? — La protestation de Chimène (vers 1460) : quelle forme prend-elle? Quel sentiment profond la dicte?

■ SUR L'ENSEMBLE DE LA SCÈNE V. — Comparez cette scène à la scène VIII de l'acte II : la situation est-elle la même?

— Chimène a-t-elle plus ou moins de véhémence qu'à la scène VIII de l'acte II? A la scène IV de l'acte III, elle avait pourtant avoué à Rodrigue que son *unique souhait est de ne rien pouvoir* contre lui (vers 984) : quel motif — conscient ou non — la pousse à revendiquer si hardiment ce qu'elle pense être son droit?

— L'attitude du Roi : dans quelle mesure tient-il encore son rôle de justicier?

— Le problème du duel : pourquoi le Roi, tout en condamnant cet usage, accepte-t-il un duel judiciaire?

■ SUR L'ENSEMBLE DE L'ACTE IV. — Comment l'intérêt se partage-t-il dans cet acte entre Rodrigue et Chimène?

— Rodrigue, devenu héros national, semble-t-il mettre encore son amour pour Chimène au premier rang de ses sentiments? Chimène ne paraît-elle pas agir surtout par une sorte de jalousie vindicative contre la gloire de Rodrigue? Montrez que cet éloignement qui crée le tragique de cet acte est moins réel qu'apparent.

DON RODRIGUE

Je vais mourir, Madame, et vous viens en ce lieu,
Avant le coup mortel, dire un dernier adieu :
Cet immuable amour qui sous vos lois m'engage[1]
1470 N'ose accepter ma mort sans vous en faire hommage.

CHIMÈNE

Tu vas mourir !

DON RODRIGUE

        Je cours à ces heureux moments
Qui vont livrer ma vie à vos ressentiments.

CHIMÈNE

Tu vas mourir ! Don Sanche est-il si redoutable
Qu'il donne l'épouvante à ce cœur* indomptable ?
1475 Qui t'a rendu si faible, ou qui le rend si fort ?
Rodrigue va combattre, et se croit déjà mort !
Celui qui n'a pas craint les Mores, ni mon père,
Va combattre don Sanche, et déjà désespère !
Ainsi donc au besoin[2] ton courage* s'abat !

DON RODRIGUE

1480 Je cours à mon supplice, et non pas au combat ;
Et ma fidèle ardeur sait bien m'ôter l'envie,
Quand vous cherchez ma mort, de défendre ma vie.
    J'ai toujours même cœur* ; mais je n'ai point de bras
Quand il faut conserver ce qui ne vous plaît pas ;
1485 Et déjà cette nuit m'aurait été mortelle
Si j'eusse combattu pour ma seule querelle* ;
Mais défendant mon roi, son peuple et mon pays,
A me défendre[3] mal je les aurais trahis.

---

1. *Var.* des vers 1469-1472 :
  « Mon amour vous le doit, et mon cœur qui soupire
  N'ose sans votre aveu·sortir de votre empire.

             CHIMÈNE

  Tu vas mourir !

            DON RODRIGUE

       J'y cours, et le Comte est vengé
  Aussitôt que de vous j'en aurai le congé. »
« Expressions imparfaites », avait dit l'Académie ; 2. Dans le besoin ; 3. *A me défendre :* en me défendant.

QUESTIONS

● Vers 1465-1472. Pourquoi Rodrigue ose-t-il paraître chez Chimène en plein jour ? Comparez les premiers mots prononcés par Rodrigue et par Chimène à ceux qu'ils ont prononcés au début de la scène IV de l'acte III (vers 849 et suivants).

Mon esprit généreux* ne hait pas tant la vie
1490 Qu'il en veuille sortir par une perfidie[1].
Maintenant qu'il s'agit de mon seul intérêt,
Vous demandez ma mort, j'en accepte l'arrêt.
Votre ressentiment choisit la main d'un autre
(Je ne méritais pas de mourir de la vôtre) :
1495 On ne me verra point en[2] repousser les coups;
Je dois plus de respect à qui combat pour vous;
Et ravi* de penser que c'est de vous qu'ils viennent,
Puisque c'est votre honneur* que ses armes soutiennent,
Je vais lui présenter mon estomac[3] ouvert,
1500 Adorant de sa main la vôtre qui me perd.

CHIMÈNE

Si d'un triste* devoir* la juste violence,
Qui me fait malgré moi poursuivre ta vaillance*,
Prescrit à ton amour une si forte loi
Qu'il te rend sans défense à qui combat pour moi,
1505 En cet aveuglement ne perds pas la mémoire
Qu'ainsi que de ta vie il y va de ta gloire*,
Et que dans quelque éclat que Rodrigue ait vécu,
Quand on le saura mort, on le croira vaincu.
Ton honneur* t'est plus cher que je ne te suis chère,
1510 Puisqu'il trempe tes mains dans le sang de mon père,
Et te fait renoncer, malgré ta passion,
A l'espoir le plus doux de ma possession[4] :
Je t'en vois cependant faire si peu de conte[5],
Que sans rendre combat[6] tu veux qu'on te surmonte.
1515 Quelle inégalité[7] ravale[8] ta vertu*?

---

1. En manquant à la foi jurée au roi et au pays ; 2. *En* : de lui ; 3. *Estomac*, mot noble à l'époque ; les mondains condamnaient « poitrine » ; 4. A l'espoir de ma possession qui était pour toi le plus doux ; 5. *Conte* : voir vers 385 et la note. 6. *Rendre combat* : répondre à un combat par un autre, se défendre ; 7. *Inégalité* : caprice ; 8. *Ravaler* : affaiblir, rabaisser.

— QUESTIONS —

● Vers 1473-1500. Quelle différence de ton entre les deux *tu vas mourir* (vers 1471 et 1473) ? — L'emploi du tutoiement : faites sur ce point aussi une comparaison avec la scène IV de l'acte III. Comment le premier argument de Chimène est-il réfuté par Rodrigue ? Montrez qu'une fois de plus chacun des deux tente d'enfermer l'autre dans les conséquences logiques de son attitude. Appréciez la façon dont Rodrigue justifie sa conduite dans le combat contre les Mores.

Pourquoi ne l'as-tu plus, ou pourquoi l'avais-tu?
Quoi? n'es-tu généreux* que pour me faire outrage?
S'il ne faut m'offenser, n'as-tu point de courage*?
Et traites-tu mon père avec tant de rigueur,
1520 Qu'après l'avoir vaincu, tu souffres un vainqueur?
Va[1], sans vouloir mourir, laisse-moi te poursuivre,
Et défends ton honneur*, si tu ne veux plus vivre.

DON RODRIGUE

Après la mort du Comte, et les Mores défaits[2],
Faudrait-il à ma gloire* encor d'autres effets[3]?
1525 Elle peut dédaigner le soin de me défendre[4] :
On sait que mon courage* ose tout entreprendre,
Que ma valeur* peut tout, et que dessous[5] les cieux,
Auprès de mon honneur*[6], rien ne m'est précieux.
Non, non, en ce combat, quoique vous veuilliez croire,
1530 Rodrigue peut mourir sans hasarder sa gloire*,
Sans qu'on l'ose accuser d'avoir manqué de cœur*,
Sans passer pour vaincu, sans souffrir un vainqueur.
On dira seulement : « Il adorait Chimène;
Il n'a pas voulu vivre et mériter sa haine;
1535 Il a cédé lui-même à la rigueur du sort
Qui forçait sa maîtresse à poursuivre sa mort :
Elle voulait sa tête; et son cœur* magnanime,
S'il l'en eût refusée[7], eût pensé faire un crime.
Pour venger* son honneur* il perdit son amour,
1540 Pour venger* sa maîtresse il a quitté le jour,
Préférant, quelque espoir qu'eût son âme asservie[8],
Son honneur* à Chimène, et Chimène à sa vie. »
Ainsi donc vous verrez ma mort en ce combat,
Loin d'obscurcir ma gloire *, en rehausser l'éclat;
1545 Et cet honneur* suivra mon trépas volontaire,
Que[9] tout autre que moi n'eût pu vous satisfaire.

---

1. *Var.* : « Non »; 2. *Les Mores défaits* : la défaite des Mores; 3. *Effets* : actions; 4. *Var.* des vers 1524-1525 :
  « Mon honneur appuyé sur de si grands effets
  Contre un autre ennemi n'a plus à se défendre. »
Expression critiquée par l'Académie; 5. *Dessous* : sous, confusion habituelle jusqu'à Vaugelas; 6. *Var.* : « Quand mon honneur y va » (critiqué par l'Académie); 7. *S'il l'en eût refusée*. « Refuser », à cette époque, est construit de deux manières : « refuser quelque chose à quelqu'un » ou « refuser quelqu'un de quelque chose »; 8. *Var.* : « Préférant, en dépit de son âme ravie. » — *Asservie* : esclave de sa passion (mot galant). 9. *Que* (explicatif) : à savoir que.

CHIMÈNE

Puisque pour t'empêcher de courir au trépas,
Ta vie et ton honneur* sont de faibles appas,
Si jamais je t'aimai, cher Rodrigue, en revanche,
1550 Défends-toi maintenant pour m'ôter à don Sanche;
Combats pour m'affranchir d'une condition
Qui me donne à l'objet de mon aversion.
Te dirai-je encor plus ? va, songe à ta défense,
Pour forcer mon devoir*, pour m'imposer silence;
1555 Et si tu sens pour moi ton cœur* encore épris[1],
Sors vainqueur d'un combat dont Chimène est le prix.
Adieu : ce mot lâché[2] me fait rougir de honte.

DON RODRIGUE, *seul.*

Est-il quelque ennemi qu'à présent je ne dompte ?
Paraissez, Navarrais, Mores et Castillans[3],
1560 Et tout ce que l'Espagne a nourri de vaillants*;
Unissez-vous ensemble, et faites une armée,
Pour combattre une main de la sorte animée :
Joignez tous vos efforts contre un espoir si doux;
Pour en venir à bout, c'est trop peu que de vous.

---

1. *Var.* : « Et si jamais l'amour échauffa tes esprits »; 2. *Lâché* : qui m'a échappé; 3. Les trois principaux ennemis de Ferdinand Ier (don Fernand). Celui-ci combattit le roi de Navarre, le roi more de Tolède et réduisit à l'obéissance les seigneurs indépendants de Castille (voir page 32, note 2).

■ QUESTIONS ■

● Vers 1501-1546. Le deuxième argument de Chimène est-il plus fort que le premier ? — La réponse de Rodrigue a-t-elle la même rigueur logique ? Montrez que sa tirade a une résonance romanesque, qu'on pourrait presque qualifier de romantique. — Par comparaison avec la scène IV de l'acte III, n'y a-t-il pas la même modification dans le ton à mesure que les deux personnages prolongent leur débat ?
● Vers 1547-1564. Le dernier argument de Chimène est-il de même ordre que les précédents ? Importance du vers 1554 : en quoi marque-t-il l'accord moral des deux amants dans leur émulation de gloire ? Peut-on douter du dénouement en entendant la dernière tirade de Rodrigue (vers 1558-1564) ?

■ Sur l'ensemble de la scène première. — Composition de cette scène. L'action a-t-elle progressé vers le dénouement ?
— Pourquoi Rodrigue vient-il voir Chimène après sa victoire sur les Mores, comme il y est venu après avoir triomphé de don Gomès ? Comparez cette scène à la scène IV de l'acte III : ressemblances et différences.
— La scène se termine-t-elle par une victoire de Chimène sur Rodrigue ? de Rodrigue sur Chimène ?

Chez l'Infante.

Scène II. — L'INFANTE.

1565 T'écouterai-je encor, respect de ma naissance,
         Qui fais un crime de mes feux* ?
T'écouterai-je, amour, dont la douce puissance
Contre ce fier tyran fait révolter mes vœux ?
         Pauvre princesse, auquel des deux
1570   Dois-tu prêter obéissance ?
Rodrigue, ta valeur* te rend digne de moi ;
Mais pour être[1] vaillant*, tu n'es pas fils de roi.

Impitoyable sort, dont la rigueur sépare
         Ma gloire* d'avec mes désirs !
1575 Est-il dit que le choix d'une vertu* si rare
Coûte à ma passion de si grands déplaisirs* ?
         O cieux ! à combien de soupirs*
         Faut-il que mon cœur* se prépare,
Si jamais il n'obtient sur[2] un si long tourment[3]
1580 Ni d'éteindre l'amour, ni d'accepter l'amant* !

Mais c'est trop de scrupule[4], et ma raison s'étonne,
         Du mépris d'un si digne* choix :
Bien qu'aux monarques seuls ma naissance me donne,
Rodrigue, avec honneur* je vivrai sous tes lois.
1585   Après avoir vaincu deux rois,
Pourrais-tu manquer de couronne ?
Et ce grand nom de Cid que tu viens de gagner
Ne fait-il pas trop voir sur qui tu dois régner ?

Il est digne de moi, mais il est à Chimène ;
1590   Le don que j'en ai fait me nuit.
Entre eux la mort d'un père a si peu mis de haine[5],

---

1. *Pour être* : quoique tu sois ; 2. *Sur* : en l'emportant sur ; 3. *Var. :* « S'il ne peut obtenir dessus mon sentiment » (L'Académie avait estimé que *sentiment* faisait double emploi avec *cœur* du vers 1578.) ; 4. *Var. :* « Mais ma honte m'abuse » ; 5. *Var. :* « Entre eux un père mort sème si peu de haine. »

Que le devoir* du sang à regret le poursuit :
Ainsi n'espérons aucun fruit
De son crime, ni de ma peine,
1595 Puisque pour me punir le destin a permis
Que l'amour dure même entre deux ennemis.

SCÈNE III. — L'INFANTE, LÉONOR.

L'INFANTE

Où viens-tu, Léonor ?

LÉONOR

Vous applaudir, Madame[1],
Sur le repos qu'enfin a retrouvé votre âme.

L'INFANTE

D'où viendrait ce repos dans un comble d'ennui* ?

LÉONOR

1600 Si l'amour vit d'espoir, et s'il meurt avec lui,
Rodrigue ne peut plus charmer* votre courage*.
Vous savez le combat où Chimène l'engage :
Puisqu'il faut qu'il y meure, ou qu'il soit son mari,
Votre espérance est morte, et votre esprit guéri.

L'INFANTE

1605 Ah ! qu'il s'en faut encor !

---

1. *Var.* des vers 1597-1598 :
« Vous témoigner, Madame,
L'aise que je ressens du repos de votre âme. »

■ QUESTIONS ■

■ SUR LA SCÈNE II. — Etait-il nécessaire, si on se place dans la perspective cornélienne, de faire reparaître l'Infante en ce dernier acte ? Peut-on expliquer les raisons d'ordre dramatique et esthétique qui ont déterminé le poète à donner une forme lyrique à ce monologue ?
— La composition de ce poème : le thème de chacune des strophes. L'Infante trouve-t-elle une réponse à son débat intérieur ?
— Comparez l'état d'âme de l'Infante à ce qu'il était à l'acte premier, scène II. La gloire conquise par le Cid permettrait-elle maintenant à l'Infante d'aimer le héros ? Quel est le seul obstacle qui lui resterait à vaincre ? Peut-elle le franchir sans perdre sa gloire ?

LÉONOR

Que pouvez-vous prétendre[1]?

L'INFANTE

Mais plutôt quel espoir me pourrais-tu défendre?
Si Rodrigue combat sous ces conditions,
Pour en rompre l'effet, j'ai trop d'inventions.
L'amour, ce doux auteur de mes cruels supplices,
1610 Aux esprits des amants* apprend trop[2] d'artifices.

LÉONOR

Pourrez-vous quelque chose, après qu'un père mort
N'a pu dans leurs esprits allumer de discord[3]?
Car Chimène aisément montre par sa conduite
Que la haine aujourd'hui ne fait pas[4] sa poursuite.
1615 Elle obtient un combat, et pour son combattant
C'est le premier offert[5] qu'elle accepte à l'instant :
Elle n'a point recours à ces mains généreuses*
Que tant d'exploits fameux rendent si glorieuses* ;
Don Sanche lui suffit, et mérite son choix[6],
1620 Parce qu'il va s'armer pour la première fois.
Elle aime en ce duel son peu d'expérience ;
Comme il est sans renom, elle est sans défiance ;
Et sa facilité vous doit bien faire voir[7]
Qu'elle cherche un combat qui force son devoir*,
1625 Qui livre à son Rodrigue une victoire aisée[8],
Et l'autorise enfin à paraître apaisée.

---

1. *Prétendre* : avoir espérance d'obtenir ; 2. *Trop* : beaucoup. Voir vers 780 et la note ; 3. *Discord* : discorde. Voir vers 476 et la note ; 4. Ne détermine pas ; 5. *Le premier offert* : le premier qui s'offre ; 6. *Var.* des vers 1619-1620 :
« Don Sanche lui suffit : c'est la première fois
Que ce jeune seigneur endosse le harnois. »
Ce vers avait été critiqué par Scudéry ; 7. *Var.* : « Un tel choix et si prompt doit bien vous faire voir » ; 8. *Var.* des vers 1625-1626 :
« Et livrant à Rodrigue une victoire aisée,
Puisse l'autoriser à paraître apaisée. »
« Ce dernier vers exprime mal la pensée », avait dit l'Académie.

--- QUESTIONS ---

● VERS 1597-1626. La logique de Léonor. Rapprochez le vers 1604 du vers 112 : n'est-ce pas la preuve que pour Léonor la tragédie de l'Infante est terminée ? — Léonor interprète-t-elle avec exactitude les sentiments de Chimène ? Rapprochez le vers 1624 du vers 1554.

L'INFANTE

Je le remarque assez, et toutefois mon cœur*
A l'envi de[1] Chimène adore ce vainqueur.
A quoi me résoudrai-je, amante* infortunée?

LÉONOR

1630 A vous mieux souvenir de qui vous êtes née :
Le ciel vous doit un roi, vous aimez un sujet!

L'INFANTE

Mon inclination a bien changé d'objet.
Je n'aime plus Rodrigue, un simple gentilhomme;
Non, ce n'est plus ainsi que mon amour le nomme[2] :
1635 Si j'aime, c'est l'auteur de tant de beaux exploits,
C'est le valeureux Cid, le maître de deux rois.
 Je me vaincrai pourtant, non de peur d'aucun[3] blâme,
Mais pour ne troubler* pas une si belle flamme*;
Et quand pour m'obliger on l'aurait couronné,
1640 Je ne veux point reprendre un bien que j'ai donné.
Puisqu'en un tel combat sa victoire est certaine,
Allons encore un coup[4] le donner à Chimène.
Et toi, qui vois les traits dont mon cœur* est percé,
Viens me voir achever comme j'ai commencé.

Chez Chimène.

SCÈNE IV. — CHIMÈNE, ELVIRE.

CHIMÈNE

1645 Elvire, que je souffre, et que je suis à plaindre!
Je ne sais qu'espérer, et je vois tout à craindre;

---

1. *A l'envi de :* à l'émulation de ; 2. *Var. :* « Une ardeur bien plus digne à présent me consomme » ; 3. *Aucun :* quelque (n'a pas le sens négatif); 4. *Encore un coup :* voir vers 992 et la note.

──── **QUESTIONS** ────

● VERS 1627-1644. La décision de l'Infante : les conseils de Léonor y sont-ils pour quelque chose ? Importance du vers 1642 : de quoi l'Infante est-elle parfaitement consciente ?

■ SUR L'ENSEMBLE DE LA SCÈNE III. — En quoi consiste l'héroïsme de l'Infante ? Montrez le côté touchant et presque pathétique de son désespoir.

— Le rôle de l'Infante est-il terminé ? Par quelles étapes est passé le conflit tragique qui la déchire depuis le début de la pièce ? Est-il résolu ?

Aucun vœu ne m'échappe où[1] j'ose consentir ;
Je ne souhaite rien sans un prompt repentir[2].
A deux rivaux pour moi je fais prendre les armes :
1650 Le plus heureux succès me coûtera des larmes ;
Et quoi qu'en ma faveur en ordonne le sort,
Mon père est sans vengeance*, ou mon amant* est mort.

ELVIRE

D'un et d'autre côté je vous vois soulagée :
Ou vous avez Rodrigue, ou vous êtes vengée* ;
1655 Et quoi que le destin puisse ordonner de vous,
Il soutient votre gloire*, et vous donne un époux.

CHIMÈNE

Quoi ! l'objet de ma haine ou de tant de colère !
L'assassin de Rodrigue ou celui de mon père !
De tous les deux côtés on me donne un mari
1660 Encor tout teint du sang que j'ai le plus chéri ;
De tous les deux côtés mon âme se rebelle :
Je crains plus que la mort la fin de ma querelle*.
Allez, vengeance*, amour, qui troublez* mes esprits[3],
Vous n'avez point pour moi de douceurs à ce prix ;
1665 Et toi, puissant moteur[4] du destin qui m'outrage,
Termine ce combat sans aucun avantage,
Sans faire aucun des deux ni vaincu ni vainqueur.

ELVIRE

Ce serait vous traiter avec trop de rigueur.
Ce combat pour votre âme est un nouveau supplice,
1670 S'il vous laisse obligée à demander justice,

---

1. *Où* : auquel (remplace le pronom relatif précédé de n'importe quelle préposition) ; 2. *Var.* : « Et mes plus doux souhaits sont pleins d'un repentir » (L'Académie aurait voulu « pleins de repentir ».) ; 3. *Esprits* : intelligence, raison. On croyait alors à l'existence d' « esprits vitaux » dans le sang et d' « esprits animaux » dans les nerfs et dans le cerveau, qui portaient la vie et le sentiment dans tout le corps. De là les expressions « perdre, reprendre ses esprits » ; 4. *Puissant moteur* : Dieu (que l'on évitait de nommer sur le théâtre dans une pièce profane).

--------- QUESTIONS ---------

● Vers 1645-1667. La situation tragique de Chimène : quels sont toujours les deux termes de son débat intérieur ? Relevez les antithèses qui les mettent en évidence. — Le souhait de Chimène (vers 1667) est-il réalisable ? Dans quelle mesure révèle-t-il le désir de surmonter un destin qui est plus fort qu'elle ?

A témoigner toujours ce haut[1] ressentiment,
Et poursuivre toujours la mort de votre amant*.
Madame, il vaut bien mieux que sa rare[2] vaillance*,
Lui couronnant le front[3], vous impose silence;
1675 Que la loi du combat étouffe vos soupirs*,
Et que le Roi vous force à suivre vos désirs.

CHIMÈNE

Quand il sera vainqueur, crois-tu que je me rende?
Mon devoir* est trop fort, et ma perte trop grande,
Et ce n'est pas assez, pour leur faire la loi[4],
1680 Que celle du combat et le vouloir du Roi.
Il peut vaincre don Sanche avec fort peu de peine,
Mais non pas avec lui la gloire* de Chimène;
Et quoi qu'à sa victoire un monarque ait promis,
Mon honneur* lui fera mille autres ennemis.

ELVIRE

1685 Gardez[5], pour vous punir de cet orgueil étrange*,
Que le ciel à la fin ne souffre qu'on vous venge*.
Quoi! vous voulez encor refuser le bonheur
De pouvoir maintenant vous taire avec honneur*?
Que prétend ce devoir*, et qu'est-ce qu'il espère?
1690 La mort de votre amant* vous rendra-t-elle un père?
Est-ce trop peu pour vous que d'un[6] coup de malheur?
Faut-il perte sur perte, et douleur sur douleur?
Allez, dans le caprice[7] où votre humeur s'obstine,
Vous ne méritez pas l'amant* qu'on vous destine;
1695 Et nous verrons du ciel l'équitable courroux[8]
Vous laisser, par sa mort, don Sanche pour époux.

---

1. *Haut* : profond (sens courant à cette époque) ; **2.** *Rare* : extraordinaire ; **3.** *Var.* : « Lui gagnant un laurier » ; **4.** « *Faire la loi à une perte* ne se dit pas », avait affirmé l'Académie ; **5.** *Garder que* : prendre garde que. Voir au vers 997 une autre construction de la subordonnée après ce verbe (sans *ne*) ; **6.** Trop peu qu'un seul ; **7.** *Caprice* : décision déraisonnable ; **8.** *Var.* des vers 1695-1696 :

    « Et le ciel, ennuyé de vous être si doux,
    Vous laira, par sa mort, don Sanche pour époux. »

L'Académie avait critiqué ces vers, « qui ne se disent pas pour une personne qui vient de perdre son père ».

──────── **QUESTIONS** ────────

● VERS 1668-1684. La logique d'Elvire aboutit-elle à d'autres conclusions que les conseils du Roi ou les remarques de don Diègue à la scène v de l'acte IV? Quelle est la réaction de Chimène devant l'opinion générale?

CHIMÈNE

Elvire, c'est assez des peines que j'endure,
Ne les redouble point de ce funeste* augure.
Je veux, si je le puis, les éviter tous deux;
1700 Sinon en ce combat Rodrigue a tous mes vœux :
Non qu'une folle ardeur de son côté me penche[1];
Mais s'il était vaincu, je serais à don Sanche :
Cette appréhension fait naître mon souhait.
Que vois-je, malheureuse? Elvire, c'en est fait.

SCÈNE V. — DON SANCHE, CHIMÈNE, ELVIRE.

DON SANCHE

1705 Obligé d'apporter à vos pieds cette épée[2]...

CHIMÈNE

Quoi! du sang de Rodrigue encor toute trempée[3]?
Perfide, oses-tu bien te montrer à mes yeux,
Après m'avoir ôté ce que j'aimais le mieux?
Éclate, mon amour, tu n'as plus rien à craindre :
1710 Mon père est satisfait, cesse de te contraindre.
Un même coup a mis ma gloire* en sûreté,
Mon âme au désespoir, ma flamme* en liberté.

DON SANCHE

D'un esprit plus rassis[4]...

---

1. *Me penche*. L'Académie disait qu'il aurait fallu « me fasse pencher » (voir vers 16) ; 2. *Var.* : « Madame, à vos genoux j'apporte cette épée. » (Cette expression était critiquée par l'Académie à cause de la construction de *apporter*) ; 3. Chimène avait dit un vers analogue à Rodrigue (vers 858). Scudéry le reprocha à Corneille ; 4. *Rassis* : revenu au calme.

QUESTIONS

● VERS 1685-1704. Elvire a-t-elle jusqu'ici osé s'adresser à Chimène sur un ton aussi véhément ? Le spectateur lui donne-t-il raison quand elle parle du *caprice* de Chimène (vers 1693) ? — Chimène faiblit-elle devant les remontrances d'Elvire ?

■ SUR L'ENSEMBLE DE LA SCÈNE IV. — Comparez cette scène à la scène III de l'acte III : Chimène a-t-elle abandonné son devoir de vengeance ? Mais songe-t-elle encore à mourir ? Qu'est-ce qui rend sa situation encore plus tragique qu'à l'acte III ?

— Pourquoi les sentiments de Chimène ne sont-ils plus les mêmes en l'absence de Rodrigue qu'en sa présence ?

— Comparez cette scène à la précédente : quel parallèle peut-on établir, notamment en rapprochant le rôle d'Elvire de celui de Léonor ?

CHIMÈNE

Tu me parles encore,
Exécrable assassin d'un héros que j'adore ?
1715 Va, tu l'as pris en traître ; un guerrier si vaillant*
N'eût jamais succombé sous un tel assaillant[1].
N'espère rien de moi, tu ne m'as point servie :
En croyant me venger*, tu m'as ôté la vie.

DON SANCHE

Étrange* impression, qui, loin de m'écouter...

CHIMÈNE

1720 Veux-tu que de sa mort je t'écoute vanter[2],
Que j'entende à loisir avec quelle insolence
Tu peindras son malheur, mon crime et ta vaillance*[3] ?

---

1. *Var.* :
« [N'eût jamais succombé sous un tel assaillant.]
ELVIRE
Mais, Madame, écoutez.
CHIMÈNE
Que veux-tu que j'écoute ?
Après ce que je vois puis-je être encore en doute ?
J'obtiens pour mon malheur ce que j'ai demandé,
Et ma juste poursuite a trop bien succédé.
Pardonne, cher amant, à sa rigueur sanglante ;
Songe que je suis fille aussi bien comme amante :
Si j'ai vengé mon père aux dépens de ton sang,
Du mien pour te venger j'épuiserai mon flanc ;
Mon âme désormais n'a rien qui la retienne ;
Elle ira recevoir ce pardon de la tienne.
Et toi qui me prétends acquérir par sa mort,
Ministre déloyal de mon rigoureux sort,
[N'espère rien de moi, tu ne m'as point servie] » ;
2. *Vanter* : tirer vanité ; 3. *Var.* :
« [Tu peindras son malheur, mon crime et ta vaillance ?]
Qu'à tes yeux ce récit tranche mes tristes jours ?
Va, va, je mourrai bien sans ce cruel secours ;
Abandonne mon âme au mal qui la possède :
Pour venger mon amant, je ne veux point qu'on m'aide. »

QUESTIONS

■ SUR LA SCÈNE V. — Le mécanisme du quiproquo : comment peut-il
se prolonger ? Ce quiproquo est-il vraisemblable ? Le spectateur y croit-il ?
Qu'en conclure sur l'effet dramatique de cette scène ? Ne répète-t-elle
pas l'effet déjà provoqué par la scène v de l'acte IV ?

— Comment Chimène accueille-t-elle don Sanche ? Quels sentiments
exprime-t-elle ? Rapprochez de cette scène la scène III de l'acte V
d'*Andromaque*, de Racine ; comparez Hermione à Chimène : ressemblances et différences dans la situation et dans la psychologie.

— Importance décisive de cette scène : quel aveu échappe à Chimène
pour la première fois devant un personnage autre que sa gouvernante ?

Chez le Roi.

Scène VI. — DON FERNAND, DON DIÈGUE, DON ARIAS, DON SANCHE, DON ALONSE, CHIMÈNE, ELVIRE.

CHIMÈNE

Sire, il n'est plus besoin de vous dissimuler
Ce que tous mes efforts ne vous ont pu celer[1].
1725 J'aimais, vous l'avez su; mais pour venger* mon père,
J'ai bien voulu proscrire[2] une tête si chère :
Votre Majesté, Sire, elle-même a pu voir
Comme[3] j'ai fait céder mon amour au devoir*.
Enfin Rodrigue est mort, et sa mort m'a changée
1730 D'implacable ennemie en amante* affligée.
J'ai dû cette vengeance* à qui m'a mise au jour,
Et je dois maintenant ces pleurs à mon amour.
Don Sanche m'a perdue en prenant ma défense,
Et du bras qui me perd je suis la récompense!
1735 Sire, si la pitié peut émouvoir un roi,
De grâce, révoquez une si dure loi;
Pour prix d'une victoire où je perds ce que j'aime,
Je lui laisse mon bien; qu'il me laisse à moi-même;
Qu'en un cloître sacré je pleure incessamment[4],
1740 Jusqu'au dernier soupir, mon père et mon amant*.

DON DIÈGUE

Enfin elle aime, Sire, et ne croit plus un crime
D'avouer par sa bouche un amour légitime.

DON FERNAND

Chimène, sors d'erreur, ton amant* n'est pas mort,
Et don Sanche vaincu t'a fait un faux rapport.

---

1. *Celer* : cacher; 2. *Proscrire* : mettre à prix la vie de quelqu'un; 3. *Comme* : comment, de quelle manière; 4. *Incessamment* : sans cesse, continuellement.

QUESTIONS

● Vers 1723-1740. S'attendait-on à voir Chimène accourir chez le Roi? Est-elle dans le même état d'esprit qu'à la scène VIII de l'acte II ou à la scène V de l'acte IV? — Pourquoi croit-elle pouvoir faire maintenant l'aveu public de son amour? — Sa lucidité : comment a-t-elle prévu les conséquences pratiques de sa décision (vers 1737-1738)?

DON SANCHE

1745 Sire, un peu trop d'ardeur malgré moi l'a déçue[1] :
   Je venais du combat lui raconter l'issue.
   Ce généreux* guerrier, dont son cœur* est charmé* :
   « Ne crains rien, m'a-t-il dit, quand il m'a désarmé;
   Je laisserais plutôt la victoire incertaine,
1750 Que de répandre un sang hasardé[2] pour Chimène;
   Mais puisque mon devoir* m'appelle auprès du Roi[3],
   Va de notre combat l'[4]entretenir pour moi,
   De la part du vainqueur lui porter ton épée[5]. »
   Sire, j'y suis venu : cet objet l'a trompée;
1755 Elle m'a cru vainqueur, me voyant de retour,
   Et soudain sa colère a trahi son amour
   Avec tant de transport et tant d'impatience,
   Que je n'ai pu gagner un moment d'audience[6].
     Pour moi, bien que vaincu, je me répute heureux[7];
1760 Et malgré l'intérêt de mon cœur* amoureux,
   Perdant infiniment, j'aime encor ma défaite,
   Qui fait le beau succès[8] d'une amour[9] si parfaite.

DON FERNAND

   Ma fille, il ne faut point rougir d'un si beau feu*,
   Ni chercher les moyens d'en faire un désaveu.
1765 Une louable honte en vain[10] t'en sollicite :
   Ta gloire* est dégagée, et ton devoir* est quitte;
   Ton père est satisfait, et c'était le venger*
   Que mettre tant de fois ton Rodrigue en danger.
   Tu vois comme le ciel autrement en dispose.
1770 Ayant tant fait pour lui[11], fais pour toi quelque chose,
   Et ne sois point rebelle à mon commandement,

---

1. *Déçue* : voir vers 56 et la note ; 2. *Hasardé* : exposé au danger ; 3. Le Roi avait dit à don Arias de lui amener le vainqueur (vers 1456) ; 4. *L'* : Chimène ; 5. *Var.* : « Offrir à ses genoux ta vie et ton épée » ; 6. *Audience* : attention (sens courant à cette époque) ; 7. Je me considère comme heureux ; 8. *Succès* : voir vers 71 et la note ; 9. *Amour*. Hésitation entre les deux genres ; en 1647, Vaugelas confirme cette hésitation. Mais l'usage évoluera en faveur du masculin, et Corneille modifiera le vers 1742 de manière à faire de « amour » un nom masculin ; il laissera cependant « amour » féminin à ce vers 1762 ; 10. *Var.* : « enfin » ; 11. *Pour lui* : pour ton père.

━━━━━ QUESTIONS ━━━━━

● VERS 1741-1772. La solution du quiproquo : le spectateur avait-il deviné ce qui s'était passé lors du duel ? Quelles nécessités de la technique dramatique obligeaient en tout cas Corneille à cette explication ? — Le désintéressement de don Sanche (vers 1759-1761) : est-il vraisemblable sur le plan psychologique ? utile sur le plan dramatique ?

Qui te donne un époux aimé si chèrement.

Scène VII. — DON FERNAND, DON DIÈGUE, DON ARIAS, DON RODRIGUE, DON ALONSE, DON SANCHE, L'INFANTE, CHIMÈNE, LÉONOR, ELVIRE.

L'INFANTE

Sèche tes pleurs, Chimène, et reçois sans tristesse
Ce généreux* vainqueur des mains de ta princesse

DON RODRIGUE

1775 Ne vous offensez point, Sire, si devant vous
Un respect amoureux me jette à ses genoux.
    Je ne viens point ici demander ma conquête :
Je viens tout de nouveau vous apporter ma tête,
Madame; mon amour n'emploiera point pour moi
1780 Ni la loi du combat, ni le vouloir du Roi.
Si tout ce qui s'est fait est trop peu pour un père,
Dites par quels moyens il vous faut satisfaire.
Faut-il combattre encor mille et mille rivaux,
Aux deux bouts de la terre étendre mes travaux[1],
1785 Forcer moi seul un camp, mettre en fuite une armée,
Des héros fabuleux[2] passer la renommée?
Si mon crime par là se peut enfin laver,
J'ose tout entreprendre, et puis tout achever;
Mais si ce fier honneur*, toujours inexorable,
1790 Ne se peut apaiser sans la mort du coupable,
N'armez plus contre moi le pouvoir des humains :
Ma tête est à vos pieds, vengez-vous* par vos mains;
Vos mains seules ont droit de vaincre un invincible;
Prenez une vengeance* à tout autre impossible;
1795 Mais du moins que ma mort suffise à me punir :

---

   1. *Travaux :* actions héroïques; 2. *Héros fabuleux :* héros de la fable, c'est-à-dire de la mythologie.

QUESTIONS

◼ Sur l'ensemble de la scène VI. — Chimène a beau être la dupe du quiproquo, se trouve-t-elle, au début de cette scène, dans une situation ridicule, ou du moins en état d'infériorité aux yeux du spectateur?
   — L'aveu de Chimène est-il une capitulation? En quoi reste-t-elle fidèle à elle-même? Sa sérénité est-elle réelle ou affectée?
   — En quoi peut-on comparer le rôle de don Sanche à celui de l'Infante?
● Vers 1773-1774. Pourquoi l'intervention de l'Infante est-elle si rapide? Sa présence était-elle nécessaire?

Ne me bannissez point de votre souvenir;
Et puisque mon trépas conserve votre gloire*,
Pour vous en revancher[1] conservez ma mémoire,
Et dites quelquefois, en déplorant mon sort[2] :
1800 « S'il ne m'avait aimée, il ne serait pas mort. »

CHIMÈNE

Relève-toi, Rodrigue. Il faut l'avouer, Sire,
Je vous en ai trop dit pour m'en pouvoir dédire[3].
Rodrigue a des vertus* que je ne puis haïr.
Et quand un roi commande, on lui doit obéir.
1805 Mais à quoi que déjà vous m'ayez condamnée,
Pourrez-vous à vos yeux souffrir cet hyménée[4]?
Et quand de mon devoir* vous voulez cet effort,
Toute votre justice en[5] est-elle d'accord?
Si Rodrigue à l'État devient si nécessaire,
1810 De ce qu'il fait pour vous dois-je être le salaire,
Et me livrer moi-même au reproche éternel
D'avoir trempé mes mains dans le sang paternel?

DON FERNAND

Le temps assez souvent a rendu légitime
Ce qui semblait d'abord ne se pouvoir sans crime :
1815 Rodrigue t'a gagnée, et tu dois être à lui.
Mais quoique sa valeur* t'ait conquise aujourd'hui,
Il faudrait que je fusse ennemi de ta gloire*,
Pour lui donner sitôt le prix de sa victoire.
Cet hymen différé ne rompt point une loi
1820 Qui sans marquer de temps lui destine ta foi.

1. *Vous en revancher* : prendre votre revanche, me rendre la pareille;
2. *Var. :* « en songeant à mon sort »; 3. *Var. :* « Mon amour a paru, je ne
m'en puis dédire »; 4. *Var.* des vers 1806-1811 :
    « Sire, quelle apparence a ce triste hyménée,
    Qu'un même jour commence et finisse mon deuil,
    Mette en mon lit Rodrigue et mon père au cercueil!
    C'est trop d'intelligence avec son homicide,
    Vers ses mânes sacrés c'est me rendre perfide
    Et souiller mon honneur d'un reproche éternel »;
5. *En :* sur cela.

─── QUESTIONS ───

● VERS 1775-1800. Analysez la composition de cette tirade : ne contient-elle pas tous les thèmes du rôle de Rodrigue? — Dans cette scène où Rodrigue et Chimène se retrouvent pour la première fois en public, Rodrigue s'exprime-t-il autrement que dans les scènes III de l'acte III et première de l'acte V? En quoi est-il lui aussi obstiné?

● VERS 1801-1812. Préférerait-on que Chimène abandonne toute résistance plutôt que de soulever une dernière objection? Quel trait de son caractère reparaît aux vers 1809-1810?

Phot. Lipnitzki.

LA DERNIÈRE SCÈNE DU « CID » A LA COMÉDIE-FRANÇAISE

Prends un an, si tu veux, pour essuyer tes larmes.
Rodrigue, cependant[1] il faut prendre les armes.
Après avoir vaincu les Mores sur nos bords,
Renversé leurs desseins, repoussé leurs efforts,
1825 Va jusqu'en leur pays leur reporter la guerre,
Commander mon armée, et ravager leur terre :
A ce nom seul de Cid ils trembleront d'effroi ;
Ils t'ont nommé seigneur, et te voudront pour roi.
Mais parmi tes hauts faits sois-lui toujours fidèle :
1830 Reviens-en, s'il se peut, encor plus digne d'elle ;
Et par tes grands exploits fais-toi si bien priser[2]
Qu'il lui soit glorieux* alors de t'épouser.

DON RODRIGUE

Pour posséder Chimène, et pour votre service,
Que peut-on m'ordonner que mon bras n'accomplisse ?
1835 Quoi qu'absent[3] de ses yeux il me faille endurer,
Sire, ce m'est trop d'heur[4] de pouvoir espérer.

DON FERNAND

Espère en ton courage*, espère[5] en ma promesse ;
Et possédant déjà le cœur* de ta maîtresse,
Pour vaincre un point d'honneur* qui combat contre toi,
1840 Laisse faire le temps, ta vaillance* et ton roi.

---

1. *Cependant* : pendant ce temps ; 2. *Priser* : estimer, apprécier ; 3. *Absent* :
éloigné, loin de ; 4. *Heur* : bonheur. Voir vers 988 et la note ; 5. Le dénouement
du drame n'est indiqué que comme une espérance (voir l'Examen du *Cid*).

─── **QUESTIONS** ───

● VERS 1813-1840. Le rôle du Roi dans le dénouement : sa décision
est-elle équitable ? Quelle signification prend-elle sur le plan politique ?
Commentez le dernier vers de la tragédie.

■ SUR L'ENSEMBLE DE LA SCÈNE VII. — La mise en scène : est-il fréquent
dans la tragédie que tous les personnages soient ainsi réunis au dénouement ? Quel est l'effet produit ?

— Quelles perspectives ce dénouement ouvre-t-il sur l'avenir ? Les
espérances qu'il contient se réaliseront-elles ? Qu'en conclure sur le
caractère du dénouement ?

— La dernière résistance de Chimène s'explique-t-elle sur le plan psychologique et moral ? Est-ce seulement pour sauvegarder la liberté de
son choix qu'elle proteste contre le mariage qu'on lui propose ?

■ SUR L'ENSEMBLE DE L'ACTE V. — Les derniers rebondissements de
l'action : quels effets dramatiques déjà utilisés dans les actes précédents
reparaissent ici ? Cet effet de répétition nuit-il à l'intérêt que l'on porte
à l'action ?

— Le caractère de Chimène : doit-on dire qu'elle sort vaincue des
épreuves qu'elle a traversées ?

— Le dénouement de cette pièce héroïque est-il romanesque ou raisonnable ?

EXAMEN DU « CID » (1660)

Ce poëme a tant d'avantages du côté du sujet et des pensées brillantes dont il est semé que la plupart de ses auditeurs[1] n'ont pas voulu voir les défauts de sa conduite[2], et ont laissé enlever leurs suffrages au plaisir que leur a donné sa représentation. Bien que ce soit celui de tous mes ouvrages réguliers[3] où je me suis permis le plus de licence[4], il passe encore pour le plus beau auprès de ceux qui ne s'attachent pas à la dernière[5] sévérité des règles; et depuis cinquante ans[6], qu'il tient sa place sur nos théâtres, l'histoire ni l'effort de l'imagination n'y ont rien fait voir qui en aie[7] effacé l'éclat. Aussi a-t-il les deux grandes conditions[8] que demande Aristote aux tragédies parfaites, et dont l'assemblage se rencontre si rarement chez les anciens et chez les modernes; il les assemble même plus fortement et plus noblement que les espèces[9] que pose ce philosophe. Une maîtresse que son devoir force à poursuivre la mort de son amant, qu'elle tremble d'obtenir, a les passions plus vives et plus allumées que tout ce qui peut se passer entre un mari et sa femme, une mère et son fils, un frère et sa sœur; et la haute vertu dans un naturel sensible à ces passions, qu'elle dompte sans les affaiblir, et à qui elle laisse toute leur force pour en triompher plus glorieusement, a quelque chose de plus touchant, de plus élevé et de plus aimable[10] que cette médiocre bonté, capable d'une faiblesse, et même d'un crime, où nos anciens étaient contraints d'arrêter le caractère le plus parfait des rois et des princes dont ils faisaient leurs héros, afin que ces taches et ces forfaits, défigurant ce qu'ils leur laissaient de vertu, s'accommodassent au goût et aux souhaits de leurs spectateurs, et fortifiassent l'horreur qu'ils avaient conçue de leur domination et de la monarchie (1).

Rodrigue suit ici son devoir sans rien relâcher de sa passion; Chimène fait la même chose à son tour, sans laisser ébranler son dessein par la douleur où elle se voit abîmée[11] par là; et si la présence de son amant lui fait faire quelques faux pas, c'est une glissade[12] dont elle se relève à l'heure même; et non seulement elle

---

1. Corneille pose ici la question sur le terrain de la représentation et non sur celui des discussions pédantesques ; 2. *Conduite* : l'art de conduire l'action ; 3. *Ouvrages réguliers* : les tragédies ; 4. *Licence* : liberté ; 5. *Dernière* : extrême ; 6. *Cinquante ans.* Texte de 1682. Quarante-six ans seulement d'ailleurs ; 7. *Aie,* orthographe la plus ancienne de la 3ᵉ personne du singulier du subjonctif du verbe *avoir* ; 8. Les deux grandes conditions : « Le sujet doit être à la fois vraisemblable et nécessaire » (Aristote, *Poétique*, xv, 6). Corneille en discute dans le *Discours sur le poème dramatique* ; 9. *Espèces* : exemples particuliers ; 10. *Aimable* : qui mérite l'affection ; 11. *Abîmée* : précipitée ; 12. *Glissade,* mot familier.

━━━ QUESTIONS ━━━

1. Dans quelle mesure Corneille nuance-t-il ici ce qu'il avait dit dans l'Avertissement de 1648 sur la régularité tout aristotélicienne de sa pièce ? — Le ton de ce premier paragraphe.

connaît si bien sa faute qu'elle nous en avertit, mais elle fait un prompt désaveu de tout ce qu'une vue si chère lui a pu arracher. Il n'est point besoin qu'on lui reproche qu'il lui est honteux de souffrir l'entretien de son amant après qu'il a tué son père; elle avoue que c'est la seule prise que la médisance aura sur elle. Si elle s'emporte jusqu'à lui dire qu'elle veut bien qu'on sache qu'elle l'adore et le poursuit, ce n'est point une résolution si ferme, qu'elle l'empêche de cacher son amour de tout son possible lorsqu'elle est en la présence du Roi. S'il lui échappe de l'encourager au combat contre don Sanche par ces paroles :

> Sors vainqueur d'un combat dont Chimène est le prix[1],

elle ne se contente pas de s'enfuir de honte au même moment; mais sitôt qu'elle est avec Elvire, à qui elle ne déguise rien de ce qui se passe dans son âme, et que la vue de ce cher objet ne lui fait plus de violence, elle forme un souhait plus raisonnable, qui satisfait sa vertu et son amour tout ensemble, et demande au ciel que le combat se termine

> Sans faire aucun des deux ni vaincu ni vainqueur[2].

Si elle ne dissimule point qu'elle penche du côté de Rodrigue, de peur d'être à don Sanche, pour qui elle a de l'aversion, cela ne détruit point la protestation, qu'elle a faite un peu auparavant, que malgré la loi de ce combat, et les promesses que le Roi a faites à Rodrigue, elle lui fera mille autres ennemis, s'il en sort victorieux. Ce grand éclat même qu'elle laisse faire à son amour après qu'elle le croit mort, est suivi d'une opposition vigoureuse à l'exécution de cette loi qui la donne à son amant, et elle ne se tait qu'après que le Roi l'a différée, et lui a laissé lieu d'espérer qu'avec le temps il y pourra survenir quelque obstacle. Je sais bien que le silence passe d'ordinaire pour une marque de consentement; mais quand les rois parlent, c'en est une de contradiction : on ne manque jamais à[3] leur applaudir quand on entre dans[4] leurs sentiments; et le seul moyen de leur contredire[5] avec le respect qui leur est dû, c'est de se taire, quand leurs ordres ne sont pas si pressants qu'on ne puisse remettre[6] à s'excuser de[7] leur obéir lorsque le temps en sera venu, et conserver cependant une espérance légitime d'un empêchement, qu'on ne peut encore déterminément[8] prévoir (2).

---

1. Vers 1556; 2. Vers 1667; 3. *Manquer à*, construction usuelle à l'époque; 4. *Entrer dans* : approuver; 5. *Contredire*, admet une double construction avec un régime direct ou indirect; 6. *Remettre à* : différer de; 7. *S'excuser de* : refuser de (sens étymologique, du latin *excusare*, mettre hors de cause); 8. *Déterminément* : d'une manière précise.

--- **QUESTIONS** ---

2. Dans quel sens Corneille oriente-t-il cette analyse du caractère de Chimène ? Croyez-vous que réellement Chimène, à la fin de la pièce, accepte la décision du Roi en escomptant qu'avec le temps il y pourra survenir quelque obstacle ?

Il est vrai que dans ce sujet il faut se contenter de tirer Rodrigue de péril, sans le pousser jusqu'à son mariage avec Chimène[1]. Il est historique et a plu en son temps; mais bien sûrement il déplairait au nôtre; et j'ai peine à voir que Chimène y consente chez l'auteur espagnol, bien qu'il donne plus de trois ans de durée à la comédie qu'il en a faite. Pour ne pas contredire l'histoire, j'ai cru ne me pouvoir dispenser d'en jeter quelque idée, mais avec incertitude de l'effet; et ce n'était que par là que je pouvais accorder la bienséance du théâtre avec la vérité de l'événement (3).

Les deux visites que Rodrigue fait à sa maîtresse ont quelque chose qui choque cette bienséance de la part de celle qui les souffre; la rigueur du devoir voulait qu'elle refusât de lui parler et s'enfermât dans son cabinet, au lieu de l'écouter; mais permettez-moi de dire avec un des premiers esprits de notre siècle, « que leur conversation est remplie de si beaux sentiments, que plusieurs n'ont pas connu ce défaut, et que ceux qui l'ont connu l'ont toléré[2] ». J'irai plus outre, et dirai que tous presque ont souhaité que ces entretiens se fissent; et j'ai remarqué aux premières représentations qu'alors que ce malheureux amant se présentait devant elle, il s'élevait un certain frémissement dans l'assemblée, qui marquait une curiosité merveilleuse et un redoublement d'attention pour ce qu'ils avaient à se dire dans un état si pitoyable. Aristote dit qu'il y a des absurdités qu'il faut laisser dans un poëme, quand on peut espérer qu'elles seront bien reçues; et il est du devoir du poëte, en ce cas, de les couvrir de tant de brillants qu'elles puissent éblouir. Je laisse au jugement de mes auditeurs si[3] je me suis assez bien acquitté de ce devoir pour justifier par là ces deux scènes. Les pensées de la première des deux sont quelquefois trop spirituelles pour partir de personnes fort affligées; mais outre que je n'ai fait que la paraphraser de l'espagnol[4], si nous ne nous permettions quelque chose de plus ingénieux que le cours ordinaire de la passion, nos poëmes ramperaient souvent, et les grandes douleurs ne mettraient dans la bouche de nos acteurs que des exclamations et des hélas. Pour ne déguiser rien, cette offre que fait Rodrigue de son épée à Chimène, et cette protestation de se laisser tuer par don Sanche, ne me plairaient pas maintenant. Ces beautés étaient de mise en ce temps-là et ne le seraient plus en celui-ci. La première dans l'original espagnol, et l'autre est tirée sur ce modèle. Toutes les deux ont

_____

1. Dans le *Discours sur le poème dramatique*, Corneille dit : « Il suffit de mettre le héros hors de péril; le mariage n'est point un achèvement nécessaire »; 2. Il s'agit de l'abbé d'Aubignac (*Pratique du théâtre* [1657], IV, II, p. 26); 3. *Je laisse... si*, sous-entendu « le soin de voir »; 4. Voir G. de Castro, journée II. — *Paraphraser* : imiter.

━━━━━ **QUESTIONS** ━━━━━

3. Pourquoi cette insistance de Corneille à justifier son dénouement ? Est-ce seulement question de « bienséance » ? Corneille n'a-t-il pas un autre motif pour soutenir que le dénouement ne contient pas une promesse certaine de bonheur ?

fait leur effet en ma faveur; mais je ferais scrupule d'en étaler de pareilles à l'avenir sur notre théâtre (4).

J'ai dit ailleurs ma pensée touchant l'Infante et le Roi[1]; il reste néanmoins quelque chose à examiner sur la manière dont ce dernier agit, qui ne paraît pas assez vigoureuse, en ce qu'il ne fait pas arrêter le Comte après le soufflet donné, et n'envoie pas des gardes à don Diègue et à son fils. Sur quoi on peut considérer que don Fernand étant le premier roi de Castille, et ceux qui en avaient été maîtres auparavant[2] lui n'ayant au titre que de comtes[3], il n'était peut-être pas assez absolu sur les grands seigneurs de son royaume pour le pouvoir faire. Chez don Guillem de Castro, qui a traité ce sujet avant moi, et qui devait mieux connaître que moi quelle était l'autorité de ce premier monarque de son pays, le soufflet se donne en sa présence[4] et en celle de deux ministres d'État, qui lui conseillent, après que le Comte s'est retiré fièrement et avec bravade, et que don Diègue a fait la même chose en soupirant, de ne le pousser point à bout, parce qu'il a quantité d'amis dans les Asturies, qui se pourraient révolter et prendre parti avec les Mores dont son État est environné. Ainsi il se résout d'accommoder l'affaire sans bruit et recommande le secret à ces deux ministres qui ont été seuls témoins de l'action. C'est sur cet exemple que je me suis cru bien fondé à le faire agir plus mollement qu'on ne ferait en ce temps-ci, où l'autorité royale est plus absolue. Je ne pense pas non plus qu'il fasse une faute bien grande de ne jeter point l'alarme de nuit dans sa ville, sur l'avis incertain qu'il a du dessein des Mores, puisqu'on faisait bonne garde sur les murs et sur le port; mais il est inexcusable de n'y donner aucun ordre après leur arrivée et de laisser tout faire à Rodrigue. La loi du combat[5] qu'il propose à Chimène, avant que de le permettre à don Sanche contre Rodrigue, n'est pas si injuste que quelques-uns ont voulu le dire, parce qu'elle est plutôt une menace pour la faire dédire de la demande de ce combat qu'un arrêt qu'il lui veuille faire exécuter. Cela paraît en ce qu'après la victoire de Rodrigue il n'en exige pas précisément l'effet de sa parole et la laisse en état d'espérer que cette condition n'aura point de lieu (5).

1. *L'infante* dans le *Discours sur le poème dramatique*; *le Roi*, dans l'« examen de *Clitandre* ». Voir aussi l'« examen d'*Horace* »; 2. *Auparavant*, confondu avec « avant » jusqu'à Vaugelas; 3. Avant Ferdinand Ier, la Castille était formée de comtés, vassaux du royaume de Léon; 4. Voir G. de Castro, première journée; 5. Dans l'usage féodal, le suzerain prenait la place de son vassal auprès d'une fille orpheline.

━━━━━━ **QUESTIONS** ━━━━━━

4. Analysez en détail ce paragraphe. Comment Corneille réunit-il habilement les arguments « pour et contre » ? Que penser du détachement avec lequel il semble admettre que les plus belles scènes du *Cid* ont vieilli ?

5. Importance de ce paragraphe pour juger de la manière dont Corneille conçoit l'adaptation de l'histoire au public de son temps. Dans quelles limites pense-t-il qu'il faille « actualiser » les faits historiques ?

Je ne puis dénier que la règle des vingt et quatre heures presse trop les incidents de cette pièce. La mort du Comte et l'arrivée des Mores s'y pouvaient entre-suivre d'aussi près qu'elles font, parce que cette arrivée est une surprise qui n'a point de communication, ni de mesures à prendre avec le reste; mais il n'en va pas ainsi du combat de don Sanche, dont le Roi était le maître, et pouvait lui choisir un autre temps que deux heures après la fuite des Mores. Leur défaite avait assez fatigué Rodrigue toute la nuit pour mériter deux ou trois jours de repos, et même il y avait quelque apparence qu'il n'en était pas échappé sans blessures, quoique je n'en aie rien dit, parce qu'elles n'auraient fait que nuire à la conclusion de l'action.

Cette même règle presse aussi trop Chimène de demander justice au Roi la seconde fois. Elle l'avait fait le soir auparavant, et n'avait aucun sujet d'y retourner le lendemain matin pour en importuner le Roi, dont elle n'avait encore aucun lieu de se plaindre, puisqu'elle ne pouvait encore dire qu'il lui eût manqué de promesse. Le roman lui aurait donné sept ou huit jours de patience avant que de l'en presser de nouveau; mais les vingt et quatre heures ne l'ont pas permis : c'est l'incommodité de la règle. Passons à celle de l'unité de lieu, qui ne m'a pas donné moins de gêne en cette pièce. Je l'ai placée dans Séville, bien que don Fernand n'en ait jamais été le maître; et j'ai été obligé à cette falsification, pour former quelque vraisemblance à la descente des Mores, dont l'armée ne pouvait venir si vite par terre que par eau. Je ne voudrais pas assurer toutefois que le flux de la mer monte effectivement jusque-là; mais, comme dans notre Seine[1] il fait encore plus de chemin qu'il ne lui en faut faire sur le Guadalquivir pour battre les murailles de cette ville, cela peut suffire à fonder quelque probabilité parmi nous, pour ceux qui n'ont point été sur le lieu même.

Cette arrivée des Mores ne laisse pas d'avoir ce défaut, que j'ai marqué ailleurs[2], qu'ils se présentent d'eux-mêmes, sans être appelés dans la pièce, directement ni indirectement, par aucun acteur du premier acte. Ils ont plus de justesse dans l'irrégularité de l'auteur espagnol : Rodrigue, n'osant plus se montrer à la Cour, les va combattre sur la frontière[3]; et ainsi le premier acteur[4] les va chercher et leur donne place dans le poëme, au contraire de ce qui arrive ici, où ils semblent se venir faire de fête[5] exprès pour en être battus, et lui donner moyen de rendre à son roi un service d'importance, qui lui fasse obtenir sa grâce. C'est une seconde incommodité de la règle dans cette tragédie.

Tout s'y passe donc dans Séville, et garde ainsi quelque espèce d'unité de lieu en général; mais le lieu particulier change de scène

1. *Dans notre Seine* : Corneille habitait Rouen; 2. *Ailleurs* : dans le *Discours sur le poème dramatique*; 3. Voir G. de Castro, journée II; 4. *Acteur* : personnage; 5. *Se faire de fête* : au propre, « s'introduire dans une fête sans être invité ».

en scène, et tantôt c'est le palais du Roi, tantôt l'appartement de l'Infante, tantôt la maison de Chimène, et tantôt une rue ou place publique. On le détermine aisément pour les scènes détachées; mais pour celles qui ont leur liaison ensemble, comme les quatre dernières du premier acte, il est malaisé d'en choisir un qui convienne à toutes[1]. Le Comte et don Diègue se querellent au sortir du palais, cela se peut passer dans une rue; mais après le soufflet reçu, don Diègue ne peut pas demeurer en cette rue à faire ses plaintes, attendant que son fils survienne, qu'il ne soit[2] tout aussitôt environné de peuple; et ne reçoive l'offre de quelques amis[3]. Ainsi il serait plus à propos qu'il se plaignît dans sa maison, où le met l'Espagnol, pour laisser aller ses sentiments en liberté[4]; mais en ce cas il faudrait délier les scènes comme il a fait. En l'état où elles sont ici, on peut dire qu'il faut quelquefois aider au théâtre et suppléer favorablement ce qui ne s'y peut représenter. Deux personnes s'y arrêtent pour parler, et quelquefois il faut présumer qu'ils marchent, ce qu'on ne peut exposer sensiblement à la vue, parce qu'ils échapperaient aux yeux avant que d'avoir pu dire ce qu'il est nécessaire qu'ils fassent savoir à l'auditeur. Ainsi, par une fiction de théâtre, on peut s'imaginer que don Diègue et le Comte, sortant du palais du Roi, avancent toujours en se querellant, et sont arrivés devant la maison de ce premier lorsqu'il reçoit le soufflet qui l'oblige à y entrer pour y chercher du secours. Si cette fiction poétique ne vous satisfait point, laissons-le dans la place publique, et disons que le concours du peuple autour de lui après cette offense, et les offres de service que lui font les premiers amis qui s'y rencontrent, sont des circonstances que le roman ne doit pas oublier; mais que ces menues actions ne servant de rien à la principale, il n'est pas besoin que le poëte s'en embarrasse sur la scène. Horace l'en dispense par ces vers :

> Hoc amet, hoc spernat promissi carminis auctor,
> Pleraque negligat[5].

Et ailleurs :

> Semper ad eventum festinet[6].

C'est ce qui m'a fait négliger, au troisième acte, de donner à don Diègue, pour aider à chercher son fils, aucun des cinq cents amis qu'il avait chez lui. Il y a grande apparence que quelques-uns d'eux l'y accompagnaient, et même que quelques autres le cherchaient pour lui d'un autre côté; mais ces accompagnements inutiles de personnes qui n'ont rien à dire, puisque celui qu'ils accompagnent a seul tout l'intérêt à l'action, ces sortes d'accompagnement, dis-je, ont toujours mauvaise grâce au théâtre, et d'autant plus que les comé-

---

1. Dans *Discours des trois unités* (1660), Corneille a formulé de nouveau cette critique contre lui-même; 2. *Qu'il ne soit* : sans qu'il soit; 3. Corneille s'adresse ici au public de 1660, habitué à l'unité de lieu et au décor unique. Il n'en était pas de même en 1636; 4. V. G. de Castro, première journée; 5. « Que l'auteur qui entreprend un poème, préfère ceci, rejette cela et néglige maints détails » (Horace, *Art poétique*, vers 44-45); 6. « Qu'il se hâte toujours vers le dénouement » (*ibid*. vers 148).

diens n'emploient à ces personnages muets que leurs moucheurs de chandelles[1] et leurs valets, qui ne savent quelle posture tenir.

Les funérailles du Comte étaient encore une chose fort embarrassante, soit qu'elles se soient faites avant la fin de la pièce, soit que le corps ait demeuré en présence[2] dans son hôtel, attendant qu'on y donnât ordre. Le moindre mot que j'en eusse laissé dire, pour en prendre soin, eût rompu toute la chaleur de l'attention, et rempli l'auditeur d'une fâcheuse idée. J'ai cru plus à propos de les dérober à son imagination par mon silence, aussi bien que le lieu précis de ces quatre scènes du premier acte dont je viens de parler ; et je m'assure que[3] cet artifice m'a si bien réussi, que peu de personnes[4] ont pris garde à l'un ni à l'autre, et que la plupart des spectateurs, laissant emporter leurs esprits à ce qu'ils ont vu et entendu de pathétique en ce poëme, ne se sont point avisés de réfléchir sur ces deux considérations (6).

J'achève par une remarque sur ce que dit Horace[5], que ce qu'on expose à la vue touche bien plus que ce qu'on n'apprend que par un récit.

C'est sur quoi je me suis fondé pour faire voir le soufflet que reçoit don Diègue, et cacher aux yeux la mort du Comte, afin d'acquérir et conserver à mon premier acteur l'amitié des auditeurs, si nécessaire pour réussir au théâtre. L'indignité d'un affront fait à un vieillard, chargé d'années et de victoires, les jette aisément dans le parti de l'offensé et cette mort, qu'on vient dire au Roi tout simplement sans aucune narration touchante, n'excite point en eux la commisération qu'y eût fait naître le spectacle de son sang, et ne leur donne aucune aversion pour ce malheureux amant, qu'ils ont vu forcé par ce qu'il devait à son honneur d'en venir à cette extrémité, malgré l'intérêt et la tendresse de son amour (7).

1. Les acteurs de premier plan étaient rares ; les « utilités » se trouvaient donc confiées à des illettrés très maladroits ; 2. *En présence* : présent ; 3. *Je m'assure que* : j'ai la certitude que ; 4. Scudéry a pourtant par deux fois attaqué Corneille à ce propos ; 5. « *Segnius irritant animos demissa per aurem, Quam quae sunt oculis subjecta fidelibus* » (*Art poétique*, vers 180-181), « Ce que l'oreille entend trouble moins aisément le cœur que ce que l'on expose aux yeux attentifs. »

6. Le problème des unités et de la vraisemblance : pourquoi doit-il plus que jamais en 1660 évoquer cette question ? D'après l'explication qu'il donne lui-même, est-il possible de caractériser quel genre d'imagination dramatique est le sien ? — Valeur de l'argument contenu dans la dernière phrase.

7. La référence à Horace n'est-elle pas invoquée ici pour le besoin de la cause ? Ne pourrait-on la retourner contre Corneille à propos d'autres épisodes ?

■ SUR L'ENSEMBLE DE L'EXAMEN. — Dégagez les principaux points de la critique faite par Corneille sur sa propre pièce. — Si on tient compte de la situation de Corneille et de la réputation du *Cid* en 1660, comment jugez-vous l'attitude de Corneille à l'égard de son œuvre ?

JEAN VILAR DANS LE RÔLE DU ROI
AU THÉATRE NATIONAL POPULAIRE (1951)

us voulons parler des procès intentés con=
la Hierusalem et le Pastor Fido ; c'est a
re contre les Chefsd'œuvres des deux plus
mds Hommes de de la les Monts, et il n'y
personne qui n'e sache que de mille questions
barassées sur le Poeme Epique et Drama=
ue la resolution n'ait esté trouvée par le
ion de cerveaux differens. Maintenant
France voit chés elle une Pièce dont le
stin s'est rencontré semblable a celuy de
deux fameux Ouvrages, sinon en excellen=
au moins en eclat ; et en ce qu'elle s'est
ie comme eux diversement agitée d'ap=
audissemens et de blames. Et quelque
e puisse estre le Cid, de quelque petit
rite qu'on l'estime, il doit se tenir bien=
ureux d'avoir excité ces troubles et divi=
le Royaume en partis sur son sujet. Que
l'examine et que l'on le condamne, on
luy sçauroit oster l'avantage d'avoir fait
aucoup de bruit, et d'avoir egalement atti=
sur luy les yeux de l'admiration et de la
ousie. On ne luy sçauroit oster l'avan=
ge d'avoir esté la celebre Pierre de scan=
le que doivent remarquer desormais les
ètes de Theatre afin de se regler par ses
utes ou par ses imperfections en ce qu'ils
ront à suivre ou a eviter pour satisfaire

*L'applaudissemen[t] ou le
blasme du Cid n'ga que de
los doctes [et] los ignorans, au
lieu que l'on condamneroit
sur los autres dey quels on
esty con los gens d'office*

*Pellisson rapporte
cette apostille du
Cardinal.*

**UNE PAGE MANUSCRITE DES « SENTIMENTS DE L'ACADÉMIE
SUR *LE CID* »**
En marge, une apostille de Richelieu.

DOCUMENTATION THÉMATIQUE

réunie par la Rédaction des Nouveaux Classiques Larousse

1. LES DOCUMENTS ESSENTIELS
DE LA QUERELLE

La querelle du *Cid*, pour n'être pas un exemple unique, surtout au XVIIe siècle, a une notoriété suffisante pour qu'il ne soit pas nécessaire d'en faire une étude exhaustive dans ce cadre restreint. Toutefois, afin de permettre au lecteur de se faire une opinion précise sur cette question, nous présentons ici sur quatre points :

1o l'opinion de Scudéry, telle qu'elle s'exprime dans les *Observations sur « le Cid »*;

2o la réponse, lorsqu'elle existe, de Corneille dans sa *Lettre apologétique ou Réponse du sieur P. Corneille aux « Observations » du sieur de Scudéry sur « le Cid »*;

3o la mise au point de l'Académie dans les *Sentiments de l'Académie française sur la tragi-comédie du « Cid »*;

4o enfin les commentaires de Voltaire dans son édition du *Théâtre de P. Corneille, avec des commentaires.* Une première édition en douze volumes in-8o parut en 1764 et fut suivie d'une seconde, augmentée, en 1774 (huit volumes in-4o). L'édition est dédiée « à Messieurs de l'Académie française ». Voici le texte de la dédicace (1764) :

A Messieurs de l'Académie française

Messieurs,

J'ai l'honneur de vous dédier cette édition des ouvrages d'un grand génie, à qui la France et notre compagnie doivent une partie de leur gloire. Les *Commentaires* qui accompagnent cette édition seraient plus utiles si j'avais pu recevoir vos instructions de vive voix. Vous avez bien voulu m'éclairer quelquefois par lettre sur les difficultés de la langue; vous m'auriez guidé non moins utilement sur le goût. Cinquante ans d'expérience m'ont instruit, mais n'ont pu m'égarer; quelques-unes de vos séances m'en auraient plus enseigné qu'un demi-siècle de mes réflexions.

Vous savez, Messieurs, comment cette édition fut entreprise : ce que j'ai cru devoir au sang de Corneille était mon premier motif; le second est le désir d'être utile aux jeunes gens qui s'exercent dans la carrière des belles-lettres, et aux étrangers qui apprennent notre langue. Ces deux motifs me donnent quelque droit à votre indulgence. Je vous supplie, Messieurs, de me continuer vos bontés, et d'agréer mon profond respect.

VOLTAIRE.

1.1. L'*EXCUSE À ARISTE*

Tout semble avoir commencé avec un poème de Corneille,
l'*Excuse à Ariste*, dont nous donnons l'intégralité.

EXCUSE À ARISTE

Ce n'est donc pas assez; et de la part des Muses,
Ariste, c'est en vers qu'il vous faut des excuses;
Et la mienne pour vous n'en plaint pas la façon :
Cent vers lui coûtent moins que deux mots de chanson;
Son feu ne peut agir quand il faut qu'il s'explique
Sur les fantasques airs d'un rêveur de musique,
Et que, pour donner lieu de paraître à sa voix,
De sa bizarre quinte il se fasse des lois,
Qu'il ait sur chaque ton ses rimes ajustées,
Sur chaque tremblement ses syllabes comptées,
Et qu'une faible pointe à la fin d'un couplet
En dépit de Phébus donne à l'art un soufflet :
Enfin cette prison déplaît à son génie;
Il ne peut rendre hommage à cette tyrannie;
Il ne se leurre point d'animer de beaux chants,
Et veut pour se produire avoir la clef des champs.
C'est lors qu'il court d'haleine, et qu'en pleine carrière,
Quittant souvent la terre en quittant la barrière,
Puis d'un vol élevé se cachant dans les cieux,
Il rit du désespoir de tous ses envieux.
Ce trait est un peu vain, Ariste, je l'avoue;
Mais faut-il s'étonner d'un poète qui se loue?
Le Parnasse, autrefois dans la France adoré,
Faisait pour ses mignons un autre âge doré,
Notre fortune enflait du prix de nos caprices,
Et c'était une banque à de bons bénéfices :
Mais elle est épuisée, et les vers à présent
Aux meilleurs du métier n'apportent que du vent;
Chacun s'en donne à l'aise, et souvent se dispense
A prendre par ses mains toute sa récompense.
Nous nous aimons un peu, c'est notre faible à tous;
Le prix que nous valons, qui le sait mieux que nous?
Et puis la mode en est, et la cour l'autorise.
Nous parlons de nous-même avec toute franchise;
La fausse humilité ne met plus en crédit.
Je sais ce que je vaux; et crois ce qu'on m'en dit.
Pour me faire admirer je ne fais point de ligue;
J'ai peu de voix pour moi, mais je les ai sans brigue;
Et mon ambition, pour faire plus de bruit,
Ne les va point quêter de réduit en réduit;
Mon travail sans appui monte sur le théâtre;

Chacun en liberté l'y blâme ou l'idolâtre :
Là, sans que mes amis prêchent leurs sentiments,
J'arrache quelquefois leurs applaudissements;
Là, content du succès que le mérite donne,
Par d'illustres avis je n'éblouis personne;
Je satisfais ensemble et peuple et courtisans,
Et mes vers en tous lieux sont mes seuls partisans :
Par leur seule beauté ma plume est estimée;
Je ne dois qu'à moi seul toute ma renommée;
Et pense toutefois n'avoir point de rival
A qui je fasse tort en le traitant d'égal.
Mais insensiblement je donne ici le change;
Et mon esprit s'égare en sa propre louange :
Sa douceur me séduit, je m'en laisse abuser,
Et me vante moi-même, au lieu de m'excuser.
Revenons aux chansons que l'amitié demande.
J'ai brûlé fort longtemps d'une amour assez grande,
Et que jusqu'au tombeau je dois bien estimer,
Puisque ce fut par là que j'appris à rimer.
Mon bonheur commença quand mon âme fut prise.
Je gagnai de la gloire en perdant ma franchise.
Charmé de deux beaux yeux, mon vers charma la cour;
Et ce que j'ai de nom je le dois à l'amour.
J'adorai donc Phylis; et la secrète estime
Que ce divin esprit faisait de notre rime
Me fit devenir poète aussitôt qu'amoureux :
Elle eut mes premiers vers, elle eut mes premiers feux;
Et bien que maintenant cette belle inhumaine
Traite mon souvenir avec un peu de haine,
Je me trouve toujours en état de l'aimer;
Je me sens tout ému quand je l'entends nommer,
Et par le doux effet d'une prompte tendresse
Mon cœur sans mon aveu reconnaît sa maîtresse.
Après beaucoup de vœux et de soumissions
Un malheur rompt le cours de nos affections;
Mais toute mon amour en elle consommée,
Je ne vois rien d'aimable après l'avoir aimée :
Aussi n'aimai-je plus, et nul objet vainqueur
N'a possédé depuis ma veine ni mon cœur.
Vous le dirai-je, ami? tant qu'ont duré nos flammes,
Ma muse également chatouillait nos deux âmes :
Elle avait sur la mienne un absolu pouvoir :
J'aimais à le décrire, elle à le recevoir.
Une voix ravissante, ainsi que son visage,
La faisait appeler le phénix de notre âge;
Et souvent de sa part je me suis vu presser
Pour avoir de ma main de quoi mieux l'exercer.

Jugez vous-même, Ariste, à cette douce amorce,
Si mon génie était pour épargner sa force :
Cependant mon amour, le père de mes vers,
Le fils du plus bel œil qui fût en l'univers,
A qui désobéir c'était pour moi des crimes,
Jamais en sa faveur n'en put tirer deux rimes :
Tant mon esprit alors, contre moi révolté,
En haine des chansons semblait m'avoir quitté;
Tant ma veine se trouve aux airs mal assortie,
Tant avec la musique elle a d'antipathie;
Tant alors de bon cœur elle renonce au jour :
Et l'amitié voudrait ce que n'a pu l'amour!
N'y pensez plus, Ariste; une telle injustice
Exposerait ma muse à son plus grand supplice.
Laissez-la toujours libre agir suivant son choix,
Céder à son caprice, et s'en faire des lois.

Voltaire écrit de cette pièce : « Elle paraît écrite entièrement dans le goût et dans le style de Régnier, sans grâce, sans finesse, sans élégance, sans imagination; mais on y voit de la facilité et de la naïveté. » On comparera l'*Excuse à Ariste* et des pièces de Régnier. On cherchera si le jugement sévère de Voltaire est fondé. Déterminer ce qui a pu irriter les poètes dramatiques du temps de Corneille dans ce texte : trois vers sont sur ce point très suggestifs. On discutera ce poème à deux points de vue : l'orgueil de Corneille (marques, justifications); l'opportunité d'une telle déclaration.

1.2. LE TON DE LA QUERELLE

Sans entrer dans le détail, nous proposons quelques textes qui permettent de mieux situer le ton assez violent des libelles échangés. On complétera avec les passages des *Observations* ou de la *Lettre* de Scudéry que nous donnerons dans le cours de cette documentation.

Voici tout d'abord une lettre, citée par Voltaire, dont nous extrayons ce passage :

Pauvre esprit qui, voulant paraître admirable à chacun, se rend ridicule à tout le monde, et qui, le plus ingrat des hommes, n'a jamais reconnu les obligations qu'il a à Sénèque et à Guillem de Castro, à l'un desquels il est redevable de son *Cid* et à l'autre de sa *Médée*. Il reste maintenant à parler de ses autres pièces qui peuvent passer pour farces, et dont les titres seuls faisaient rire autrefois les plus sages et les plus sérieux; il a fait voir une *Mélite*, la *Galerie du Palais* et la *Place Royale :* ce qui nous faisait espérer que Mondory annoncerait bientôt *le Cimetière de Saint-Jean*, la *Samaritaine* et la *Place aux Veaux*.

On peut citer aussi cette pièce de vers où l'on fait parler l'auteur du *Cid* espagnol, Guillén de Castro (on étudiera plus loin le problème du plagiat dont Corneille est accusé) :

> Donc, fier de mon plumage, en corneille d'Horace,
> Ne prétends plus voler plus haut que le Parnasse.
> Ingrat, rends-moi mon *Cid* jusques au dernier mot;
> Après tu connaîtras, corneille déplumée,
> Que l'espoir le plus vain est souvent le plus sot,
> Et qu'enfin tu me dois toute ta renommée.

1.3. LE RÔLE DE RICHELIEU

Voici l'opinion de Voltaire; après avoir rappelé une anecdote, datant de 1635, selon laquelle Richelieu aurait été mécontent d'une modification apportée à son canevas par Corneille « un des cinq auteurs qui travaillèrent aux pièces du cardinal de Richelieu », le commentateur écrit :

> Le Premier ministre vit donc les défauts du *Cid* avec les yeux d'un homme mécontent de l'auteur, et ses yeux se fermèrent trop sur les beautés. Il était si entier dans son sentiment que, quand on lui apporta les premières esquisses du travail de l'Académie sur *le Cid*, et quand il vit que l'Académie, avec un ménagement aussi poli qu'encourageant pour les arts et pour le grand Corneille, comparait les contestations présentes à celles que *la Jérusalem délivrée* et le *Pastor fido* avaient fait naître, il mit en marge, de sa main : « L'applaudissement et le blâme du *Cid* n'est qu'entre les doctes et les ignorants, au lieu que les contestations sur les deux autres pièces ont été entre les gens d'esprit. [...] »
> Je suis donc persuadé que le cardinal de Richelieu était de bonne foi. Remarquons encore que cette âme altière, qui voulait absolument que l'Académie condamnât le *Cid*, continua sa faveur à l'auteur, et que même Corneille eut le malheureux avantage de travailler, deux ans après, à *l'Aveugle de Smyrne*, tragi-comédie des cinq auteurs, dont le canevas était encore du Premier ministre.

Voltaire rappelle aussi que « Mairet, l'auteur de la *Sophonisbe*, qui avait au moins la gloire d'avoir fait la première pièce régulière que nous eussions en France », attaqua Corneille. Les choses allèrent si loin entre eux que Richelieu s'interposa en faisant écrire à Boisrobert (l'un des cinq auteurs) la lettre suivante à Mairet :

A Charonne, 5 octobre 1637.

> Vous lirez le reste de ma lettre comme un ordre que je vous envoie par le commandement de son Éminence. Je ne vous célerai pas qu'elle s'est fait lire, avec un plaisir extrême, tout ce qui s'est fait sur le sujet du *Cid*, et particulièrement une

lettre qu'elle a vue de vous lui a plu jusqu'à tel point qu'elle lui a fait naître l'envie de voir tout le reste. Tant qu'elle n'a connu dans les écrits des uns et des autres que des contestations d'esprit agréables et des railleries innocentes, je vous avoue qu'elle a pris bonne part au divertissement; mais quand elle a reconnu que dans ces contestations naissaient enfin des injures, des outrages et des menaces, elle a pris aussitôt la résolution d'en arrêter le cours. Pour cet effet, quoiqu'elle n'ait point vu le libelle que vous attribuez à M. Corneille, présupposant, par votre réponse, que je lui lus hier au soir, qu'il devait être l'agresseur, elle m'a commandé de lui remontrer le tort qu'il se faisait, et de lui défendre de sa part de ne plus faire de réponse, s'il ne voulait lui déplaire; mais d'ailleurs, craignant que des tacites menaces que vous lui faites, vous, ou quelqu'un de vos amis, n'en viennent aux effets, qui tireraient des suites ruineuses à l'un et à l'autre, elle m'a commandé de vous écrire que, si vous voulez avoir la continuation de ses bonnes grâces, vous mettiez toutes vos injures sous le pied, et ne vous souveniez plus que de notre ancienne amitié, que j'ai charge de renouveler sur la table de ma chambre, à Paris, quand vous serez tous rassemblés. Jusqu'ici j'ai parlé par la bouche de son Éminence; mais, pour vous dire ingénument ce que je pense de toutes vos procédures, j'estime que vous avez suffisamment puni le pauvre M. Corneille de ses vanités, et que ses faibles défenses ne demandaient pas des armes si fortes et si pénétrantes que les vôtres : vous verrez un de ces jours son *Cid* assez malmené par les sentiments de l'Académie.

A propos de cette lettre, Voltaire fait le commentaire suivant :

L'Académie trompa les espérances de Boisrobert. On voit évidemment, par cette lettre, que le cardinal de Richelieu voulait humilier Corneille, mais qu'en qualité de Premier ministre il ne voulait pas qu'une dispute littéraire dégénérât en querelle personnelle.

On dégagera de ces textes le point de vue de Voltaire en cherchant les arguments sur lesquels il se fonde; on se demandera ce qui motive une telle position. Puis on se reportera à A. Adam, *Histoire de la littérature française au XVIIe siècle*, tome Ier. Quelle est sur ce plan la position des critiques actuels? Sur quoi se fonde-t-elle? On réexaminera la lettre de Boisrobert dans cette perspective.

1.4. ANALYSE DES DOCUMENTS ESSENTIELS

A. LES « OBSERVATIONS » DE SCUDÉRY SUR « LE CID ».

L'admiration générale dont bénéficie *le Cid* est une erreur collective; Scudéry aurait conservé un silence modeste si la vanité dont Corneille fait parade ne l'obligeait à donner son jugement, qui porte sur l'œuvre et non sur la personne de l'auteur. — Tout d'abord, le sujet du *Cid* ne vaut rien, alors que, selon Aristote, l'invention joue le rôle essentiel. De plus, le poème espagnol pèche contre les règles de la tragi-comédie : il n'y a aucun « nœud » au premier acte. — Le vraisemblable doit être respecté par le poète, au contraire de l'historien qui se fixe le vrai comme matière. Or, sur le plan du vraisemblable, Chimène ne doit pas épouser Rodrigue. Les auteurs de l'Antiquité, au contraire, étaient très attachés à cette règle. — Que l'action se déroule en vingt-quatre heures accroît la vraisemblance; c'est une loi fixée par Aristote, en outre. Or, dans *le Cid*, des actions qui se sont déroulées en plusieurs années historiquement, sont rassemblées, ici, en une journée civile. — Contrariant le rôle moral que doit avoir le théâtre, Corneille présente en Chimène une « fille dénaturée » qui, de plus, n'est pas punie au dénouement; c'est contraire aux bienséances : de tels exemples justifient que Platon ait banni les poètes de sa République. Le personnage du Comte, bien qu'il soit espagnol, paraît un matamore; c'est un mélange de morgue et de familiarité, en même temps qu'il commet sur Rodrigue et sur don Sanche une erreur de jugement. — Passant la pièce en revue, Scudéry critique le rôle de l'Infante, ceux de don Arrias, de don Sanche — « épisodes » inutiles. — Il relève quelques invraisemblances : que ni Rodrigue ni le Comte ne soient surveillés après le soufflet donné à don Diègue; que Rodrigue après son duel aille chez Chimène; que les Maures viennent au port, puis soient ainsi battus; que le duel entre Rodrigue et don Sanche se passe en si peu de temps et que le malentendu entre ce dernier et Chimène dure aussi longtemps. — Par ailleurs, les scènes entre Rodrigue et Chimène ramènent le problème de la bienséance, ainsi que l'arrivée de don Diègue cherchant son fils; le stratagème du Roi pour éprouver Chimène est considéré comme ridicule. — Après avoir constaté qu'il n'y a pas d'unité de lieu dans *le Cid*, Scudéry passe à une critique systématique de langue et de style avant de conclure au plagiat et de résumer son opinion ainsi :

> Après ce que vous venez de voir, jugez, lecteur, si un ouvrage dont le sujet ne vaut rien, qui choque les principales règles du poème dramatique, qui manque de jugement en sa conduite, qui a beaucoup de méchants vers, et dont presque toutes les beautés sont dérobées, peut légitimement prétendre à la gloire de n'avoir point été surpassé, que lui attribue son auteur avec si peu de raison? Peut-être sera-t-il assez vain pour *penser que l'envie m'aura fait écrire;* mais je vous conjure de croire qu'un vice si bas n'est point en mon âme, et qu'étant ce que je suis, si j'avais de l'ambition, elle aurait un plus haut objet que la renommée de cet auteur.

Voici la lettre que Balzac, le 27 août 1637, envoya en réponse à Scudéry :

Ce n'est pas à moi à connaître du différend qui est entre vous et M. Corneille, et, à mon ordinaire, je doute plus volontiers que je ne résous. Bien, vous dirai-je, qu'il me semble que vous l'attaquez avec force et adresse et qu'il y a du bon sens, de la subtilité et de la galanterie[1] même en la plupart des objections que vous lui faites. Considérez néanmoins, Monsieur, que toute la France entre en cause avec lui, et qu'il n'y a pas un des juges dont le bruit est que vous êtes convenus ensemble[2], qui n'ait loué ce que vous désirez qu'il condamne ; de sorte que, quand vos arguments seraient invincibles, et que votre adversaire même y acquiescerait, il aurait de quoi se consoler glorieusement de la perte de son procès, et vous pourrait dire que d'avoir satisfait tout un royaume est quelque chose de plus grand et de meilleur que d'avoir fait une pièce régulière. Il n'y a point d'architecte d'Italie qui ne trouve des défauts en la structure[3] de Fontainebleau, qui ne l'appelle un monstre de pierre : ce monstre néanmoins est la belle demeure des rois, et la cour y loge commodément. Il y a des beautés parfaites qui sont effacées par d'autres beautés qui ont plus d'agrément et moins de perfection ; et parce que l'acquis[4] n'est pas si noble que le naturel, ni le travail des hommes si estimable que les dons du ciel, on vous pourrait encore dire que savoir l'art de plaire ne vaut pas tant que savoir plaire sans art. Aristote blâme *la Fleur* d'Agathon[5], quoiqu'il dise qu'elle fût agréable, et l'*Œdipe* peut-être n'agréait pas quoique Aristote l'approuve. Or, s'il est vrai que la satisfaction des spectateurs soit la fin[6] que se proposent les spectacles et que les maîtres mêmes du métier aient quelquefois appelé de César au peuple[7], *le Cid* du poète français ayant plu aussi bien que *la Fleur* du poète grec, ne serait-il point vrai qu'il a obtenu la fin de la représentation et qu'il est arrivé à son but encore que ce ne soit pas par le chemin d'Aristote ni par les adresses de sa poétique ?

Mais vous dites qu'il a ébloui les yeux du monde, et vous l'accusez de charme[8] et d'enchantement. Je connais beaucoup de gens qui feraient vanité d'une telle accusation, et vous me confesserez vous-même que la magie serait une chose excellente, si c'était une chose permise. Ce serait, à vrai dire, une belle chose de pouvoir faire des prodiges innocemment, de faire voir le soleil quand il est nuit, d'apprêter des festins sans viandes ni officiers[9], de changer en pistoles les feuilles de chêne, et le verre en diamants[10]. C'est ce que vous reprochez à l'auteur du *Cid*, qui, vous avouant qu'il a violé les règles de l'art, vous oblige de lui avouer qu'il a un secret qui a mieux réussi que l'art même ; et ne vous niant pas qu'il a trompé[11] toute la cour et tout le peuple, ne vous laisse conclure de là, sinon qu'il est plus fin que toute la cour et tout le peuple, et que la tromperie qui s'étend à un si grand nombre de personnes est moins une fraude qu'une conquête. Cela étant, Monsieur, je ne doute point[12] que Messieurs de l'Académie ne se trouvent bien empêchés dans le jugement de votre procès, et que, d'un côté, vos raisons ne les ébranlent, et de l'autre, l'approbation publique ne les retienne. Je serais en la même peine, si j'étais en la même délibération, et si de bonne fortune[13] je ne venais de trouver votre arrêt dans les registres de l'antiquité. Il a été prononcé, il y a plus de quinze cents ans, par un philosophe[14] de la famille stoïque, mais un philosophe dont la dureté n'était pas impénétrable à la joie, de qui il nous reste des satires et des tragédies, qui vivait sous le règne d'un empereur poëte et comédien[15], au siècle des vers et de la musique. Voici les termes de cet authentique arrêt, et je vous le laisse interpréter à vos dames[16], pour lesquelles vous avez bien entrepris une plus longue et plus difficile traduction[17]. *Illud multum est primo aspectu oculos occupasse, etiam si contemplatio diligens inventura est quod arguat. Si me interrogas, major ille est qui judicium abstulit, quam qui meruit*[18]. Votre adversaire trouve son compte dans cet arrêt, par ce favorable mot de *major est ;* et vous avez aussi ce que vous pouvez désirer, ne désirant rien, à mon avis, que de prouver que *judicium abstulit*. Ainsi vous l'emportez dans le cabinet[19], et il a gagné au théâtre. Si *le Cid* est coupable, c'est d'un crime qui a eu récompense; s'il est puni, ce sera après avoir triomphé; s'il faut que Platon le bannisse de sa république, il faut qu'il le couronne de fleurs en le bannissant, et ne le traite pas plus mal qu'il a traité autrefois Homère[20]; si Aristote trouve quelque chose à désirer[21] en sa conduite, il doit le laisser jouir de sa bonne fortune, et ne pas condamner un dessein que le succès a justifié. Vous êtes trop bon pour en vouloir davantage. Vous savez qu'on apporte souvent du tempérament[22] aux lois, et que l'équité conserve ce que la justice pourrait ruiner. N'insistez point sur cette exacte et rigoureuse justice. Ne vous attachez point avec tant de scrupule à la souveraine raison. Qui voudrait la contenter et suivre ses desseins et sa régularité serait obligé de lui bâtir un plus beau monde que celui-ci. Il faudrait lui faire une nouvelle nature des choses[23] et lui aller chercher des idées[24] au-dessus du ciel. Je parle pour mon intérêt : si vous la[25] croyez, vous ne trouverez rien qui mérite d'être aimé, et par conséquent je suis en hasard de perdre vos bonnes grâces, bien qu'elles me soient extrêmement chères, et que je sois passionnément, Monsieur, votre, etc.

A Balzac, le 27 août 1637.

1. *Galanterie* : au début du XVIIᵉ siècle, l'art d'exposer une question en « galant homme », c'est-à-dire en homme qui joint dans ses arguments une grande habileté à une parfaite délicatesse; **2.** Ces juges sont les académiciens, devant lesquels Scudéry et Corneille (ce dernier assez mal volontiers dans une lettre hautaine à Boisrobert), avaient *convenu* (13 juin 1637) de porter leur débat; **3.** Le château de Fontainebleau fut remanié à plusieurs reprises, de François Iᵉʳ à Louis XIII; d'où sa structure irrégulière; **4.** *L'acquis* : les qualités acquises à force de travail et d'artifice; **5.** *Agathon* : poète dramatique contemporain d'Euripide. Il s'agit d'une pièce dont le titre, *Anthos* (traduit ici comme un nom commun : *la Fleur*), désigne peut-être un nom propre. Aristote (*Poétique* IX) ne blâme pas cette pièce, mais la donne comme exemple de tragédie à sujet et personnages purement imaginaires; **6.** *La fin* : le but; **7.** C'est-à-dire du jugement d'un seul, si éminent soit-il, à celui de la foule; **8.** *Charme* : incantation magique, sortilège; **9.** *Viandes* : aliments, mets, en général (au XVIIᵉ siècle le pain, le poisson étaient des viandes). *Officiers* : serviteurs de l'office, c'est-à-dire du service de la table; **10.** Ce dernier exemple nous ramène à la magie dont Corneille est accusé : sur des thèmes communs il a fait des vers sublimes; **11.** *Trompé* : comme un magicien, dont les tours d'adresse restent un secret pour le public; **12.** Cette lettre fut écrite avant la publication des *Sentiments* de l'Académie; **13.** *De bonne fortune* : par bonheur; **14.** Sénèque, qui écrivit une satire (*Sur la mort de Claude*) et dix tragédies; **15.** Néron, que la tradition nous montre chantant des vers héroïques, une lyre à la main, sur les ruines fumantes de Rome incendiée; **16.** Les dames qui fréquentaient le salon de Mˡˡᵉ de Scudéry; **17.** La traduction des *Harangues* ou discours académiques de l'Italien J.-B. Manzini, entreprise par Scudéry, ne fut terminée qu'en 1640; **18.** « C'est beaucoup que d'avoir séduit les yeux au premier abord, alors même qu'un examen attentif doit découvrir des raisons de critique. A mon sentiment, qui ravit les suffrages est au-dessus de qui les mérita » (Sénèque, *Épîtres*, C. 3); **19.** *Le cabinet* de travail du critique; **20.** Dans sa *République* (livre II), Platon parle d'un grand poète, qu'on a pensé être Homère, bien qu'il ne le nomme pas, digne d'être admiré et couronné, mais indésirable dans la république idéale, où ne sont accueillis que ceux qui « discourent de la vertu »; **21.** Si, d'après les règles d'Aristote, la conduite, c'est-à-dire la composition du *Cid* laisse à désirer; **22.** *Tempérament* : adoucissement (*temperare*, en latin : modérer); **23.** *La nature des choses* : la nature; **24.** *Idées*. Pour Platon, il y a deux mondes, celui où nous vivons, qui est le monde des apparences, et un autre, celui des idées, où sont les réalités et les vérités absolues, éternelles; **25.** *La* se rapporte à : la raison.

> Les arguments de Balzac : analyse et appréciation. On rapprochera, de Molière, *la Critique de l'École des femmes*; de Régnier, satire IX, *A Rapin* (v. 55-94). On y opposera ce passage des *Sentiments de l'Académie* :

D'ailleurs il est comme impossible de plaire à qui que ce soit par le désordre et par la confusion; et s'il se trouve que les scènes irrégulières contentent quelquefois, ce n'est que parce qu'elles ont quelque chose de régulier; ce n'est que pour quelques beautés véritables et extraordinaires, qui emportent si loin l'esprit, que de longtemps après il n'est capable d'apercevoir les difformités dont elles sont suivies, et qui font couler insensiblement les défauts, pendant que les yeux de l'entendement sont encore éblouis par l'éclat de ses lumières. Que si, au contraire, quelques pièces régulières donnent peu de satisfaction, il ne faut pas croire que ce soit la faute des règles, mais bien celle des auteurs, dont le stérile génie n'a pu fournir à l'art une matière qui fût assez riche.

B. Des « Observations » de Scudéry
   aux « Sentiments de l'Académie ».

◆ **Corneille** répondit par une *Lettre apologétique* dans laquelle il se défend d'attaquer la personne de son adversaire; il répond aux critiques faites (voir plus loin, des extraits de ce passage) et conclut :

Enfin, vous m'avez voulu arracher en un jour ce que près de trente ans d'étude m'ont acquis; il n'a pas tenu à vous que, du premier lieu où beaucoup d'honnêtes gens me placent, je ne sois descendu au-dessous de Claveret : et pour réparer des offenses si sensibles, vous croyez faire assez de m'exhorter à vous répondre sans outrage, de peur, dites-vous, de nous repentir après tous deux de nos folies. Vous me mandez impérieusement que, malgré nos gaillardises passées, je sois encore votre ami, afin que vous soyez encore le mien; comme si votre amitié me devait être fort précieuse après cette incartade, et que je dusse prendre garde seulement au peu de mal que vous m'avez fait, et non pas à celui que vous m'avez voulu faire. Vous vous plaignez d'une *Lettre à Ariste*, où je ne vous ai point fait de tort de vous traiter d'égal : vous nommez folies les travers d'auteur où vous vous êtes laissé emporter; et effectivement, le repentir que vous en faites paraître marque la honte que vous en avez. Ce n'est pas de dire, soyez encore mon ami, pour recevoir une amitié si indignement violée : je ne suis point homme d'éclaircissement; vous êtes en sûreté de ce côté-là. Traitez-moi dorénavant en inconnu, comme je vous veux laisser pour tel que vous êtes, maintenant que je vous connais : mais vous n'aurez pas sujet de vous plaindre, quand je prendrai le même droit sur vos ouvrages que vous avez pris sur les miens. Si un volume d'observations ne vous suffit, faites-en encore cinquante; tant que vous ne m'attaquerez pas avec des raisons plus solides, vous ne me mettrez point en nécessité de me défendre; de mon côté, je verrai, avec mes amis, si ce que votre libelle vous a laissé de réputation vaut la peine que j'achève de la ruiner. Quand vous me demanderez mon amitié avec des termes plus civils, j'ai assez de bonté pour ne vous la refuser pas, et pour me taire sur les défauts de votre esprit que vous étalez dans vos livres. Jusque-là je suis assez glorieux pour dire que je ne vous crains ni ne vous aime. Après tout, pour vous parler sérieusement, et vous montrer que je ne suis pas si piqué que vous pourriez vous l'imaginer, il ne tiendra pas à moi que nous ne reprenions la bonne intelligence du passé. Mais après une offense si publique, il y faut un peu plus de cérémonie : je ne vous la rendrai pas malaisée; je donnerai tous mes intérêts à qui vous voudrez de vos amis; et je m'assure que si un homme se pouvait faire satisfaction à lui-même du tort qu'il s'est fait, il vous condamnerait à vous la faire à vous-même, plutôt qu'à moi qui ne vous en demande point, et à qui la lecture de vos observations n'a donné aucun mouvement que de compassion; et certes, on me blâmerait avec justice si je vous voulais mal pour une chose qui a été l'accomplissement de ma gloire, et dont *le Cid* a reçu cet avantage, que, de tant de poèmes qui ont paru jusqu'à présent, il a été le seul dont l'éclat ait obligé l'envie à prendre la plume. Je me contente, pour toute apologie, de ce que vous avouez *qu'il a eu l'approbation des savants et de la cour*. Cet éloge véritable par où vous commencez vos censures détruit tout ce que vous pouvez dire après. Il suffit que vous ayez fait une folie, sans que j'en fasse une à vous répondre comme vous m'y conviez; et puisque les plus courtes sont les meilleures, je ne ferai point revivre la vôtre par la mienne. Résistez aux tentations de ces gaillardises qui font rire le public à vos dépens, et continuez à vouloir être mon ami, afin que je me puisse dire le vôtre, etc.

Que peut-on deviner du ton de la querelle d'après cette *Lettre?* On comparera la fin du texte avec certains arguments de Balzac, en pensant que, quelques années plus tard, Vaugelas prendra la cour comme référence pour ses *Remarques sur la langue française.*

◆ Dans cette *Lettre*, **Corneille** écrivait notamment : « Vous vous êtes fait tout blanc, d'Aristote, et d'autres auteurs, que vous ne lûtes et n'entendîtes peut-être jamais, et qui vous manquent tous de garantie. » **Scudéry** publia les *Preuves des passages allégués dans les « Observations sur* le Cid *» par M. de Scudéry, adressées à Messieurs de l'Académie française pour servir de réponse à la « Lettre apologétique » de M. Corneille.* C'est un recueil de références aux passages des autorités qu'il cite au long de ses *Observations.*

Enfin, voici le texte de la *Lettre de M. de Scudéri à l'Académie française.*

LETTRE DE M. DE SCUDÉRI

A L'ACADÉMIE FRANÇAISE

Messieurs,

Puisque M. Corneille m'ôte le masque, et qu'il veut que l'on me connaisse, j'ai trop accoutumé de paraître parmi les personnes de qualité encore me cacher : il m'oblige peut-être, en pensant me nuire; et si mes observations ne sont pas mauvaises, il me donne lui-même une gloire dont je voulais me priver. Enfin, messieurs, puisqu'il veut que tout le monde sache que je m'appelle Scudéri, je l'avoue. Mon nom, que d'assez honnêtes gens ont porté avant moi, ne me fera jamais rougir, vu que je n'ai rien fait, non plus qu'eux, d'indigne d'un homme d'honneur. Mais comme il n'est pas glorieux de frapper un ennemi que nous avons jeté par terre, bien qu'il nous dise des injures, et qu'il est comme juste de laisser la plainte aux affligés, quoiqu'ils soient coupables, je ne veux point repartir à ses outrages par d'autres, ni faire, comme lui, d'une dispute académique une querelle de crocheteur, ni du Lycée un marché public. Il suffit qu'on sache que le sujet qui m'a fait écrire est équitable, et qu'il n'ignore pas lui-même que j'ai raison d'avoir écrit. Car de vouloir faire croire que l'envie a conduit ma plume, c'est ce qui n'a non plus d'apparence que de vérité, puisqu'il est impossible que je sois atteint de ce vice, pour une chose où je remarque tant de défauts, qui n'avait de beautés que celles que ces agréables trompeurs qui la représentaient lui avaient prêtées, et que Mondori, la Villiers et leurs compagnons, n'étant pas dans le livre comme sur le théâtre, *le Cid* imprimé n'était plus *le Cid* que l'on a cru voir. Mais puisque je suis sa partie, j'aurais tort de vouloir être son juge, comme il n'a pas raison de vouloir être le mien. De quelque nature que soient les disputes, il y faut toujours garder les formes : je l'attaque, il doit se défendre; mais vous nous devez juger. Votre illustre corps, dont nous ne sommes ni l'un ni l'autre, est composé de tant d'excellents hommes, que sa vanité serait bien plus insupportable que celle dont il m'accuse, s'il ne voulait pas s'y soumettre comme je fais. Que si l'un de nous deux devait récuser quelques-uns de vous autres, ce serait moi qui le devrais faire, puisque je n'ignore pas, malgré l'ingratitude qu'il a fait paraître pour vous, en disant,

Qu'il ne doit qu'à lui seul toute sa renommée;

que trois ou quatre de cette célèbre Compagnie lui ont corrigé plusieurs fautes qui parurent aux premières représentations de son poème, et qu'il ôta depuis par vos conseils. Et sans doute vos divins esprits qui virent toutes celles que j'ai remarquées en cette tragi-comédie, qu'il appelle son chef-d'œuvre, m'auraient ôté, en le corrigeant, le moyen et la volonté de le reprendre, si vous n'eussiez été forcés d'imiter adroitement ces médecins qui, voyant un corps dont toute la masse du sang est corrompue, et toute la constitution mauvaise, se contentent d'user de remèdes palliatifs, et de faire languir et vivre ce qu'ils ne sauraient guérir. Mais, messieurs, comme vous avez fait voir votre bonté pour lui, j'ai droit d'espérer en votre justice. Que M. Corneille paraisse donc devant le tribunal où je le cite, puisqu'il ne peut lui être suspect, ni d'injustice, ni d'ignorance; qu'il s'y défende de plus de mille choses dont je l'accuse en mes *Observations* ; et lorsque vous nous aurez entendus, si vous me condamnez, je me condamnerai moi-même, je le croirai ce qu'il se croit, je l'appellerai mon maître ; et par un livre de rétractations, je ferai savoir à toute la France que je sais que je ne sais rien. Mais à dire vrai, j'ai bien de la peine à croire qu'il veuille descendre du premier rang, où beaucoup, dit-il, l'ont placé, jusqu'au pied du trône que je vous élève, et reconnaître pour juges ceux qu'il appelle ses inférieurs, par la bouche de ces honnêtes gens, qui n'ont point de nom, et qui ne parlent que par la sienne. Il se contentera peut-être d'avoir dit en général que j'ai cité faux, et que je l'ai repris sans raison ; mais je l'avertis que ce n'est point par un effort si faible qu'il peut se relever, puisque dans peu de jours une nouvelle édition de mon ouvrage me donnera lieu de le faire rougir de la fausseté qu'il m'impose, en marquant tous les auteurs et tous les passages que j'ai allégués, et que vous, qui savez ce qu'il ignore, savez bien être véritables. Ce n'est pas que je ne souhaitasse qu'il dît vrai, parce que, mes censures étant fortes et solides, j'aurais en moi-même les lumières que je n'ai fait qu'emprunter de ces grands hommes de l'antiquité ; et sans la métempsycose de Pythagore, Scudéri aurait eu l'esprit d'Aristote, dont il confesse qu'il est plus éloigné que le ciel ne l'est de la terre. Mais quelque faiblesse qui soit en moi, qu'il vienne, qu'il voie et qu'il vainque, s'il peut ; soit qu'il m'attaque en soldat, soit qu'il m'attaque en écrivain, il verra que je me sais défendre de bonne grâce, et que si ce n'est en injures, dont je ne me mêle point, il aura besoin de toutes ses forces. Mais s'il ne se défend que par des paroles outrageuses, au lieu de payer de raisons, prononcez, messieurs, un arrêt digne de vous, qui fasse savoir à toute l'Europe que *le Cid* n'est point le chef-d'œuvre du plus grand homme de France, mais oui bien la moins judicieuse pièce de M. Corneille. Vous le devez, et pour votre gloire en particulier, et pour celle de notre nation en général qui s'y trouve intéressée : vu que les étrangers qui pourraient voir ce beau chef-d'œuvre, eux qui ont eu des Tasse et des Guarini, croiraient que nos plus grands maîtres ne sont que des apprentis. C'est la plus importante et la plus belle action publique par où votre illustre Académie puisse commencer les siennes : tout le monde l'attend de vous, et c'est pour l'obtenir que je vous présente cette juste requête.

Le ton de la *Lettre* et ce qui le motive. On relèvera une indication nouvelle par rapport aux *Observations*. Le rôle de l'Académie, selon Scudéry : flatterie et vérité. L'intention de Richelieu en créant l'Académie et l'occasion qu'offre cette querelle ; le rayonnement possible en cas de succès.

C. Les « Sentiments de l'Académie
sur la tragi-comédie du Cid ».

Le texte s'ouvre sur une déclaration de principe justifiant la
critique visant à amender et non à sanctionner, surtout pour les
ouvrages de l'esprit. L'Académie dit ses hésitations à trancher
la querelle, surmontées par la demande conjointe des adversaires.
— Elle s'interroge sur la finalité du poème dramatique, qui doit
plaire au public et satisfaire aux règles de l'art (en particulier en
étant morale et régulière). Après l'annonce du plan et la critique
de celui de Scudéry, l'Académie considère le sujet du *Cid* comme
bon encore qu'invraisemblable, à propos de quoi elle explique
la position d'Aristote sur le vrai et le vraisemblable. L'attitude
de Chimène, contraire aux bienséances, rend la pièce invraisemblable; l'Académie suggère comment Corneille aurait pu surmonter la difficulté, en modifiant les données de l'histoire et juge l'action
trop chargée, ce qui rend la pièce diffuse. Les critiques considèrent
que c'est Rodrigue qui aurait dû mettre son amour au premier
plan, et non Chimène, bien que la passion de celle-ci, bien exprimée,
soit à l'origine du succès de la pièce. — Tandis que Corneille est
justifié sur des accusations de détail (rôles du Comte, de don Arrias,
de don Sanche), l'Académie condamne, plus catégoriquement
encore que Scudéry, la présence et le rôle de l'Infante. — Les
scènes où Chimène et Rodrigue sont en tête à tête sont taxées
d'invraisemblance ou d'immoralité; mais la démarche de l'héroïne
auprès du Roi, de même que le stratagème de celui-ci sont justi-
fiés. Le dénouement est « inique ». — Après quoi l'Académie,
à son tour, analyse les défauts de langue et de style du *Cid* de
manière circonstanciée. — Enfin, l'accusation de plagiat est ruinée
et le texte se conclut ainsi :

> Après tout, il faut avouer qu'encore qu'il ait fait choix
> d'une matière défectueuse, il n'a pas laissé de faire éclater
> en beaucoup d'endroits de si beaux sentiments et de si belles
> paroles, qu'il a en quelque sorte imité le ciel, qui, en la dis-
> pensation de ses trésors et de ses grâces, donne indifféremment
> la beauté du corps aux méchantes âmes et aux bonnes. Il
> faut confesser qu'il y a semé un bon nombre de vers excel-
> lents, et qui semblent, avec quelque justice, demander grâce
> pour ceux qui ne le sont pas : aussi les aurions-nous remar-
> qués particulièrement, comme nous avons fait les autres,
> n'était qu'ils se découvrent assez d'eux-mêmes, et que d'ail-
> leurs nous craindrions qu'en les ôtant de leur situation, nous
> ne leur ôtassions une partie de leur grâce, et que, commettant
> une espèce d'injustice pour vouloir être trop justes, nous ne
> diminuassions leurs beautés à force de les vouloir faire paraître.
> Ce qu'il y a de mauvais dans l'ouvrage n'a pas laissé même

de produire de bons effets, puisqu'il a donné lieu aux observations qui ont été faites dessus, et qui sont remplies de beaucoup de savoir et d'élégance. De sorte que l'on peut dire que ses défauts lui ont été utiles, et que, sans y penser, il a profité aux lieux où il n'a su plaire. Enfin, nous concluons qu'encore que le sujet du *Cid* ne soit pas bon, qu'il pèche dans son dénoûment, qu'il soit chargé d'épisodes inutiles, que la bienséance y manque en beaucoup de lieux, aussi bien que la bonne disposition du théâtre, et qu'il y ait beaucoup de vers bas, et de façons de parler impures; néanmoins la naïveté et la véhémence de ses passions, la force et la délicatesse de plusieurs de ses pensées, et cet agrément inexplicable qui se mêle dans tous ses défauts, lui ont acquis un rang considérable entre les poèmes français de ce genre. Si son auteur ne doit pas toute sa réputation à son mérite, il ne la doit pas toute à son bonheur; et la nature lui a été assez libérale pour excuser la fortune si elle lui a été prodigue.

D. Voltaire, Corneille et la querelle.

Voltaire, à propos de la fin de ce passage, notait :

Ces dernières lignes sont un aveu assez fort du mérite du *Cid*. On en doit conclure que les beautés y surpassent les défauts, et que, par le jugement de l'Académie, Scudéry est beaucoup plus condamné que Corneille.

Par ailleurs, voici comment il définit la position de l'Académie dans ses *Commentaires* :

Quant au jugement que l'Académie fut obligée de prononcer entre Corneille et Scudéry, et qu'elle intitula modestement *Sentiments de l'Académie sur « le Cid »*, j'ose dire que jamais on ne s'est conduit avec plus de noblesse, de politesse et de prudence, et que jamais on n'a jugé avec plus de goût. Rien n'était plus noble que de rendre justice aux beautés du *Cid*, malgré la volonté décidée du maître du royaume.

La politesse avec laquelle elle reprend les défauts est égale à celle du style, et il y eut une très grande prudence à se conduire de façon que ni le cardinal de Richelieu, ni Corneille, ni même Scudéry n'eurent au fond sujet de se plaindre.

Or, dans son *Discours sur l'envie* on trouve les vers suivants :

Ah! qu'il nous faut chérir ce trait plein de justice
D'un critique modeste, et d'un vrai bel esprit,
Qui, lorsque Richelieu follement entreprit
De rabaisser du *Cid* la naissante merveille,
Tandis que Chapelain osait juger Corneille,
Chargé de condamner cet ouvrage imparfait,
Dit, pour tout jugement : « Je voudrais l'avoir fait. »
C'est ainsi qu'un grand cœur sait penser d'un grand homme.

Quelle vous paraît être l'attitude de Voltaire à l'égard de l'Académie? La contradiction entre le *Discours* et le *Commentaire* n'est-elle pas éclaircie par la *Dédicace* de ce dernier? D'une façon générale, pour qui Voltaire prend-il position? est-ce de manière nuancée ou entière? — Peut-on voir des raisons personnelles dans son acharnement contre Scudéry, qu'il assimilerait, par exemple, à certains de ses ennemis propres?

2. PLAGIAT OU IMITATION?

2.1. LA QUERELLE

Scudéry a lancé une accusation grave, celle de plagiat, dont le thème est repris dans les vers satiriques cités en 1.2. Voici le passage des *Observations* qui contiennent le grief :

La dernière partie de mon ouvrage ne me donne pas plus de peine que les autres. *Le Cid* est une comédie espagnole, dont presque tout l'ordre, scène par scène, et toutes les pensées de la française sont tirées : et cependant ni Mondori, ni les affiches, ni l'impression, n'ont appelé ce poème, ni traduction, ni paraphrase, ni seulement imitation; mais bien en ont-ils parlé comme d'une chose qui serait purement à celui qui n'en est que le traducteur; et lui-même a dit, comme un autre a déjà remarqué,

Qu'il ne doit qu'à lui seul toute sa renommée.

Mais sans perdre une chose si précieuse que le temps, trouvez bon que je m'acquitte de ma promesse, et que je fasse voir que j'entends aussi l'espagnol.

Suit la liste des passages tirés de l'espagnol.

Dans la *Lettre apologétique*, Corneille répond :

Vous m'avez voulu faire passer pour simple traducteur, sous ombre de soixante et douze vers que vous marquez sur un ouvrage de deux mille, et que ceux qui s'y connaissent n'appelleront jamais de simples traductions; vous avez déclamé contre moi, pour avoir tu le nom de l'auteur espagnol, bien que vous ne l'ayez appris que de moi, et que vous sachiez fort bien que je ne l'ai celé à personne, et que même j'en ai porté l'original en sa langue à Monseigneur le cardinal votre maître et le mien.

L'Académie exprime son jugement en quelques lignes.

Le cinquième article des observations comprend les larcins de l'auteur, qui sont ponctuellement ceux que l'observateur a remarqués : mais il faut tomber d'accord que ces traductions ne font pas toute la beauté de la pièce; car, outre que nous remarquerons qu'en bien peu de choses imitées il est demeuré au-dessous de l'original, et qu'il en a rendu quelques-unes meilleures qu'elles n'étaient, nous trouvons encore qu'il y a ajouté beaucoup de pensées qui ne cèdent en rien à celles du premier auteur.

Au mot *larcins*, Voltaire indiquait en note :

Le mot *larcins* est dur. Traduire les beautés d'un ouvrage étranger, enrichir sa patrie, et l'avouer, est-ce là un larcin?

D'après ces textes, comment se présente le problème? Situer l'imitation par rapport au plagiat. Importance de la question dans la mentalité littéraire classique si l'on se réfère aux préfaces de tragédies, aux déclarations de La Fontaine, à l'admiration générale professée à l'égard des Anciens. — Sur le fait de savoir quelle est la fidélité de Corneille dans son imitation, on confrontera le texte suivant avec les scènes correspondantes du *Cid ;* on fera ensuite un travail équivalent pour *l'Avare* de Molière, *Britannicus* de Racine et l'on comparera les résultats obtenus pour chaque pièce. En quoi Scudéry apparaît-il alors essentiellement mû par la malveillance? Utilité de cette preuve pour lire d'un œil critique ses *Observations?*

2.2. LE TEXTE ESPAGNOL

GUILLÉN DE CASTRO

(deux scènes des *Enfances du Cid*
[traduction de Mlle Claude Jacquet]).

Le défi et le duel.

Rodrigue. — Comte?

Le Comte. — Qui es-tu?

Rodrigue. — Je voulais justement te le faire savoir.

Chimène. — Qu'y a-t-il? Je me meurs!

Le Comte. — Que me veux-tu?

Rodrigue. — Je veux te parler. Ce vieillard, là-bas, sais-tu qui il est?

Le Comte. — Je le sais. Pourquoi?

Rodrigue. — Pourquoi? Parle bas, écoute.

Le Comte. — Parle.

Rodrigue. — Ne sais-tu pas qu'il a été dépouillé de son honneur et de sa vaillance?

Le Comte. — Oui, peut-être.

Rodrigue. — Et que c'est son sang et le mien que j'ai dans les yeux, le sais-tu?

Le Comte. — Et quand cela serait (abrège tes discours), qu'importe?

Rodrigue. — Si tu viens avec moi, tu le sauras.

Le Comte. — Laisse-moi, blanc-bec; est-il possible? Va, chevalier novice, va, et apprends d'abord à combattre et à vaincre. Et tu pourras ensuite prétendre à l'honneur d'être vaincu par moi sans que j'éprouve de honte à te vaincre et à te tuer. Oublie à présent tes offenses car nul n'a jamais mené à bien une vengeance mortelle avec des lèvres encore mouillées de lait.

Rodrigue. — C'est avec toi que je veux débuter dans le métier des armes, et l'apprendre; et tu verras si je sais vaincre, je verrai si tu sais tuer. Et mon épée mal dirigée te dira, au bout de mon bras droit, que le cœur est le maître de cette science que je n'ai pas apprise. Et je serai satisfait quand j'aurai mêlé à l'offense faite le lait de mes lèvres avec le sang de ta poitrine.

Peranzules. — Comte!

Arias. — Rodrigue.

Chimène. — Pauvre de moi!

Don Diègue (à part). — Mon cœur s'enflamme.

Rodrigue. — Chaque ombre portée par cette maison est pour toi un asile sacré...

Chimène. — Contre mon père, Seigneur?

Rodrigue. — Et c'est pourquoi je ne te tue pas maintenant.

Chimène. — Écoute!

Rodrigue. — Pardon, Madame, mais je suis fils de mon honneur! — Suivez-moi, Comte!

Le Comte. — Blanc-bec à l'orgueil de géant, je te tuerai si je te trouve en ma présence. Va en paix; va, va si tu ne veux qu'après avoir, en certaine occasion, donné à ton père un soufflet je ne te donne à toi mille coups de pied.

Rodrigue. — Ton insolence est à son comble!

Chimène. — Que j'ai de raisons de m'affliger!

Don Diègue. — Trop de paroles, mon fils, enlèvent sa force à l'épée.

Chimène. — Retiens la violence de ta main, Rodrigue!

Doña Urraca. — Je suis à l'agonie!

Don Diègue. — Mon fils, mon fils! J'étais bouillant de colère quand je me suis déchargé sur toi de mon affront.

(Le Comte et Rodrigue sortent en ferraillant; tous sortent après eux, et ils disent derrière la scène les répliques suivantes :)

Le Comte. — Je suis mort!

Chimène. — Sort inhumain! Hélas, mon père!

Peranzules. — Tue-le! Meurs! *(en coulisse).*

La visite de Rodrigue à Chimène.

Entre RODRIGUE qui s'agenouille devant CHIMÈNE.

Rodrigue. — Mieux vaut que dans la force de mon amour je me livre à toi et te donne le plaisir de me tuer sans la peine de me poursuivre.

Chimène. — Qu'as-tu entrepris? Qu'as-tu fait? Es-tu ombre? Es-tu chimère?

Rodrigue. — Transperce ce cœur même, que tu portes sans doute dans ton sein.

Chimène. — Ciel! Rodrigue! Rodrigue en ma maison?

Rodrigue. — Écoute!

Chimène. — Je me meurs!

Rodrigue. — Je veux seulement que tu répondes à mes paroles par ce fer. *(Il lui tend son épée.)* Ton père le Comte, Lozano par le nom et par la fougue, posa sur les cheveux blancs du mien une main audacieuse et injuste; et bien que je me voie sans honneur, mon espérance a été abattue, dans une atteinte si imprévue, avec tant de force, que ton amour m'a fait douter de ma vengeance. De plus, dans un si grand malheur, luttèrent en dépit de moi, s'opposant dans mon cœur, mon affront et ta beauté; et toi, ma dame, tu l'emportais, si je n'avais considéré qu'après ce déshonneur tu haïrais infâme celui que tu aimas généreux. Avec cette belle pensée, si digne de la gloire, je plongeai mon épée sanglante dans les entrailles de ton père. J'ai recouvré mon honneur perdu. Ensuite, me rendant à ton amour, je suis venu pour que tu n'appelles pas rigueur ce qui a été un devoir. Ainsi vois que ma peine rachète mon crime et ainsi tires-en vengeance, si c'est la vengeance que tu désires. Prends, et puisqu'un acte de courage et de justice *(il lui tend de nouveau son épée)* nous convient à tous deux, venge ton père avec courage, comme j'ai vengé le mien.

Chimène. — Rodrigue, Rodrigue, hélas! Je l'avoue, malgré ma douleur, en vengeant ton affront tu as agi en gentilhomme. Je ne puis te tenir pour responsable de mon malheur; et ma peine est si grande qu'il me faudra me porter à moi-même le coup que je ne te donne pas. Je t'accuse seulement de l'offense que tu me fais en te présentant à mes yeux au moment où mon sang couvre encore ta main et ton épée. Ce n'est pas en amant soumis que tu es venu, mais en offenseur assuré de n'être pas haï, sachant que je t'ai adoré. Mais va-t'en, va-t'en, Rodrigue! Mon honneur sera sauf quand ceux qui pensent que je t'adore sauront que je te poursuis. Il eût été juste que sans t'écouter je te fisse donner la mort. Mais je veux seulement te poursuivre et non te tuer! Va! et prends garde qu'on ne te voie sortir, car il est juste que celui qui m'a ôté la vie ne m'ôte pas l'honneur.

Rodrigue. — Réponds à mon légitime espoir. Tue-moi!

Chimène. — Laisse-moi!

Rodrigue. — Attends! Considère que tu te venges en me laissant la vie bien plus qu'en me donnant la mort!

Chimène. — Et même dans ce cas je ne veux me venger.

Rodrigue. — Je deviens fou! Tu es terrible... Me hais-tu?

Chimène. — Il est impossible que tu domines mon destin.

Rodrigue. — Que veut donc ta rigueur?

Chimène. — Pour mon honneur, bien que femme, je dois m'attacher à te perdre tout en priant de ne pas réussir.

Rodrigue. — Ah, Chimène! Qui l'eût dit...?

Chimène. — Ah, Rodrigue! Qui l'eût pensé...?

Rodrigue. — Que mon bonheur s'achèverait si vite?

Chimène. — ... Et que ma félicité verrait si tôt sa fin? Mais, ô ciel, que je tremble qu'on ne te voie sortir...

Rodrigue. — Que vois-je?

Chimène. — Pars et laisse-moi à ma douleur!

Rodrigue. — Reste, je m'en irai la mort dans l'âme. *(Ils sortent.)*

3. LES GRIEFS CONTRE LA CONDUITE DE LA PIÈCE

3.1. VRAISEMBLANCE ET BIENSÉANCES : LE RÔLE DE CHIMÈNE

Comme on le verra facilement, c'est vers le personnage de Chimène que convergent les critiques fondamentales. Scudéry et l'Académie l'attaquent sur les deux plans.

A. CRITIQUE GÉNÉRALE.

◆ **Scudéry.**

Je n'aurai pas plus de peine à prouver qu'il choque les principales règles dramatiques, et j'espère le faire avouer à tous ceux qui voudront se souvenir après moi, qu'entre toutes les règles dont je parle, celle qui sans doute est la plus importante, et comme la fondamentale de tout l'ouvrage, est celle de la vraisemblance. Sans elle, on ne peut être surpris par cette agréable tromperie, qui fait que nous semblons nous intéresser aux bons ou mauvais succès de ces héros imaginaires. Le poète qui se propose pour sa fin d'émouvoir les passions de l'auditeur par celles des personnages, quelque vives, fortes, et bien poussées qu'elles puissent être, n'en peuvent jamais venir à bout, s'il est judicieux, lorsque ce qu'il veut imprimer en l'âme n'est pas vraisemblable. [...]

L'on y voit une fille dénaturée ne parler que de ses folies, lorsqu'elle ne doit parler que de son malheur; plaindre la perte de son amant lorsqu'elle ne doit songer qu'à celle de son père; aimer encore ce qu'elle doit abhorrer; souffrir en même temps et en même maison ce meurtrier et ce pauvre corps; et pour achever son impiété, joindre sa main à celle qui dégoutte encore du sang de son père. Après ce crime qui fait horreur, le spectateur n'a-t-il pas raison de penser qu'il va partir un coup de foudre du ciel représenté sur la scène, pour châtier cette Danaïde; ou s'il sait cette autre règle, qui défend d'ensanglanter le théâtre, n'a-t-il pas sujet de croire qu'aussitôt qu'elle en sera partie, un messager viendra pour le moins lui apprendre ce châtiment? Mais cependant ni l'un ni l'autre n'arrive; au contraire, un roi caresse cette impudique, son vice y paraît récompensé, la vertu semble bannie de la conclusion de ce poème : il est une instruction au mal, un aiguillon pour nous y pousser, et par ces fautes remarquables et dangereuses, directement opposé aux principales règles dramatiques.

Voltaire met cette note au mot *Danaïde* :

A quel excès d'aveuglement la jalousie porte un auteur! Quel autre que Scudéry pouvait souhaiter que Chimène mourût d'un coup de foudre?

◆ La réponse de Corneille.

Ne vous êtes-vous pas souvenu que *le Cid* a été représenté trois fois au Louvre, et deux fois à l'hôtel de Richelieu? Quand vous avez traité la pauvre Chimène d'impudique, de prostituée, de parricide, de monstre, ne vous êtes-vous pas souvenu que la reine, les princesses et les plus vertueuses dames de la cour et de Paris l'ont reçue et caressée en fille d'honneur?

◆ La position de l'Académie.

Sur ce fondement, nous disons que le sujet du *Cid* est défectueux en sa plus essentielle partie, parce qu'il manque et de

l'un et de l'autre vraisemblable, et du commun et de l'extraordinaire : car ni la bienséance des mœurs d'une fille introduite comme vertueuse, n'y est gardée par le poète, lorsqu'elle
se résout à épouser celui qui a tué son père; ni la fortune,
par un accident imprévu, et qui naisse de l'enchaînement des
choses vraisemblables, n'en fait point le démêlement : au
contraire, la fille consent à ce mariage par la seule violence
que lui fait son amour; et le dénoûment de l'intrigue n'est
fondé que sur l'injustice inopinée de Fernand, qui vient ordonner un mariage, que par raison il ne devait pas seulement
proposer. Nous avouons bien que la vérité de cette aventure
combat en faveur du poète, et le rend plus excusable que si
c'était un sujet inventé. Mais nous maintenons que toutes
les vérités ne sont pas bonnes pour le théâtre, et qu'il en est
de quelques-unes comme de ces crimes énormes dont les juges
font brûler les procès avec les criminels. Il y a des vérités
monstrueuses, ou qu'il faut supprimer pour le bien de la
société, ou que, si on ne les peut tenir cachées, il faut se contenter de remarquer comme des choses étranges.

C'est principalement en ces rencontres que le poète a droit
de préférer la vraisemblance à la vérité, et de travailler plutôt
sur un sujet feint et raisonnable que sur un véritable qui ne
soit pas conforme à la raison. Que s'il est obligé de traiter
une matière historique de cette nature, c'est alors qu'il la
doit réduire aux termes de la bienséance, sans avoir égard
à la vérité, et qu'il la doit plutôt changer tout entière que
de lui laisser rien qui soit incompatible avec les règles de
son art, lequel, se proposant l'idée universelle des choses, les
épure des défauts et des irrégularités particulières que l'histoire, par la sévérité de ses lois, est contrainte d'y souffrir :
de sorte qu'il y aurait eu, sans comparaison, moins d'inconvénient dans la disposition du Cid de feindre contre la vérité,
ou que le Comte ne se fût pas trouvé à la fin véritable père de
Chimène, ou que, contre l'opinion de tout le monde, il ne
fût pas mort de sa blessure, ou que le salut du roi et du royaume
eût absolument dépendu de ce mariage, pour compenser la
violence que souffrait la nature en cette occasion par le bien
que le prince et son état en recevraient : tout cela, disons-
nous, aurait été plus pardonnable que de porter sur la scène
l'événement tout pur et tout scandaleux, comme l'histoire le
fournissait; mais le plus expédient eût été de n'en faire point
de poème dramatique, puisqu'il était trop connu pour l'altérer
en un point si essentiel, et de trop mauvais exemple pour
l'exposer à la vue du peuple sans l'avoir auparavant rectifié.

Si, maintenant, on nous allègue pour sa défense que cette
passion de Chimène a été le principal agrément de la pièce,

et ce qui lui a excité le plus d'applaudissement, nous répondrons que, quelque mauvaise qu'elle soit, elle est heureusement exprimée; ses puissants mouvements, joints à ses vives et naïves expressions, ont bien pu faire estimer ce qui en effet serait plus estimable si c'était une pièce séparée, et qui ne fût point une partie d'un tout qui ne la peut souffrir; en un mot, elle a assez d'éclat et de charmes pour avoir fait oublier les règles à ceux qui ne les savent guère bien, ou à qui elles ne sont guère présentes.

◆ **Voltaire** fait ces commentaires en note :

Avec le respect que j'ai pour l'Académie, il me semble, comme au public, qu'il n'est point du tout contre la vraisemblance qu'un roi promette pour époux le vengeur de la patrie à une fille qui, malgré elle, aime éperdûment ce héros, surtout si l'on considère que son duel avec le comte de Gormas était en ce temps-là regardé de tout le monde comme l'action d'un brave homme, dont il n'a pu se dispenser.

Si le Comte n'eût pas été le père de Chimène, c'est cela qui eût fait un roman contre la vraisemblance, et qui eût détruit tout l'intérêt.

Cette idée, que le salut de l'état eût dépendu du mariage de Chimène me paraît très belle; mais il eût fallu changer toute la construction du poème.

Analyse des arguments développés par les différents critiques. Rechercher ce qui fonde le jugement de chacun : valeur des raisons avancées : 1º en tenant compte de l'époque des critiques; 2º pour nous, actuellement. — Bilan : où sont les arguments les plus faibles? où est la position la plus solide? La plus nuancée? — La position particulière de Voltaire.

B. L'EXEMPLE D'UN PASSAGE PARTICULIER : III, I A IV.

On ne peut dissocier la scène IV des trois qui la précèdent; mais la critique se concentre sur ce passage qui reste assez particulier.

◆ Voici d'abord le point de vue de **Scudéry** :

Les plus critiques trouveraient peut-être aussi que la bienséance voudrait que Chimène pleurât enfermée chez elle, et non pas aux pieds du Roi, sitôt après cette mort : mais donnons ce transport à la grandeur de ses ressentiments et à l'ardent désir de se venger, que nous savons pourtant bien qu'elle n'a point, quoiqu'elle le dût avoir.

Insensiblement nous voici arrivés au troisième acte, qui est celui qui a fait battre des mains à tant de monde, crier miracle à tous ceux qui ne savent pas discerner le bon or d'avec l'alchimie, et qui seul a fait la fausse réputation du *Cid*. Rodrigue y paraît d'abord chez Chimène avec une épée

qui fume encore du sang tout chaud qu'il vient de faire répandre
à son père; et par cette extravagance si peu attendue, il donne
de l'horreur à tous les judicieux qui le voient, et qui savent
que ce corps est encore dans la maison. Cette épouvantable
procédure choque directement le sens commun; et quand
Rodrigue prit la résolution de tuer le Comte, il devait prendre
celle de ne revoir jamais sa fille; car de nous dire qu'il vient
pour se faire tuer par Chimène, c'est nous apprendre qu'il ne
vient que pour faire des pointes. Les filles bien nées
n'usurpent jamais l'office des bourreaux; c'est une chose
qui n'a point d'exemple, et qui serait supportable dans une
élégie à Phyllis, où le poète peut dire qu'il veut mourir d'une
belle main; mais non pas dans le grave poème dramatique,
qui représente sérieusement les choses comme elles doivent
être. Je remarque, dans la troisième scène, que notre nouvel
Homère s'endort encore, et qu'il est hors d'apparence qu'une
fille de la condition de Chimène n'ait pas une de ses amies
chez elle après un si grand malheur que celui qui vient de lui
arriver, et qui les obligeait toutes de s'y rendre, pour adoucir
sa douleur par quelques consolations. Il eût évité cette faute
de jugement, s'il n'eût pas manqué de mémoire pour ces
deux vers qu'Elvire dit peu auparavant :

> Chimène est au palais de pleurs toute baignée,
> Et n'en reviendra point que bien accompagnée.

Mais sans nous amuser davantage à cette contradiction,
voyons à quoi sa solitude est employée. A faire des pointes
exécrables, des antithèses parricides, à dire effrontément
qu'elle aime, ou plutôt qu'elle adore (ce sont ses mots) ce
qu'elle doit tant haïr; et par un galimatias qui ne conclut
rien, dire qu'elle veut perdre Rodrigue, et qu'elle souhaite
ne le pouvoir pas. Ce méchant combat de l'honneur et de
l'amour aurait au moins quelque prétexte, si le temps, par
son pouvoir ordinaire, avait comme assoupi les choses; mais
dans l'instant qu'elles viennent d'arriver, que son père n'est
pas encore dans le tombeau, qu'elle a ce funeste objet, non
seulement dans l'imagination, mais devant les yeux, la faire
balancer entre ces deux mouvements, ou plutôt pencher
tout à fait vers celui qui la perd et la déshonore, c'est se rendre
digne de cette épitaphe d'un homme en vie, mais endormi,
qui dit :

> Sous cette casaque noire,
> Repose paisiblement
> L'auteur d'heureuse mémoire,
> Attendant le jugement.

Ensuite, de cette conversation de Chimène avec Elvire,
Rodrigue sort de derrière une tapisserie, et se présente effrontément à celle qu'il vient de faire orpheline : en cet endroit

l'un et l'autre se piquent de beaux mots, de dire des douceurs, et semblent disputer la vivacité d'esprit en leurs reparties, avec aussi peu de jugement qu'en aurait un homme qui se plaindrait en musique dans une affliction, ou qui, se voyant boiteux, voudrait clocher en cadence. Mais tout à coup ce beau discoureur, Rodrigue, devient impudent, et dit à Chimène, parlant de ce qu'il a tué celui dont elle tenait la vie :

> Qu'il le ferait encor, s'il avait à le faire.

A qui cette bonne fille répond, qu'elle ne le blâme point, qu'elle ne l'accuse point, et qu'enfin il a fort bien fait de tuer son père. Ô jugement de l'auteur, à quoi songez-vous? ô raison de l'auditeur, qu'êtes-vous devenue? Toute cette scène est d'égale force; mais comme les géographes par un point marquent toute une province, le peu que j'en ai dit suffit pour la faire concevoir entière.

◆ **L'Académie,** sur ce plan, s'exprime ainsi :

La première scène du troisième acte doit être examinée avec plus d'attention, comme celle qui est attaquée avec plus d'apparence de justice. Et certes, il n'est pas peu étrange que Rodrigue, après avoir tué le Comte, aille dans sa maison, de propos délibéré, pour voir sa fille, ne pouvant douter que désormais sa vue ne lui dût être en horreur, et que se présenter volontairement à elle en tel lieu ne fût comme tuer son père une seconde fois : ce dessein néanmoins n'est pas ce que nous y trouvons de moins vraisemblable; car un amant peut être agité d'une passion si violente, qu'encore qu'il ait fort offensé sa maîtresse, il ne pourra pas s'empêcher de la voir, ou pour se contenter lui-même, ou pour essayer de lui faire satisfaction de la faute qu'il aura commise contre elle. Ce qui nous y semble plus difficile à croire, est que ce même amant, sans être accompagné de personne, et sans avoir alors intelligence avec la suivante, entre dans le logis de celui qu'il vient de tuer, passe jusqu'à la chambre de sa fille, et ne rencontre aucun de ses domestiques qui l'arrête en chemin : cela toutefois se pourrait encore excuser sur le trouble où était la famille après la mort du Comte, sur l'obscurité de la nuit qui empêchait de connaître ceux qui vraisemblablement venaient chez Chimène pour l'assister dans son affliction, et sur l'imprudence naturelle aux amants, qui suivent aveuglément leurs passions, sans vouloir regarder les inconvénients qui en peuvent arriver. Et en effet, nous serions aucunement satisfaits si le poète, pour sa décharge, avait fait couler, dans le discours que Rodrigue tient à Elvire, quelques-unes de ces considérations, sans les laisser deviner au spectateur.

Mais ce qui nous en semble inexcusable, est que Rodrigue vient chez sa maîtresse, non pas pour lui demander pardon de ce qu'il a été contraint de faire pour son honneur, mais pour lui en demander la punition de sa main; car s'il croyait l'avoir méritée, et qu'en effet il fût venu en ce lieu à dessein de mourir pour la satisfaire, puisqu'il n'y avait point d'apparence de s'imaginer sérieusement que Chimène se résolût à faire cette vengeance avec ses mains propres, il ne devait point différer à se donner lui-même le coup qu'elle lui aurait si raisonnablement refusé : c'était montrer évidemment qu'il ne voulait pas mourir, de prendre un si mauvais expédient pour mourir, et de ne s'aviser pas que la mort qu'il se fût donnée lui-même, dans les termes d'amant de théâtre, comme elle lui eût été plus facile, lui eût été aussi plus glorieuse. Il pouvait lui demander la mort, mais il ne la pouvait pas espérer; et, se la voyant déniée, il ne se devait point retirer de devant elle sans faire au moins quelque démonstration de se la vouloir donner, et prévenir au moins en apparence celle qu'il dit assez lâchement qu'il va attendre de la main du bourreau.

Nous estimons donc que cette scène, et la quatrième du même acte, qui en est une suite, sont principalement défectueuses en ce que Rodrigue va chez Chimène dans la créance déraisonnable de recevoir par sa main la punition de son crime, et en ce que, ne l'ayant pu obtenir d'elle, il aime mieux la recevoir de la main du ministre de la Justice que de la sienne même. S'il fût allé vers Chimène dans la résolution de mourir en sa présence, de quelque sorte que ce pût être, nous croyons que non seulement ces deux scènes seraient fort belles pour tout ce qu'elles contiennent de pathétique, mais encore que ce qui manque à la conduite serait, sinon fort régulier, au moins fort supportable.

Quant à ce qui suit, nous tombons d'accord qu'il eût été bienséant que Chimène en cette occasion eût eu quelques dames de ses amies auprès d'elle pour la consoler : mais comme cette assistance eût empêché ce qui se passe dans les scènes suivantes, nous ne croyons pas aussi qu'elle fût nécessaire absolument; car une personne autant affligée que l'était Chimène pouvait aussitôt désirer la solitude que souffrir la compagnie. Et ce qu'Elvire dit, *qu'elle reviendra du palais bien accompagnée*, ne donne point de lieu à la contradiction que prétend l'observateur, parce que *revenir accompagnée* n'est pas *demeurer accompagnée;* et supposé qu'elle voulût demeurer seule, il n'y a pas d'apparence que ceux qui l'auraient reconduite du palais chez elle y voulussent passer la nuit contre sa volonté : mais c'est encore une de ces choses que le poète devait adroitement faire entendre, afin de lever tout scrupule de ce côté-là, et de ne donner pas la peine au spectateur de la suppléer pour lui. Ce que nous estimons de plus répréhensible, et que l'observateur n'a pas voulu reprendre, est qu'Elvire n'ait point suivi Chimène au logis du Roi, et que Chimène en soit revenue avec don Sanche sans aucunes femmes.

Les troisième et quatrième scènes nous semblent fort belles, si l'on excepte ce que nous y avons remarqué touchant la conduite. Les pointes et les traits dont elles sont semées pour la plupart ont leur source dans la nature de la chose; et nous trouvons que Rodrigue n'y fait qu'une faute notable, lorsqu'il dit à Chimène avec tant de rudesse qu'il ne se repent point d'avoir tué son père, au lieu de s'en excuser avec humilité sur l'obligation qu'il avait de venger l'honneur du sien. Nous trouvons aussi que Chimène n'y en fait qu'une, mais qui est grande, de ne tenir pas ferme dans la belle résolution de *perdre Rodrigue et de mourir après lui*, et de se relâcher jusqu'à dire que dans la poursuite qu'elle fait de sa mort elle souhaite de ne rien pouvoir. Elle eût pu confesser à Elvire et à Rodrigue même qu'elle avait une violente passion pour lui; mais elle leur devait dire en même temps qu'elle lui était moins obligée qu'à son honneur; que dans la plus grande véhémence de son amour elle agirait contre lui avec plus d'ardeur, et qu'après qu'elle aurait satisfait à son devoir, elle satisferait à son affection, et trouverait bien le moyen de le suivre; sa passion n'eût pas été moins tendre, et eût été plus généreuse.

◆ **Voltaire** adopte le point de vue suivant, dans son *Commentaire* :

Il sut faire du *Cid* espagnol une pièce moins irrégulière et non moins touchante. Le sujet du *Cid* est le mariage de Rodrigue avec Chimène. Ce mariage est un point d'histoire presque aussi célèbre en Espagne que celui d'Andromaque avec Pyrrhus chez les Grecs; et c'était en cela même que consistait une grande partie de l'intérêt de la pièce. L'authenticité de l'histoire rendait tolérable aux spectateurs un dénouement qu'il n'aurait pas été peut-être permis de feindre, et l'amour de Chimène, qui eût été odieux s'il n'avait commencé qu'après la mort de son père, devenait aussi touchant qu'excusable, puisqu'elle aimait déjà Rodrigue avant cette mort, et par l'ordre de son père même.

On confrontera les scènes incriminées avec les critiques faites, avec la défense proposée par Voltaire, avec les éléments positifs reconnus par l'Académie. On étudiera la cohérence des critiques particulières avec la critique générale faite antérieurement. On jugera la valeur des différents points de vue, à l'époque et aujourd'hui. Que représente la position de Voltaire?

3.2. L'UNITÉ D'ACTION ET LE RÔLE DE L'INFANTE

Scudéry et l'Académie condamnent Corneille d'avoir amorcé une intrigue qui détourne de l'essentiel avec le personnage de l'Infante. On comparera leurs critiques avec le *Discours du poème dramatique* dans lequel l'auteur répond :

◆ La troisième scène est encore plus défectueuse, en ce qu'elle attire en son erreur toutes celles où parlent l'Infante ou don Sanche : je veux dire qu'outre la bienséance mal observée, en une amour si peu digne d'une fille de roi, et l'une et l'autre tiennent si peu dans le corps de la pièce, et sont si peu néces-saires à la représentation, qu'on voit clairement que doña Urraque n'y est que pour faire jouer la Beauchâteau, et le pauvre don Sanche, pour s'y faire battre par don Rodrigue. Et cependant il nous est enjoint par les maîtres de ne mettre rien de superflu dans la scène. Ce n'est pas que j'ignore que les épisodes font une partie de la beauté d'un poème; mais il faut, pour être bons, qu'ils soient plus attachés au sujet. Celui qu'on prend pour un poème dramatique est de deux façons; car il est ou simple, ou mixte : nous appelons simple celui qui, étant un et continué, s'achève en un manifeste chan-gement, au contraire de ce qu'on attendait, et sans aucune reconnaissance. Nous en avons un exemple dans l'*Ajax* de Sophocle, où le spectateur voit arriver tout ce qu'il s'était proposé. Ajax, plein de courage, ne pouvant endurer d'être méprisé, se met en furie; et, après qu'il est revenu à soi, rou-gissant des actions que la rage lui a fait faire, et vaincu de honte, il se tue. En cela il n'y a rien d'admirable ni de nouveau. Le sujet mêlé, ou non simple, s'achemine à sa fin, avec quelque changement opposé à ce qu'on attendait, ou quelque recon-naissance, ou tous les deux ensemble. Celui-ci étant assez intrigué de soi, ne recherche presque aucun embellissement : au lieu que l'autre, étant trop nu, a besoin d'ornements étrangers. Ces amplifications, qui ne sont pas tout à fait nécessaires, mais qui ne sont pas aussi hors de la chose, s'appellent épisodes chez Aristote; et l'on donne ce nom à tout ce que l'on peut insérer dans l'argument, sans qu'il soit de l'argument même. Ces épisodes, qui sont aujourd'hui fort en usage, sont trouvés bons lorsqu'ils aident à faire quelque effet dans le poème : comme anciennement le dis-cours d'Agamemnon, de Teucer, de Ménélaüs et d'Ulysse dans l'*Ajax* de Sophocle, servait pour empêcher qu'on ne privât ce héros de sépulture; ou bien lorsqu'ils sont néces-saires, ou vraisemblablement attachés au poème, qu'Aristote appelle épisodique, quand il pèche contre cette dernière règle. Notre auteur, sans doute, ne savait pas cette doctrine, puis-qu'il se fût bien empêché de mettre tant d'épisodes dans son poème, qui, étant mixte, n'en avait pas besoin; ou si sa stérilité ne lui permettait pas de le traiter sans cette aide, il y en devait mettre qui ne fussent pas irréguliers. Il aurait sans doute banni doña Urraque, don Sanche et don Arias, et n'aurait pas eu tant de feu à leur faire dire des pointes, ni tant d'ardeur à la déclamation, qu'il ne se fût souvenu que pas un de ces personnages ne servait aux incidents de son poème, et n'y avait aucun attachement nécessaire.

◆ Quant à la troisième [scène de l'acte premier], nous sommes entièrement de l'avis de l'observateur, et tenons tout l'épisode de l'Infante condamnable; car ce personnage n'y contribue rien ni à la conclusion, ni à la rupture de ce mariage, et ne sert qu'à représenter une passion niaise, qui d'ailleurs est peu séante à une princesse, étant conçue pour un jeune homme qui n'avait encore donné aucun témoignage de sa valeur. Ce n'est pas que nous ignorions que tous les épisodes, quoique non nécessaires, ne sont pas pour cela bannis de la poésie; mais nous savons aussi qu'ils ne sont estimés que dans la poésie épique, que la dramatique ne les souffre que fort courts, et qu'elle n'en reçoit point de cette nature qui règnent dans toute la pièce. La plupart de ce que l'observateur dit ensuite pour appuyer sa censure touchant la liaison des épisodes avec le sujet principal est pure doctrine d'Aristote, et très conforme au bon sens; mais nous sommes bien éloignés de croire, avec lui, que don Sanche soit du nombre de ces personnes épisodiques qui ne font aucun effet dans le poème.

La seconde [scène de l'acte IV] a le défaut que remarque l'observateur, touchant l'inutilité de l'Infante; et l'on ne peut pas dire qu'elle y est utile en quelque sorte comme celle qui flatte la passion de Chimène, et qui sert à lui faire montrer de plus en plus combien elle est affermie dans la résolution de perdre son amant : car Chimène eût pu témoigner aussi bien cette résolution en parlant à Elvire qu'en parlant à l'Infante, laquelle agit en cette occasion sans aucune nécessité.

◆ Ces épisodes sont de deux sortes, et peuvent être composés des actions particulières des principaux acteurs, dont toutefois l'action principale pourrait se passer, ou des intérêts des seconds amants qu'on introduit, et qu'on appelle communément des personnages épisodiques. Les uns et les autres doivent avoir leur fondement dans le premier acte, et être attachés à l'action principale, c'est-à-dire y servir de quelque chose; et particulièrement ces personnages épisodiques doivent s'embarrasser si bien avec les premiers, qu'un seul intrique brouille les uns et les autres. Aristote blâme fort les épisodes détachés, et dit que *les mauvais poètes en font par ignorance, et les bons en faveur des comédiens pour leur donner de l'em-*

ploi. L'Infante du *Cid* est de ce nombre, et on la pourra condamner ou lui faire grâce par ce texte d'Aristote, suivant le rang qu'on voudra me donner parmi nos modernes.

> En se référant à la Notice, en étudiant la manière dont l'Infante s'intègre dans l'action, on tentera de déterminer qui a raison des détracteurs ou des défenseurs du personnage dans la pièce. Le silence de Corneille, sur le moment, dans la *Lettre apologétique*, n'a-t-il pas une signification?

3.3. LE ROI

A. LES CINQ CENTS GENTILSHOMMES.

Le personnage de don Fernand est critiqué sur plusieurs points. Une première invraisemblance pour Scudéry consiste dans ce chiffre des amis de don Diègue.

> Il faut se souvenir que Fernand était le premier roi de Castille, c'est-à-dire roi de deux ou trois petites provinces. De sorte qu'outre qu'il est assez étrange que cinq cents gentilshommes se trouvent à la fois chez un de leurs amis qui a querelle, la coutume étant, en ces occasions, qu'après avoir offert leurs services et leur épée, les uns sortent à mesure que les autres entrent, il est encore plus hors d'apparence qu'une aussi petite cour que celle de Castille était alors pût fournir cinq cents gentilshommes à don Diègue, et pour le moins autant au comte de Gormas, si grand seigneur et tant en réputation, sans ceux qui demeuraient neutres, et ceux qui restaient auprès de la personne du Roi. C'est une chose entièrement éloignée du vraisemblable, et qu'à peine pourrait faire la cour d'Espagne, en l'état où sont les choses maintenant; aussi voit-on bien que cette grande troupe est moins pour la querelle de Rodrigue que pour lui aider à chasser les Maures. Et quoique les bons seigneurs n'y songeassent pas, l'auteur, qui fait leur destinée, les a bien su forcer malgré qu'ils en eussent à s'assembler, et sait lui seul à quel usage on les doit mettre.

> Voici maintenant la réponse de l'Académie. Analyser la valeur des arguments avancés de part et d'autre. Est-on choqué par ce détail actuellement? Le théâtre classique manifeste-t-il toujours autant d'intérêt à la vérité historique?

> Quant à la supputation que l'observateur fait ensuite du nombre excessif de ces gentilshommes, elle est bien introduite avec grâce et esprit, mais sans solidité, à notre avis, et seulement pour rendre ridicule ce qui ne l'est pas; car, premièrement, ces *cinq cents amis* pouvaient n'être pas tous *gentilshommes*, et c'était assez qu'ils fussent soldats pour être compris sous le nom d'amis, ainsi que don Diègue les appelle, et non pas gentilshommes; en second lieu, vouloir qu'il y en eût une

bonne quantité de neutres, et un quatrième parti de ceux qui ne bougeaient d'auprès de la personne du Roi, ce n'est pas se souvenir qu'en matière de querelles de grands, la cour se partage toujours sans qu'il en demeure guère de neutres que ceux qui sont méprisables à l'un et à l'autre parti. Si bien que la cour de Fernand pouvait être plus petite que celle des rois d'Espagne d'à présent, et ne laisser pas d'être composée, à un besoin, de mille gentilshommes, principalement en un temps où il y avait guerre avec les Maures, ainsi que peu après l'observateur même le dit.

Et quoiqu'il soit vrai, comme il le remarque fort bien, que ces cinq cents amis de Rodrigue étaient plutôt assemblés par le poète contre les Maures que contre le Comte, nous croyons que, n'y ayant nulle répugnance qu'ils soient employés contre tous les deux, le poète serait plutôt digne de louange que de blâme d'avoir inventé cette assemblée de gens, en apparence contre le Comte, et en effet contre les Maures : car une des beautés du poème dramatique est que ce qui a été imaginé et introduit pour une chose serve à la fin pour une autre.

B. L'INCURSION DES MAURES.

Mais en cet endroit il faut que je dise que jamais roi ne fut si mal obéi que don Fernand, puisqu'il se trouve, que malgré l'ordre qu'il avait donné dès le second acte, de munir le port sur l'avis qu'il avait que les Maures venaient l'attaquer; il se trouve, dis-je, que Séville était prise, son trône renversé, et sa personne et celle de ses enfants perdues, si le hasard n'eût assemblé ces bienheureux amis de don Diègue qui aident Rodrigue à le sauver. Et certes, le Roi, qui témoigne qu'il n'ignore point ce désordre, a grand tort de ne punir pas ces coupables, puisque c'est par leur seule négligence que l'auteur fait

... Que d'un commun effort
Les Maures et la mer entrent dedans le port.

Mais il me permettra de lui dire que cela n'a pas grande apparence, vu que la nuit on ferme les havres d'une chaîne, principalement ayant la guerre, et de plus, des avis certains que les ennemis approchent. Ensuite il dit, parlant encore des Maures :

... Ils ancrent, ils descendent.

Ce n'est pas savoir le métier dont il parle; car en ces occasions où l'événement est douteux, on ne mouille point l'ancre, afin d'être plus en état de faire retraite, si l'on s'y voit forcé.

Telle est l'opinion de Scudéry. On relèvera l'effort pour donner un aspect technique du développement; on se souviendra que Scudéry était « capitaine entretenu sur les galères du roi ». — On appréciera la réponse de l'Académie : finesse, tentation du pastiche, appui sur l'autorité des Anciens, qualité des arguments. — Tout cela est-il, pour nous, très important?

Dans la troisième, l'observateur s'étonne que les commandements du Roi aient été mal exécutés. Mais comme il est assez ordinaire que les bons ordres sont mal suivis, il n'y avait rien de si raisonnable que de supposer en faveur de Rodrigue qu'en cette occasion Fernand eût été servi avec négligence. Toutefois ce n'est pas par cette raison que le poëte se peut défendre, la véritable étant que le Roi n'avait point donné d'ordre pour résister aux Maures, de peur de mettre la ville en trop grande alarme. Il est vrai que l'excuse est pire que la faute, parce qu'il y aurait moins d'inconvénient que le Roi fût mal obéi ayant donné de bons ordres, que non pas qu'il pérît faute d'en avoir donné aucun. Si bien qu'encore que l'objection par là demeure nulle en ce lieu, il nous semble néanmoins qu'elle eût été bonne et solide dans la sixième scène du second acte, où l'on pouvait reprocher à Fernand, avec beaucoup de justice, qu'il savait mal garder ses places, de négliger ainsi les bons avis qui lui étaient donnés, et de prendre le parti le moins assuré dans une nouvelle qui ne lui importait pas moins que de sa ruine.

Ce qui suit du mauvais soin de don Fernand, qui devait tenir le port fermé avec une chaîne, serait une répréhension fort judicieuse, supposé que Séville eût un port si étroit d'embouchure, qu'une chaîne l'eût pu clore aisément, ce qu'il semble aussi que l'auteur estime, faisant dire en un lieu :

Les Maures et la mer entrèrent dans le port;

et, en un autre, distinguant le fleuve du port :

Et la terre, et le fleuve, et leur flotte, et le port.

Mais Séville étant assez avant dans la terre, et n'ayant pour havre que le Guadalquivir, qui ne se peut commodément fermer d'une chaîne, à cause de sa grande largeur, on peut dire que c'était assez que Rodrigue fît la garde au port, et qu'en ce lieu l'observateur désire une chose peu possible, quoique l'auteur lui en ait donné sujet par son expression. Pour le reste, nous croyons que la flotte des Maures a pu ancrer, afin que leur descente se fît avec ordre; parce qu'en cas de retraite, si elle eût été si pressée qu'ils n'eussent pas eu le loisir de lever les ancres, en coupant les câbles, ils se mettaient en état de la faire avec autant de promptitude que s'ils ne les eussent point jetées. C'est ainsi, ou avec peu de différence, qu'Énée en use quand il coupe le câble qui tenait son vaisseau attaché au rivage, plutôt que de l'envoyer détacher, dans la crainte qu'il avait qu'en retardant un peu sa sortie du port, Didon n'eût assez de temps pour le retenir par force dans Carthage.

4. LA LANGUE, LE STYLE
ET LA VERSIFICATION

C'est là un aspect important de la querelle à deux points de vue. Dans l'immédiat, ce problème occupe une place importante aussi bien dans les *Observations* de Scudéry (21 p. 100 du texte total) que dans les *Sentiments* de l'Académie (37 p. 100). En outre, on voit Corneille s'acharner au fil des rééditions de son théâtre, à rajeunir la langue, à rendre son style plus limpide, à pourchasser les tolérances dans sa versification. On se rendra aisément compte par une lecture comparée que Racine paraît beaucoup plus clair à la lecture que Corneille. Toutefois, les critiques ne sont pas nécessairement irréfutables.

4.1. JUGEMENT D'ENSEMBLE

A. SCUDÉRY.

Maintenant, pour la versification, j'avoue qu'elle est la meilleure de cet auteur; mais elle n'est point assez parfaite pour avoir dit lui-même qu'il quitte la terre, que son vol le cache dans les cieux, qu'il y rit du désespoir de tous ceux qui l'envient, et qu'il n'a point de rivaux qui ne soient fort honorés quand il daigne les traiter d'égal. Si le Malherbe en avait dit autant, je doute même si ce ne serait point trop. Mais voyons un peu si ce soleil qui croit être aux cieux est sans tache, ou si, malgré son éclat prétendu, nous aurons la vue assez forte pour le regarder fixement, et pour les apercevoir.

On pourra rapprocher de l'allusion à Malherbe, d'une part, le rôle qu'il eut sur le plan du purisme à la suite de son *Commentaire sur Desportes*, en attendant Vaugelas et ses *Remarques*, d'autre part, ce vers que lui-même écrivit :

Ce que Malherbe écrit dure éternellement.

B. LA RÉPONSE DE CORNEILLE.

Vous avez épluché les vers de ma pièce, jusqu'à en accuser un manque de césure : si vous eussiez su les termes de l'art, vous eussiez dit qu'il manquait de repos à l'hémistiche.

Caractère dédaigneux de cette réponse. Portée de la rectification (il s'agit du vers 221) : on cherchera le sens des mots

> techniques *césure* et *hémistiche* (*repos* = pause) et l'on en
> jugera après avoir pris connaissance de l'opinion de l'Aca-
> démie : « L'observateur a repris ce vers avec trop de rigueur
> pour avoir la césure mauvaise ; car cela se souffre quelquefois
> aux vers de théâtre, et même en quelques lieux a de la grâce
> dans les interlocutions, pourvu que l'on en use rarement. »
> Comment est ici employé le mot *césure* par rapport à Corneille
> et à Scudéry? Les deux problèmes : 1º impropriété dans
> l'emploi des mots techniques; 2º le fond du débat (la place
> de la coupe; expressivité et régularité).

C. L'ACADÉMIE.

On se référera d'abord aux premières phrases de la conclusion
générale donnée aux *Sentiments* (voir en 1.4. C.). Voici maintenant
le paragraphe qui précède l'étude détaillée faite par les critiques
des vers du *Cid*.

> A l'examen de ce que l'observateur appelle *conduite* succède
> celui de la versification, laquelle ayant été reprise sans grand
> fondement en beaucoup de lieux, et passée pour bonne en
> beaucoup d'autres où il y avait grand sujet de la condamner,
> nous avons jugé nécessaire, pour la satisfaction du public, de
> montrer en quoi la censure des vers a été bonne ou mauvaise,
> et en quoi l'observateur eût eu encore juste raison de les
> reprendre. Toutefois nous n'avons pas cru qu'il nous fallût
> arrêter à tous ceux qui n'ont d'autre défaut que d'être faibles
> et rampants, le nombre desquels est trop grand et trop facile
> à connaître pour y employer notre temps.

4.2. LE DÉTAIL DES CRITIQUES DE FORME

Nous donnerons ci-dessous, avec la référence du vers, les critiques formulées par Scudéry, par l'Académie et les remarques
de Voltaire. Le numéro de vers entre crochets ajouté correspond
à l'édition définitive. Du point de vue quantitatif, sur les deux premières scènes de la pièce (version de 1637), Scudéry critique les
vers 1, 5-6, 20, 28 et 37; l'Académie, les vers 1, 5-6, 8, 15-16, 20,
21, 28, 34, 37 et 40.

> On analysera les critiques faites, l'on en jugera la valeur
> et l'on cherchera, d'après l'édition définitive, le profit que
> Corneille en a tiré. — Le goût de Voltaire en matière de
> langue et de style d'après ses commentaires. (Ces derniers
> sont de deux sortes, les uns sont des notes au texte même
> de Corneille, nous les avons indiqués par la mention texte
> entre parenthèses; les autres notes sont associées aux sentiments
> de l'Académie; nous les avons référencés Académie entre
> parenthèses.)

Vers 1.

◆ **Scudéry** : C'est parler français ou allemand, que de donner de la jeunesse à la ferveur. Cette épithète n'est pas en son lieu; et fort improprement nous dirions, *ma jeune peine, ma jeune inquié-tude, ma jeune crainte*, et mille autres semblables termes impropres.

◆ **Académie** : Ce mot de *ferveur* est plus propre pour la dévo-tion que pour l'amour; mais, supposé qu'il fût aussi bon en cet endroit qu'*ardeur* ou *désir*, *jeune* s'y accommoderait fort bien contre l'avis de l'observateur.

◆ **Voltaire** (texte) : S'il est permis d'ajouter quelque chose à la décision de l'Académie, je dirai que le mot *jeune* convient très bien aux passions de la jeunesse. On dira bien *leurs jeunes amours*, mais non pas *leur jeune colère, ma jeune haine* : pourquoi? parce que la colère, la haine appartiennent autant à l'âge mûr, et que l'amour est plus le partage de la jeunesse.

> Valeur des critiques formulées : on rapprochera la remarque sur *ferveur* de l'opinion de certains, au XVIIe siècle, sur la tirade de Tartuffe à Elmire à l'acte III. Que penser de la remarque de Voltaire : valeur de l'argument sur le plan scienti-fique; quelle justification proposerait-on plutôt?

Vers 7.

◆ **Voltaire** (texte) : *Dedans* n'est ni censuré par Scudéry, ni remarqué par l'Académie; la langue n'était pas alors entièrement épurée. On n'avait pas songé que *dedans* est un adverbe : *Il est dans la chambre, il est hors de la chambre. Êtes-vous dedans? Êtes-vous dehors?*

> On se reportera à une grammaire historique ou à l'*Histoire de la langue française* pour montrer l'absence de sens histo-rique que manifeste cette remarque. On relèvera ici un fait caractéristique chez Voltaire, valable pour la totalité de son *Commentaire sur Corneille* : une confusion constante des deux plans descriptif et prescriptif. Il condamne Corneille par réfé-rence à l'usage de 1764 avec l'intention avouée de mettre en garde « les jeunes gens » contre un tour à éviter (point de vue prescriptif); il considère ce tour comme un défaut du temps de Corneille, sans accepter l'usage du temps comme une norme valable pour l'auteur. — La notion de pureté de langue ici s'appuie nettement sur une idée que l'on retrouvera à propos du vers 20 : la langue française a atteint sa perfection avec Racine; tout ce qui s'en écarte est donc mauvais. En quoi ce jugement, s'il est acceptable pour les œuvres postérieures à 1670, est-il absurde pour celles qui précèdent cette date?

JUGEMENTS SUR « LE CID »

Le Cid est sans doute la pièce sur la création de laquelle nous ayons le plus de jugements contemporains, grâce à la polémique qui opposa Corneille aux critiques. Les extraits qui suivent révèlent à la fois l'enthousiasme du public et la malveillance pointilleuse des « doctes ». La lettre de Balzac tire admirablement la leçon de la querelle.

Il est si beau [le Cid] qu'il a donné de l'amour aux dames les plus continentes, dont la passion a même plusieurs fois éclaté au théâtre public. On a vu seoir en corps aux bancs de ses loges ceux qu'on ne voit d'ordinaire que dans la chambre dorée et sur le siège des fleurs de lys. La foule a été si grande à nos portes et notre lieu s'est trouvé si petit, que les recoins du théâtre [...] ont été des places de faveur pour les cordons bleus[1] et la scène a été d'ordinaire parée de croix de chevaliers de l'Ordre.

Montdory,
Lettre à Guez de Balzac (18 janvier 1637).

Le sujet du Cid étant d'un auteur espagnol, si l'invention en était bonne, la gloire en appartiendrait à Guillem de Castro, et non pas à son traducteur français. Mais il tant s'en faut que j'en demeure d'accord, que je soutiens qu'elle ne vaut rien du tout. La tragédie, composée selon les règles de l'art, ne doit avoir qu'une action principale à laquelle tendent et viennent aboutir toutes les autres, ainsi que les lignes se vont rendre de la circonférence d'un cercle à son centre ; et l'argument en devant être tiré de l'histoire ou des fables connues, selon les préceptes qu'on nous a laissés, on n'a pas dessein de surprendre le spectateur, puisqu'il sait déjà ce qu'on doit représenter ; mais il n'en va pas ainsi de la tragi-comédie ; car bien qu'elle n'ait presque pas été connue de l'antiquité, néanmoins, puisqu'elle est comme un composé de la tragédie et de la comédie, et qu'à cause de sa fin elle semble même pencher plus vers la dernière, il faut que le premier acte dans cette espèce de poëme embrouille une intrigue qui tienne toujours l'esprit en suspens, et qui ne se démêle qu'à la fin de tout l'ouvrage.

Ce nœud gordien n'a pas besoin d'avoir un Alexandre dans le Cid pour le dénouer. Le père de Chimène y meurt presque dès le commencement ; dans toute la pièce, elle ni Rodrigue ne poussent et ne peuvent pousser qu'un seul mouvement : on n'y voit aucune diversité, aucune intrigue, aucun nœud ; et le moins clairvoyant des

---

1. L'écharpe bleue des membres de l'ordre du Saint-Esprit, dont les dignitaires étaient les plus grands personnages du royaume.

spectateurs devine ou plutôt voit la fin de cette aventure aussitôt
qu'elle commence.

Georges de Scudéry,
Observations sur « le Cid » (avril 1637).

Scudéry fait un examen des vers, et s'arrête en des choses qui
ne valent pas la censure, ou qui ne la méritent pas [...].

Ce que je trouverais plus encore à reprendre en cette pièce est
qu'une bonne partie est pleine de pointes si étranges, que ce devait
être là le principal sujet des *Observations*, avec les mauvaises façons
de parler que Scudéry a peut-être oubliées pour faire plaisir à son
ami [...].

En demandant justice au Roi, elle [Chimène] s'amuse à pointiller
sur les pensées que peut avoir le sang de son père, et à dire :

> ... Qui tout sorti fume encor de courroux
> De se voir répandu pour d'autres que pour vous.
> [Vers 663-664.]

Mais ce sang, qui sait connaître pour quel sujet il est versé, et
qui est fort fâché de ce que ce n'est pas pour le Roi, sait bien
encore plus, car il sait écrire et même sur la poussière, et écrit
le devoir de Chimène. Je n'ai point su à la vérité en quels termes
ni en quels caractères, dont j'ai grand regret, car cette curiosité
était belle à savoir. Voilà un sang qui sait faire des merveilles ;
mais voici une valeur qui fait bien autre chose, même après la
mort de celui qui la possédait. Voyez où elle s'est mise et en quel
état. Voici les vers :

> Ou plutôt la valeur en cet état réduite
> Me parlait par sa plaie, et hâtait ma poursuite ;
> Et pour se faire entendre au plus juste des rois,
> Par cette triste bouche elle empruntait ma voix.
> [Vers 677-680.]

Cette valeur, premièrement, prend un corps fantastique, puis
elle se met à l'ouverture de cette plaie, parle par ce trou, et appelle
Chimène ; puis l'auteur se reprend, et dit que toutefois cette valeur
ne parle pas, mais se sert de la bouche de cette plaie pour parler,
et enfin, par cette bouche, elle emprunte la voix de Chimène.
Voyez que de détours ! Cet homme mort, ne pouvant plus parler,
emprunte la voix de sa valeur, sa valeur emprunte la bouche de
sa plaie, et la plaie emprunte la voix de Chimène. Il faut avoir
bien de l'esprit pour faire ces fictions et avoir ces belles pensées.

Le Jugement du « Cid »
composé par un bourgeois de Paris,
marguillier de sa paroisse (1637).

Considérez néanmoins, Monsieur, que toute la France entre en
cause avec lui [Corneille], et que peut-être il n'y a pas un des
juges dont vous êtes convenus ensemble qui n'ait loué ce que vous
désirez qu'il condamne : de sorte que, quand vos arguments seraient

invincibles et que votre adversaire y acquiescerait, il aurait toujours de quoi se consoler glorieusement de la perte de son procès, et vous dire que c'est quelque chose de plus d'avoir satisfait tout un royaume que d'avoir fait une pièce régulière. [...]

Il y a des beautés parfaites qui sont effacées par d'autres qui ont plus d'agrément et moins de perfection; et parce que l'acquis n'est pas si noble que le naturel, ni le travail des hommes que les dons du ciel, on vous pourrait encore dire que savoir l'art de plaire ne vaut pas tant que savoir plaire sans art. [...]

Cela étant, Monsieur, je ne doute pas que Messieurs de l'Académie ne se trouvent bien empêchés dans le jugement de votre procès, et que d'un côté vos raisons ne les ébranlent, et de l'autre l'approbation publique ne les retienne. [...]

Ainsi vous l'emportez dans le cabinet, et il a gagné au théâtre. Si le Cid est coupable, c'est d'un crime qui a eu récompense; s'il est puni, ce sera après avoir triomphé; s'il faut que Platon le bannisse de sa république, il faut qu'il le couronne de fleurs en le bannissant, et ne le traite pas plus mal qu'il a traité autrefois Homère; si Aristote trouve quelque chose à désirer en sa conduite, il doit le laisser jouir de sa bonne fortune, et ne pas condamner un dessein que le succès a justifié. Vous êtes trop bon pour en vouloir davantage. Vous savez qu'on apporte souvent du tempérament aux lois, et que l'équité conserve ce que la justice pourrait ruiner. N'insistez point sur cette exacte et rigoureuse justice. Ne vous attachez point avec tant de scrupule à la souveraine raison. Qui voudrait la contenter et suivre ses desseins et sa régularité serait obligé de lui bâtir un plus beau monde que celui-ci. Il faudrait lui faire une nouvelle nature des choses et lui aller chercher des idées au-dessus du ciel. Je parle pour mon intérêt : si vous la croyez, vous ne trouverez rien qui mérite d'être aimé, et par conséquent je suis en hasard de perdre vos bonnes grâces, bien qu'elles me soient extrêmement chères, et que je sois passionnément, Monsieur, votre, etc.

Lettre de Guez de Balzac à Scudéry
sur ses Observations sur « le Cid » (27 août 1637)[1].

A ce que nous pouvons juger des sentiments d'Aristote sur la matière du vraisemblable, il n'en reconnaît que deux genres, le commun et l'extraordinaire. [...]

Sur ce fondement nous disons que le sujet du *Cid* est défectueux en sa plus essentielle partie; parce qu'il manque de l'un et de l'autre vraisemblable, et du commun et de l'extraordinaire; car ni la bienséance d'une fille introduite comme vertueuse n'y est gardée par le poëte, lorsqu'elle se résout à épouser celui qui a tué son père, ni la fortune par un accident imprévu, et qui naisse de l'enchaîne-

---

1. Le texte complet de cette lettre est cité dans le volume des « Classiques Larousse » consacré à *Balzac-Voiture*.

ment des choses vraisemblables, n'en fait point le démêlement. Au contraire, la fille consent à ce mariage par la seule violence que lui fait son amour ; et le dénouement de l'intrigue n'est fondé que sur l'injustice inopinée de Fernand, qui vient ordonner un mariage que par raison il ne devait pas seulement proposer. Nous avouons bien que la vérité de cette aventure combat en faveur du poëte, et le rend plus excusable que si c'était un sujet inventé ; mais nous maintenons que toutes les vérités ne sont pas bonnes pour le théâtre, et qu'il en est de quelques-unes comme de ces crimes énormes dont les juges font brûler les procès avec les criminels.

> *Sentiments de l'Académie sur « le Cid »*,
> rédigés par Chapelain (décembre 1637).

Les échos de cette querelle fameuse se retrouvent encore dans la seconde moitié du siècle, mais on ne conteste plus la beauté d'une œuvre qui est déjà considérée comme « classique ».

> En vain contre le Cid un ministre se ligue :
> Tout Paris pour Chimène a les yeux de Rodrigue.
> L'Académie en corps a beau le censurer :
> Le public révolté s'obstine à l'admirer.

> *Boileau,*
> *Satire IX* (v. 231 à 234) [1667].

Quelle prodigieuse distance entre un bel ouvrage et un ouvrage parfait ou régulier ! Je ne sais s'il s'en est encore trouvé de ce dernier genre. Il est peut-être moins difficile aux rares génies de rencontrer le grand et le sublime, que d'éviter toute sorte de fautes. Le Cid n'a eu qu'une voix pour lui à sa naissance, qui a été celle de l'admiration ; il s'est vu plus fort que l'autorité et la politique, qui ont tenté vainement de le détruire ; il a réuni en sa faveur des esprits toujours partagés d'opinions et de sentiments, les grands et le peuple : ils s'accordent tous à le savoir de mémoire, et à prévenir au théâtre les acteurs qui le récitent. Le Cid enfin est l'un des plus beaux poëmes que l'on puisse faire ; et l'une des meilleures critiques qui ait été faite sur aucun sujet est celle du Cid[1].

> La Bruyère,
> *les Caractères* (Des ouvrages de l'esprit, 30)
> [4e édition, 1689].

Bossuet est en désaccord avec ses contemporains, mais pour des motifs qui concernent non le Cid en particulier, mais le théâtre en général, dont il condamne l'immoralité. Le Cid lui semble une pièce capable d'éveiller les passions toujours dangereuses.

Que veut un Corneille, dans son Cid, sinon qu'on aime Chimène, qu'on l'adore avec Rodrigue, qu'on tremble avec lui lorsqu'il est

---

1. Allusion aux *Sentiments de l'Académie sur le « Cid »*.

dans la crainte de la perdre, et qu'avec lui on s'estime heureux lorsqu'il espère de la posséder ?
                                                          Bossuet,
                              Maximes sur la comédie (1694).

XVIII° SIÈCLE

Voltaire, admirateur de Racine, apporte toujours beaucoup de restrictions à ses éloges de Corneille, et il tient compte des entorses commises par le poète contre les règles.

On n'avait point su encore parler au cœur chez aucune nation. Cinq ou six endroits très touchants, mais noyés dans la foule des irrégularités de Guillen de Castro, furent sentis par Corneille, comme on découvre un sentier couvert de ronces et d'épines.

                                                          Voltaire,
                              Commentaires (Préface du « Cid ») [1764].

XIX° SIÈCLE

Avec le romantisme, les fameuses « irrégularités » du Cid vont au contraire être portées à l'avantage de Corneille, considéré comme brimé par le classicisme. C'est tout juste si Hugo ne voit pas en lui un précurseur du romantisme.

Il faut voir comme Pierre Corneille, harcelé à son début pour sa merveille du Cid, se débat sous Mairet, Claveret, d'Aubignac et Scudéry ! comme il dénonce à la postérité les violences de ces hommes qui, dit-il, se font *tout blancs d'Aristote* ! [...] Il fallut un juge pour trancher la question. Chapelain décida. Corneille se vit donc condamné, le lion fut museflé, ou, pour dire comme alors, la *corneille* fut *déplumée*. Voici maintenant le côté douloureux de ce drame grotesque : c'est après avoir été ainsi rompu dès son premier jet, que ce génie, tout moderne, tout nourri du moyen-âge et de l'Espagne, forcé de mentir à lui-même et de se jeter dans l'antiquité, nous donna cette Rome castillane, sublime sans contredit, mais où, excepté peut-être dans le *Nicomède* si moqué du dernier siècle pour sa fière et naïve couleur, on ne retrouve ni la Rome véritable, ni le vrai Corneille.
                                                          Victor Hugo,
                              Préface de « Cromwell » (1827).

Les querelles entre romantisme et classicisme à leur tour évanouies dans le passé, les historiens de la littérature peuvent essayer de définir objectivement la place du Cid dans l'évolution du théâtre français. G. Lanson trouve dans la pièce une rigueur de composition qui annonce le classicisme.

Il est aisé de voir que, dans *le Cid*, la double situation initiale étant posée, c'est-à-dire le Cid et Chimène étant amants, don Diègue et don Gomès étant rivaux, le caractère de don Gomès amène l'insulte, celui de don Diègue et celui de Rodrigue nécessitent la vengeance et celui de Chimène détermine la demande de justice [...]. Le choix du Roi a été la chiquenaude qui a donné le mouvement à ce petit monde.

Gustave Lanson,
Corneille (1898).

XXᵉ SIÈCLE

Les travaux plus récents de l'histoire littéraire ont permis de mieux situer le Cid, à la limite de cette période où le goût du baroque fait place à la discipline « classique », et de mieux comprendre en quoi le Cid pouvait répondre à l'idéal d'une époque. Mais, en même temps, écrivains et critiques s'émerveillent de l'« actualité » que garde toujours la pièce, de son éternelle jeunesse ; de toutes les pièces du répertoire tragique, le Cid reste peut-être la plus vivante, et sans doute la seule capable de susciter l'enthousiasme.

Le beau secret, le profond secret du classique (et jamais et nulle part il n'est aussi beau et il n'atteint aussi profondément que dans Corneille) [...], c'est le pair et le comparable, c'est le loyal, et c'est que tous les mondes et tous les êtres y soient à égalité. [...]

Nous atteignons ici, au secret même, au point de secret de la poétique et du génie de Corneille : l'honneur est aimé d'amour, l'amour est honoré d'honneur. [...]

Nous n'avons qu'un honneur. Il est tant de maîtresses, dit le vieux don Diègue. Mais l'idée de Rodrigue, l'idée cornélienne, c'est : 1° que nous n'avons qu'un honneur ; 2° que nous n'avons qu'une maîtresse ; 3° que c'est la même unicité.

Charles Péguy,
Victor-Marie, comte Hugo (1910).

Tragédie unique, par tout ce qu'il y a de foi, d'ardeur, d'héroïsme chevaleresque, d'exubérance de vie ; unique encore par le charme divin de la jeunesse, cette fleur exquise de la jeunesse que les plus admirables génies ne font guère éclore qu'une fois.

Gustave Reynier,
le Cid (1929).

D'une poussée triomphante et bousculante, *le Cid* s'installe dans l'admiration populaire, en lui apportant quelque chose de fort et de vital.

Jean Schlumberger,
Plaisir à Corneille (1936).

Le Cid est le chef-d'œuvre de la tragi-comédie. Un chef-d'œuvre qui sans doute n'eût pas été possible si depuis quelques années la tragédie n'avait été en pleine renaissance. [...]

Le Cid, tragi-comédie romanesque, a toutes les vertus de la tragédie. Plus tard, quand la tragi-comédie aura passé de mode, Corneille dira que *le Cid* était une tragédie, et les historiens, sans y regarder de si près, ne feront pas difficulté de le croire.

Antoine Adam,
Histoire de la littérature française au XVIIe siècle,
tome Ier (1948).

On accorde généralement à Corneille qu'il donne dans *le Cid*, plus qu'en aucune autre de ses tragédies, une note juste de l'amour ; qu'il ne le ramène pas entièrement à des idées ; lui laisse ses mouvements naturels, son ardeur, ses incohérences, sa cruauté, sa fatalité ; ne lui retire pas ses fondations gracieuses et naïves, les formes de l'instinct et du bonheur. [...] Il ne faudrait pas isoler cet amour, comme on l'a fait trop souvent, des conditions réelles où il se trouve engagé. La société féodale qui mesure la valeur à la force nue, Séville elle-même dans cette méridionale Espagne que le roi a élue pour y installer sa cour, ses stratèges politiques et militaires, l'orgueil d'un peuple en marche vers la Reconquête, les victoires sur l'envahisseur, mais aussi les malheurs et les périls, lui composent un climat barbare et raffiné. [...] Le soin qu'apporte Corneille à adoucir l'âpreté des modèles espagnols ne suffit pas, fort heureusement, à retirer tout à fait du *Cid* certaines couleurs naïves et brutales. Il y a plus : Corneille et toute son époque si sensible à l'honneur ne pouvaient que se reconnaître dans l'œuvre exemplaire de Castro. En particulier ils devaient en saisir la solidité harmonieuse de toutes les parties en ce qui concerne les rapports entre personnes fondés sur les notions de générosité, d'honneur et de gloire. Ils s'appuyaient eux aussi sur les mêmes valeurs.

Octave Nadal,
le Sentiment de l'amour dans l'œuvre de P. Corneille (1948).

En fait, passé *le Cid*, on ne retrouve jamais plus chez Corneille la franche gaieté de ses premières pièces (une seule fois, par accident, dans *le Menteur*), ni cet accent triomphal et ce chant de confiance juvénile en la vie qui avaient fait applaudir son Rodrigue. Déjà Horace a découvert les lendemains sinistres de la gloire, et Auguste, revenu de toutes les grandeurs de ce monde, prépare la voie à Polyeucte, suprême leçon de détachement et recours à l'autre vie comme à l'unique espérance.

Louis Herland,
Corneille par lui-même (1954).

SUJETS DE DEVOIRS

NARRATIONS

● Vous venez d'assister à une représentation du *Cid*. Faites part à un ami de vos impressions et essayez de lui faire partager votre plaisir.

● On s'entretient dans un salon de Paris en 1637 du succès du *Cid*. Un bel esprit, critique de profession, attaque la pièce. Un mondain cultivé la défend. (Relire l'Examen.)

● Un gentilhomme, ami de don Diègue, décrit à celui-ci le combat contre les Mores, en mettant en relief les qualités de courage et de décision de Rodrigue.

DISSERTATIONS

● La Bruyère, à propos du *Cid*, fait dans ses *Caractères* l'observation que voici : « Il est peut-être moins difficile aux rares génies de rencontrer le grand et le sublime, que d'éviter toute sorte de fautes. » Que voulait-il dire ?

● Qu'est-ce que la règle des trois unités ? Comment Corneille l'a-t-il observée dans *le Cid* ?

● Discutez cette opinion de J. Lemaître : « *Le Cid* est un accident dans la carrière de Corneille. »

● Etes-vous de l'avis de La Bruyère : « *Le Cid* est l'un des plus beaux poèmes que l'on puisse faire, et l'une des meilleures critiques qui ait été faite sur aucun sujet est celle du *Cid* » ?

● A-t-on eu tort de parler du romantisme de Corneille dans *le Cid* ?

● Corneille, dans *le Cid*, a-t-il fait œuvre de créateur ?

● Que pensez-vous de ce jugement de Sainte-Beuve : « *Le Cid* est une fleur immortelle d'amour et d'honneur » ?

● Le héros cornélien trouve-t-il sa parfaite expression dans Rodrigue ?

● On a dit du théâtre de Corneille qu'il était un effort continu vers le sublime. Montrez que *le Cid* en est le début éclatant.

● Les héros du *Cid* préfigurent les personnages de la Fronde. Ils sont à l'image de toute une époque. Montrez-le.

● Appréciez cette pensée de Sainte-Beuve : « Un jeune homme qui n'admirerait pas *le Cid* serait bien malheureux ; il manquerait à la passion et à la vocation de son âge. »

● « Que veut Corneille dans son *Cid,* sinon qu'on aime Chimène, qu'on l'adore avec Rodrigue, qu'on tremble avec lui lorsqu'il est dans la crainte de la perdre, et qu'avec lui on s'estime heureux lorsqu'il espère de la posséder ? » Bossuet, là-dessus, condamne le théâtre comme coupable de déguiser les faiblesses humaines en vertus. Etes-vous de son avis ? Donnez les raisons de votre opinion.

TABLE DES MATIÈRES

IMPRIMERIE HÉRISSEY. – 27000 ÉVREUX.
Dépôt légal : Septembre 1970. — N° 47661. — N° de série Éditeur 15139.
IMPRIMÉ EN FRANCE *(Printed in France)*.
870 035 H-Mars 1989.